운한소회

雲漢昭回

운한소회 5

조돈형 新무협 판타지 소설

초판 1쇄 찍은 날 § 2003년 6월 10일
초판 1쇄 펴낸 날 § 2003년 6월 20일

지은이 § 조돈형
펴낸이 § 서경석

편집장 § 문혜영
편집책임 § 장상수
편집 § 유경화
마케팅 § 정필 · 강양원 · 이선구 · 김규진 · 홍현경

펴낸곳 § 도서출판 청어람
등록번호 § 제1081-1-89호
등록일자 § 1999. 5. 31
어람번호 § 제2-0217호

주소 § 경기도 부천시 원미구 심곡1동 350-1 남성B/D 3F (우) 420-011
전화 § 032-656-4452 팩스 § 032-656-4453
http://www.chungeoram.com
E-mail § eoram99@chol.com

값 7,500원

ISBN 89-5505-710-5 04810
ISBN 89-5505-531-5 (SET)

조 돈 형 新 무 협 판 타 지 소 설

5

운한소회

雲漢昭回

도서출판
청어람

제23장
만천과해(瞞天過海)

만천과해

"늦다, 늦어! 그런 움직임에 어느 누가 겁을 먹을 것이며 어떻게 몸을 지킬 수 있겠느냐!"

늦은 오후, 하루 해가 저물 무렵 협맹의 통산 분타 분타주 노현(魯賢)은 기합성도 처지고 움직임도 점점 굼떠지고 있는 수하들을 향해 연신 고함을 치고 있었다.

"무림맹 놈들이 언제 쳐들어올지 모른다! 놈들을 상대해야 하는 것은 다름 아닌 우리들! 스스로가 목숨을 지켜야지 다른 누구도 우리의 목숨을 지켜주진 않는다. 목숨을 지킬 힘은 무공뿐이다. 일신에 지닌 무공을 극대화시켜 힘을 키워야 한다. 그래야 너희들이 살고 내가 살고 우리의 가족이 살아남는다. 힘들더라도 끝까지 최선을 다하라!"

하지만 땀을 뻘뻘 흘리며 힘들어하는 수하들을 보는 노현의 눈빛에선 절로 착잡함이 묻어 나왔다. 자신의 말이 얼마나 공허한 것이고 이루어지기 힘든 희망 사항인지를 스스로가 너무나 잘 알고 있기 때문이었다.

말은 그럴듯하게 하고 있지만 자신 역시 협맹에선 별 볼일 없는 말단 무인에 불과했다. 그나마 자신과 비슷한 처지로 분타주를 맡은 다른 사람들은 무공이라도 뛰어났지만 자신은 그저 오랫동안 웅비보를 위해 일했다는 공을 인정받아 겨우 삼류 정도의 수준이었음에도 분타주에 임명된 것뿐이었다.

협맹에선 장강 이북에도 협맹의 힘이 미치고 있다는 것을 대외에 과시하기 위한 일종의 선전물이 필요했다. 비록 상당수의 문파들이 협맹으로 돌아서긴 하였지만 그래도 직접 진출했다는 것은 또 다른 의미가 있는지라 협맹에선 이곳저곳에 가능하면 많은 분타를 만들어 힘을 자랑했다.

통산 분타가 그중 하나였는데 분타주 이하 무인이라 해봐야 고작 이십여 명. 가족까지 포함한다면 그보다는 조금 더 됐지만 순수 무인들만 수십 명이 넘는 여타 분타에 비하면 통산 분타가 지닌 힘은 조그만 도시의 도장만도 못했다. 고수 서넛만 나타나도 어쩌면 전멸을 면키 힘든 실로 보잘것없는 전력인 것이다.

하지만 무림맹과의 건곤일척의 큰 싸움을 앞두고 그런 선전물에 전력을 투입한다는 것 자체가 우스운 일이었기 때문에 협맹에선 그저 쓸만한 무인 한두 명을 파견하여 분타주로 삼고 근처의 도장에서 인원을 차출하여 구색만 갖추게 하고 있었다. 최소한의 인원과 비용으로 대외에 큰 힘을 과시하는 것이 협맹의 궁극적인 목표였던 것이다.

그러나 당장 목숨에 심각한 위협을 받고 있는 이들은 어떻게든 살아남기 위해서 필사적인 노력을 하고 있었다. 그것이 비록 무의미한 노력으로 끝날지라도…….

노현의 외침은 바로 이런 통산 분타가 현재 어떤 상황에 처해 있고 또 그에 속한 무인들의 위기감이 어떠한지를 그대로 대변하고 있는 것이다.

"정신을 집중해라. 시작보다는 마무리가 중요한 법이다."

오뉴월 엿가락처럼 늘어지던 수하들의 움직임에 다소 생기가 돌자 만족한 듯 고개를 끄덕인 노현은 연무장 이곳저곳을 돌아다니며 과거 자신을 가르쳤던 상급자들이 늘상 했던 말을 인용하면서 수하들을 독려했다.

바로 그때, 노현이 한 수하의 자세를 보곤 잘못된 점을 지적하며 다가가려는 순간 연무장을 울리는 기이한 소리가 들려왔다.

끼이익!

보잘것없는 통산 분타에서 유일하게 거대한 위용을 자랑하고 있는, 그러나 그 또한 낡고 헐어 바람이 조금만 불어도 떨어지지나 않을까 걱정케 하던 정문이 요란한 소리를 내며 활짝 열렸다.

"누, 누구……."

낯선 사람의 등장은 늘 긴장감을 불러일으키게 마련이다. 더구나 언제 적이 나타나 목숨을 위협할지 모르는 상황에 놓여 있는 사람일수록 쉽게 긴장하고 두려워하는 법이다. 그리고 그 긴장감과 두려움은 곧 공격적인 성향으로 바뀌게 된다. 하지만 마치 오랜 여행을 하다 집에 돌아오는 사람처럼 이곳저곳으로 고개를 돌리며 실로 여유로운 걸음걸이로 다가오는 낯선 방문자에게 감히 뭐라 할 수 있는 사람은 없었다.

딱히 들고 있는 무기도 없었고 또 어떤 적대감을 드러낸 것도 아니었지만 함부로 대하기가 왠지 꺼려지는 느낌. 그것은 비단 낯선 방문자의 앞을 가로막기는 하였지만 질문도 제대로 하지 못하고 엉거주춤하고 있는 사내뿐만 아니라 노현 역시 감지하고 있었다.

그래도 나름대로 수하들을 거느리고 있고 허울뿐이긴 해도 한 분타의 분타주로서 노현은 제법 침착성을 유지하고 있었다. 두려움으로 주춤거리는 수하를 뒤로 물리고 정면으로 나선 노현이 조심스레 물었다.

"누구시오?"

"여기가 협맹의 분타가 맞는가?"

정중히 물었지만 돌아오는 것은 대뜸 반말이었다. 하지만 노현은 전혀 거부감을 느끼지 못했다. 아니, 그에겐 거부감을 느낄 여유도 없었다. 짧지 않은 세월 동안 익혀온 전신의 감각과 무인으로서의 본능이 강력한 경고를 보내오고 있었기 때문이다.

"협맹의 분타가 맞느냐고 물었다."

"그, 그렇소. 이곳이 협맹의 통산 분타요."

대답을 하는 노현의 음성엔 약간의 떨림이 있었다. 그런 노현의 감정을 읽기라도 한 것인지 수하들이 무기를 치켜들고 서서히 움직였다. 하지만 그것이 얼마나 부질없는 짓인지는 이미 몸이 느끼고 있었다. 노현은 재빨리 손을 들어 수하들의 움직임을 막았다. 상대의 정체도 알지 못하고 괜히 경거망동을 할까 두려웠기 때문이었다. 노현은 그저 눈앞의 방문자가 제발 적이 아니기를 빌고 또 빌었다. 하지만 노현의 바람은 간단히 어긋나 버렸다.

"제대로 왔군."

방문자의 입에 살짝 미소가 걸렸다. 제대로 찾아왔기 때문인지 아니면 자신들의 행동이 가소로워서 그런 것인지 의미를 파악하지 못한 노현은 조마조마한 심정으로 다음 말을 기다렸다.

"전하라."

아직 말이 끝나지도 않았지만 노현은 다리에 힘이 빠지며 맥이 탁 풀렸다. '전하라' 는 말속에 끊어지기 일보 직전이라 생각한 생명선이 다시금 힘을 찾았다는 것을 알았기 때문이다.

그런 노현의 반응에도 아랑곳없이 방문자의 말은 계속 이어졌다.

"관정을 만나고 싶다. 장소는……."

하지만 더 이상의 말은 이어질 수가 없었다. 방문자가 '관정' 이라는 말을 언급할 때부터 노현의 얼굴이 하얗게 질려 할 말을 잃게 만든 것이다.

당금 무림에 '흑영' 과 '관정' 이라는 이름을 모르는 사람은 아무도 없었다. 그들이 어떻게 육성되었고 혈성을 상대했는지가 입에서 입을 타고 퍼져 나갔고 또 무림맹으로부터 배반을 당한 그들이 펼친 복수극은 단 한 번이라도 무림에 발을 담근 사람이라면 줄줄이 꿸 정도로 유명한 것이었다. 더구나 최근 들어 무림에 피바람을 몰고 온 쌍살귀란 미친 살귀들이 찾는 사람이 바로 관정이고, 그들의 정체가 바로 흑영의 잔당이라는 것이 알려지면서 사람들은 관정이라는 이름만 들어도 경기를 하게 되었다.

그런데 늦은 오후 갑자기 들이닥친, 게다가 전신에서 뿜어져 나오는 기운이 예사롭지도 않은 방문자가 관정을 들먹이니 노현으로선 혼비백산하지 않을 수 없었다. 그리고 그의 뇌리엔 쌍살귀라는 무시무시한 살귀들의 이름만이 맴돌았다.

"시간은 나흘 후. 장소는 고안(高安)에서."

"나, 나는 그들이 어디 있는지 모르오!"

방문자의 말에 퍼뜩 정신을 차린 노현이 고개를 흔들며 소리쳤다.

"전하라 했다."

"목… 숨을 빼앗는다고 해도 모르는 것은… 모르는 것이오. 다, 다만 수하들의 목숨만은 살려주시오. 부, 부탁이오. 싸, 쌍살귀."

방문자는 물끄러미 노현을 쳐다보았다. 어이없어하는 표정이 물씬 풍기는 표정으로 바라보던 그는 노현이 결코 장난을 치거나 거짓으로 둘러대는 것이 아니라는 것을 알 수 있었다.

"난 쌍살귀가 아니다."

"거, 거짓말하지 마시오. 관정을 찾는 사람이……."

"그만. 분명히 말하지만 난 쌍살귀가 아니다. 한 번만 더 딴소리를 하면 원하는 대로 쌍살귀로 변해줄 수는 있지."

더 이상 횡설수설하는 것이 듣기 싫었는지 방문자는 크게 살기를 일으키며 노현을 짓눌렀다. 고작 삼류의 무공을 지닌 노현으로선 실로 견디기 힘든 힘을 지닌 살기. 순식간에 전신을 옥죄는 기운을 감당하지 못한 노현이 뒷걸음질치고 방문자는 겁에 질린 노현이 손으로 스스로의 입을 틀어막는 것을 확인하고 나서야 발출했던 기세를 거둬들였다.

"다시 한 번 말하겠다. 난 쌍살귀가 아니다. 하니 그렇게 겁을 집어먹을 필요도 없다. 내가 전하고자 하는 말만 제대로 전한다면 아무런 해도 입지 않을 것이다."

여전히 겁에 질린 얼굴의 노현은 아무런 해도 입지 않는다는 말에 반신반의하면서도 고개를 끄덕였다.

"협맹의 맹주에게 전하라. 관정을 만나고 싶다. 시간과 장소는 조금 전 말한 대로."

하지만 혼이 반쯤은 나갔던 노현은 조금 전 그가 한 말을 듣지 못했으니 뭐라 대답을 할 수가 없었다. 방문자는 노현이 이해를 하지 못했다는 듯 쳐다보자 고개를 설레설레 흔들곤 쓴웃음을 지었다. 출도 후 수도 없이 들었지만 쌍살귀의 악명(惡名)이 얼마나 대단한지 새삼 알 수 있었기 때문이다.

"나흘 후 고안에서. 그렇게만 전하면 될 것이다. 어쩌면 큰 상을 내릴지도 모르겠군. 상을 말이야……."

큰 상이라는 말에 유난히 힘을 주며 말을 마친 방문자는 더 이상 볼 일이 없는지 천천히 몸을 돌렸다.

"그, 그런데……."

방문자의 걸음이 멈추어졌다.

"싸, 쌍살귀가 아니면… 누, 누구라고……?"

방문자는 고개를 돌리며 짧게 대답했다.

"혁련휘."

"헉!"

"이런."

무당산을 떠나 바로 이곳 통산 분타에 도착한 혁련휘는 까무러치듯 놀라는 노현의 반응에 황당해했다. 노현이 자신의 이름을 듣자마자 외마디 비명을 지르며 땅바닥에 주저앉아 버리는 것이 아닌가.

"훗, 내 이름도 쌍살귀에 못지않은 모양이군."

혁련휘는 멍한 얼굴로 쳐다보는 노현의 모습에 피식 웃음을 터뜨리고 말았다.

*   *   *

"어찌하면 좋겠습니까?"

영호용이 곱게 접혀 탁자 위에 놓인 서찰을 가리키며 물었다. 새벽
녘에 통산(通山) 분타에서 지급(至急)으로 전해져 온 서찰. 내용은 간단
했지만 그 안에 담고 있는 소식, 지금껏 실종되었다고, 때로는 무림맹
에 의해 목숨을 잃었다고 전해지던 흑영의 대주 혁련휘가 느닷없이 통
산 분타에 등장하더니 관정을 만나게 해달라고 요구한다는 내용은 결
코 간단한 것이 아니었다.

"흠, 글쎄요……."

전사림과 염파는 쉽사리 입을 열지 못했다. 이미 서찰을 읽어 내용
을 잘 알고 있었고 영호용이 묻는 질문의 요지도 알고는 있었지만 선
뜻 대답할 말이 없었다. 그저 곤란하다는 듯 서로의 얼굴을 쳐다보며
이맛살을 찌푸릴 뿐이었다.

"요구를 들어주는 것이 좋지 않겠습니까?"

한참 만에 입을 연 염파가 조심스레 의견을 내비쳤다. 무겁게 고개
를 끄덕인 영호용이 전사림의 대답도 구했다.

"전 장주께서는 어찌 생각하십니까?"

영호용의 시선을 받은 전사림은 곤혹스럽다는 듯 고개를 좌우로 혼
들었다.

"흠, 어려운 문제입니다. 쉽사리 결정을 내릴 수도 없는 일이고…
하나 일부러 귀찮은 혹을 만들 필요는 없다고 생각합니다. 그자가 비
록 많은 수하들을 거느린 것도, 또 우리를 위협할 만한 대단한 세력을
지닌 것도 아니지만 이미 그 능력을 천하에 알렸습니다. 고작 대여섯
명의 수하를 거느리고 수백 년간 무림에 명성을 떨치던 남궁세가와 당
가를 농락한 자입니다. 무림맹과의 일전을 앞두고 그런 자를 적으로

돌린다면 꽤나 성가신 일이 될 것입니다."

"하면?"

"염 보주와 마찬가지입니다. 그자의 요구를 들어주는 것이 좋을 듯 싶습니다."

"흠……."

전사림과 마찬가지로 곤혹스런 표정을 지은 영호용은 잠시 시선을 내리깔아 서찰을 응시하더니 지그시 눈을 감았다. 딱히 올바른 결정을 내리지 못하겠다는 의사 표현이었다. 하지만 그것은 겉으로 드러난 모습일 뿐이었다. 미리 서찰의 내용을 살핀 영호용은 염파나 전사림에게 의견을 구하기도 전 이미 사안에 대한 결론을 내려놓은 상태였다. 그러나 무작정 자신이 내린 결론을 주장할 수는 없는 일이고 또 자신의 속내를 드러내 보이기 싫었기에 그저 심사숙고하고 있는 듯한 모습을 보여주는 것이었다.

고민하고 있는 영호용의 모습은 한마디로 염파와 전사림에게 자신의 생각을 감추기 위한 기만책에 불과한 것이었다.

'절대로 있을 수 없는 일이지. 암, 절대로 그럴 수야 없지.'

다시 한 번 마음속으로 결의를 다진 영호용은 한참 만에 눈을 떴다. 충분히 고민을 했다는 듯 가볍게 한숨도 내쉬었다.

"후~ 두 분의 말씀에도 일리가 있습니다. 실로 어려운 문제지요. 저 또한 처음엔 두 분의 생각과 같았습니다. 하지만……."

영호용은 천천히 몸을 일으켰다. 염파와 전사림의 시선이 자연 영호용의 몸을 따랐다.

"아무래도 그렇게 해서는 안 될 것 같습니다."

영호용의 말이 아직 끝나지 않았다는 것을 알았기에 잠시 움찔하는 것으로 반응을 마친 전사림과 염파는 묵묵히 다음 말을 기다렸다.

"단순히 만나겠다면 모르지만 그자의 요구, 관정을 만나게 해달라는 말은 결국 그를 돌려달라는 것이나 다름없습니다. 절대로 받아들일 수 없지요."

"그것을 모르는 것은 아닙니다. 그러나 이제는 그를 돌려준다고 해도 큰 문제가 없을 것이라 생각됩니다. 솔직히 관정을 통해 얻을 수 있는 이득은 충분히 얻지 않았습니까? 그를 통해 칠파일방과 삼대세가의 무공도 나름대로 파악하여 분석했고, 아마 이번 싸움에서 큰 효과를 볼 것입니다만, 그리고 무엇보다 흑영을 육성하며 저지른 무림맹의 추악한 모습을 세인들에게 알렸습니다. 분명 기대 이상의 효과를 보았지요. 이 정도 되었으면 그에게서 얻을 수 있는 것은 다 얻었다고 볼 수 있습니다. 사실, 무림맹의 손속에서 보호한다는 명목 하에 그를 구금(拘禁)하고는 있지만 최근엔 그런 의도마저 이상하게 쳐다보는 사람이 생기고 있습니다. 이제는 보내줄 때가 되었다고 생각합니다. 의심을 받으며 일부러 잡아둘 필요도 없고… 그가 우리와 함께 무림맹과 싸울 것도 아니고 말이지요."

상당히 길게 이어진 전사림의 주장을 들으며 영호용은 별다른 반응을 보이지 않았다. 그저 묵묵히 들으며 때로는 고개를 끄덕이는 것으로 그의 말에 호응을 했다. 그리곤 전사림의 말이 끝나자 시선을 돌려 염파의 의견을 물었다.

"보주께선 어떠십니까?"

"저 또한 전 장주와 같은 생각입니다. 살과 뼈를 다 발라냈습니다. 이제 남은 것은 아무 짝에도 쓸모없는 가죽뿐. 관정에게서 더 이상 얻을 수 있는 것은 없다고 봅니다."

"쓸모없는 가죽이라… 허허, 딴은 그렇군요. 절묘한 비유입니다."

영호용은 염파의 말에 너털웃음을 터뜨리며 웃음 지었다. 하나 마주하며 크게 웃고 있는 전사림과 염파를 보는 영호용의 입가에 찰나지간 나타났다 사라진 것은 조소였다.

'그 가죽이 얼마나 대단한 것인지 그대들이 모를 뿐이지. 가죽의 효용성을 안다면 결단코 그런 말은 하지 못할 것이오.'

가죽의 효용성. 염파와 전사림이 알지 못하는 가죽의 효용성이란 다름 아닌 혈성의 무공을 가리키는 말이었다.

흑영에 대해 상세히 조사하던 중 영호용은 그들이 사용하는 혈성의 무공이 그저 단순한 무공이 아니라 과거 백도문파를 두려움에 떨게 만들었던 혈성의 삼대호법들이 쓰던 무공이라는 것에 주목했다. 특히 특색이 있어 쉽게 파악한 다른 무공과는 달리 위력은 막강했지만 그 연원을 제대로 알아내지 못한 관정의 무공에 대해 더욱 신경을 썼다. 그리고 극락초를 사용하겠다는 형당의 당주 포대의 의견을 수용하여 마침내 관정이 지닌 무공을 알고 얻게 되었을 때 영호용이 느꼈던 경악과 놀라움, 흥분은 대파산에서 무림맹의 주력을 물리쳤을 때와 비견할 만했다.

관정이 지닌 혈성의 무공은 다름 아닌 백무극의 무공. 전대 혈성의 성주이자 과거 천하제일인의 무공이었다.

그때부터 관정의 운명은 결정된 것이나 다름없었다.

장차 백도무림, 나아가 전 무림을 경영하고 지배해야 할 협맹의 맹주가 무림의 공적이었던 혈성의 무공을 익히고 있다는 것은 절대로 알려져서는 안 되는 일이었다.

관정으로부터 혈성의 무공을 얻어낸 포대는 이미 싸늘한 시신으로 변한 상태, 관정만 입을 다물고 있으면 그것은 언제까지나 비밀로 붙여질 수 있었다. 원래는 관정까지 없앨 생각이었지만 세인들의 눈, 특히 염파와 전사림의 이목을 생각해 그리하지 못했던 영호용이었다.

그런 영호용이 이제 와서 관정을 풀어준다? 감히 상상도 못할 일이었다. 어떤 이유를 대서라도 관정을 끝까지 손아귀에 쥐고 있어야 했고 그 구실은 이미 마련된 상태였다.

"저 또한 그런 골치 아픈 위인을 계속 데리고 있고 싶은 마음은 어디에도 없습니다. 혁련휘와 같은 인물을 적으로 삼고 싶은 맘은 더 더욱이나 없지요. 하지만 돌려줄 수 없으니 답답한 노릇입니다."

"그 이유가 무엇입니까?"

고개를 갸웃거리며 묻는 염파의 말에 영호용은 기다렸다는 듯 대답을 했다.

"여러 이유가 있겠지만 크게 두 가지로 말씀드릴 수 있습니다. 하나는 두 분도 아시겠지만 그가 극락초에 중독되었다는 것입니다. 그것도 아주 심하게 말입니다. 극락초를 썼다는 것이 대외에 알려지면 무림맹 못지않게 비난을 살 수 있습니다. 최근에 그 누구도 관정에게 접근을 시키지 않는 이유가 바로 그 때문이지요."

"아, 극락초… 무공 때문에……."

"그렇습니다. 그 어떤 무인도 자신이 지닌 무공은 쉽사리 털어놓지 않는 법입니다. 아무리 무림맹에게서 버림을 받았다지만 관정의 입은 쉽게 열리지 않았습니다. 극락초가 아니라면 불가능한 일이었지요."

극락초를 사용한 것은 칠파일방과 삼대세가의 무공을 알아낸 한참 후의 일이었지만 관정의 일을 전적으로 영호용에게 일임한 염파와 전사림으로선 관정이 어째서 극락초에 중독되었는지 또 언제 중독되었는지를 알기란 사실상 불가능했다. 그나마 며칠 전, 영호용으로부터 관정이 극락초에 중독되었다는 것을 들었기에 알고 있는 것이었다.

"그건 확실히 문제가 있군요. 극락초라면 나라에서도 엄금하는 것이니만큼."

전사림이 심각한 표정으로 고개를 끄덕였다. 처음 관정이 극락초에 중독되었다는 말을 들었을 때는 그다지 대수롭게 여기지 않았고 그러려니 했던 것이 지금에 와서는 굉장히 심각한 문제로 변하고 만 것이다.

"모든 것을 차치하고서라도 관정이 극락초에 중독되었다는 것을 혁련휘가 알게 되면 일은 더욱 복잡해질 것입니다."

"그렇겠지요."

"또 다른 이유는 바로 증인으로서의 관정의 역할입니다."

"그건 또 무슨 이유입니까? 이미 증인으로서의 역할은 충분히 하지 않았습니까?"

염파가 이해 가지 않는다는 표정으로 되물었다.

"만약 관정이 저희 수중에 없다는 것이 판명되면 무림맹은 지금껏 그가 증언한 모든 것을 뒤집으려는 노력을 시작할 것입니다. 관정이 증언한 모든 말이 우리가 꾸민 것이라고 말이지요. 관정과 직접 만나 이야기를 들은 사람도 있겠지만 그들의 의견은 무림맹의 주장에 묻혀 버릴 수도 있습니다."

"그것이 가능하겠습니까? 이미 명명백백(明明白白)하게 드러난 사실이거늘."

"과연 그럴까요? 그동안 저들이 쌓아놓은 힘을 절대로 간과해서는 안 됩니다. 그 힘이라는 것은 단순히 무력에서만 나오는 것이 아니라

오랫동안 만들고 생성된 인연의 고리와 또 나름대로 백도무림을 지켜왔다는 사람들의 신망에서도 나옵니다. 지금은 비난을 퍼붓고 있지만 마음 한구석에선 아직도 설마 하는 마음을 지니고 있는 사람이 부지기수입니다. 그러나 무림맹의 그런 시도 자체를 무너뜨릴 수 있는 사람이 바로 관정입니다. 관정이 우리 손에 있는 한 무림맹에선 애당초 그따위 주장을 하지 못할 테니까요."

슬쩍 눈을 돌려 두 사람을 살피니 기대 이상의 효과가 있었다. 영호용은 이쯤 해서 완전히 결정을 보아야 한다고 생각했다.

"해서 관정을 무림맹과의 싸움에 참여시킨 것이 아니겠습니까? 관정 스스로가 무림맹과 싸움을 합니다. 그 이상 확실한 일이 어디 있겠습니까? 무림맹으로선 감히 그 어떤 계략도 꾸미지 못할 것입니다."

"음."

전사림과 염파는 침묵을 지켰다. 비로소 잠시 동안 간과했던, 관정이 이번 무림맹과의 싸움에서 선봉에 서게 되리라는 것을 의식했기 때문이었다. 물론 자의가 아니었으나 관정이 싸움에 참여하는 것은 돌이킬 수 없는 일이었고 은근히 돌려 말을 하고 있었지만 영호용의 태도를 보아하니 처음부터 관정을 내줄 생각이 전혀 없는 듯했다.

더구나 영호용의 주장이 틀린 것 또한 아니었다. 하나같이 협맹을 위한 말뿐이었다. 그렇다면 구태여 안색을 붉히며 반대할 필요는 없을 것 같았다.

염파와 전사림이 의미심장한 눈빛을 교환했다. 그들은 영호용의 생각을 지지하기로 결정했다. 하지만 문제는 관정을 만나겠다고 요구하고 그것이 거절당했을 때 취할 혁련휘의 행동이었다.

"그렇다면 혁련휘의 문제는 어찌 처리하실 생각입니까? 또한 최근

들어 살겁을 일으키는 쌍살귀 또한 문제가 아닙니까? 흠, 지난번 기회를 놓친 것이 아깝군요."

염파의 말에 지금껏 여유롭기만 했던 영호용의 얼굴이 살짝 굳어졌다. 동시에 양 볼엔 홍조가 드리워졌다. 그러나 그것은 한쪽 구석에서 조용히 시립하고 있는 무영에 비하면 반응도 아니었다.

'우라질!'

자신은 일 대 일의 대결에서 패하고 수하들은 어처구니없게도 음약에 중독되어 독 안에 든 쌍살귀를 놓치고 말았으니 망신도 그런 망신이 없었다. 앞에서 대놓고 말은 안 했지만 이곳저곳에서 수군거리는 소리를 들을 때마다 피가 거꾸로 솟고 치밀어 오르는 살의를 억누르기가 몹시 힘든 터였다. 그런데 염파의 입에서 또 한 번 그 일이 거론되니 무영은 부끄러움에 몸 둘 바를 몰라 했다. 아니, 자신의 무능으로 주군인 영호용이 모욕을 당하고 있다는 생각에 그대로 머리를 깨뜨려 죽고 싶은 심정이었다.

반쯤 감긴 눈에서 독기 찬 눈빛이 흘러나오고 손톱이 피부를 파고들 정도로 세게 움켜쥔 주먹에선 점점이 피가 새어 나왔다.

"허허, 누구나 실수는 할 수가 있지요. 놈들이 그런 치사한 방법을 사용할 줄 누가 알았겠습니까? 그 누구의 잘못도 아닙니다."

영호용의 불편한 심기와 처절한 분노로 몸을 떨고 있는 무영을 생각해 너털웃음을 터뜨린 전사림이 나름대로 무영과 수하들을 옹호한다고 떠들었지만 차라리 아니 한만 못했다. 전사림의 말은 불을 끈다고 활활 치솟는 불길에 기름을 끼얹은 격이었다. 굳을 대로 굳어버린 영호용의 얼굴이 그것을 증명하고 있었다.

잠깐 동안의 어색한 침묵이 흐르고 영호용이 한껏 힘이 실린 음성으로 말했다.

"전 장주님의 말씀이 맞습니다. 실수는 누구나 할 수 있지요. 하지만 실수는 한 번이기에 용서가 되는 법입니다. 그렇지 않느냐?"

"결단코! 그와 같은 실수는 없을 것입니다!"

무영이 피를 토하는 심정으로 무릎을 꿇고 머리를 땅에 처박으며 대답했다. 얼마나 힘껏 부딪쳤는지 바닥이 순식간에 붉게 변했다.

"믿는다. 이번 혁련휘의 일을 네게 맡기겠다. 물론 쌍살귀를 처단하는 문제도 네게 일임하겠다."

"존명!"

무영이 다시 한 번 머리를 처박으며 대답했다.

"하나 혁련휘는 적으로 돌리기엔 너무 부담스런 상대다. 물론 가능성은 희박하지만 우선은 적당히 회유를 해보도록 하여라. 그를 회유할 수 있으면 쌍살귀의 문제도 자연 해결될 것이다. 하지만!"

잠시 말을 끊은 영호용이 염파와 전사림을 둘러보았다. 영호용의 다음 말이 얼마나 큰 의미를 지니고 있는지 알기에 염파와 전사림의 안색 또한 심각하게 굳어 있었다.

"그것이 불가능하다면 그 즉시 제거하라."

"존명!"

"반드시 제거해야 한다. 그 어떤 희생을 치르더라도 반드시!"

"목숨으로 명을 받들겠습니다!"

피투성이가 된 얼굴로 연신 대답을 하는 무영의 결의는 실로 단호했다. 만약 이번에도 실패를 한다면 결단코 살아선 영호용의 앞에 나서지 않겠다는 각오와 함께였다.

무영의 모습을 지켜보던 염파와 전사림은 어째서 영호세가가 지금의 위치에 오를 수 있었는지 새삼 그 힘의 원천을 느끼고 있었다. 충성을 바치는 수하들은 많이 있었지만 과연 무영과 같은 충신이 있을까 자문하던 그들은 영호용을 은근히 부러워하게 되었다. 그리고 무영에게 나름대로 힘을 실어주기로 결정했다.

"아직 부상이 완쾌되지 않은 것으로 아는데 그리 무리할 필요가 있는가? 몸을 보중하게나. 그리고 대부분의 고수들이 무림맹과의 일전을 위해 형산에 집결해 있는 상황에 자네와 월영대의 힘만으로는 힘에 부칠 것이니 우리 은성장에서도 힘을 보태주겠네."

"감사합니다."

자존심이 조금 상하기는 했지만 지금은 거절할 때가 아니라는 것을 누구보다 무영이 잘 알고 있었다. 무영은 전사림에게도 고개를 숙여 사의(謝儀)를 표했다.

"허, 전 장주께서 그리 말씀하시니 나라고 가만히 있을 수는 없겠고… 그렇지! 우리 웅비보에는 밥만 축내는 식충이 같은 식객(食客)들이 몇 있다네. 빈둥빈둥 노는 것을 보는 것도 지겹고 또 그래도 무공만큼은 제법 한가락씩들 하니 그들에게도 이번 일을 돕도록 시켜야겠군. 그들을 보낼 테니 자네가 알아서 써먹도록 하게."

식객을 보내겠다는 염파의 말에 깜짝 놀라 황급히 대답한 것은 무영이 아니라 영호용이었다.

"허, 그들을 말입니까? 그리만 해주신다면 무슨 걱정을 하겠습니까? 그자가 아무리 대단한 위명을 떨치고는 있지만 모든 일은 해결된 것이나 다름없지요. 두 분께서 실로 큰 결심을 하셨습니다. 어떻게 감사를 해야 할지 모르겠습니다."

말이야 밥만 축내는 식충이라 했지만 웅비보에 모인 식객은 그 이름만 대도 천하가 알아줄 정도로 대단한 사람들이었다. 어쩌면 웅비보가 지금처럼 강력한 힘을 가질 수 있었던 것은 바로 그들의 힘이라 해도 과언이 아니었다. 그런 그들을 내어주겠다고 하니 영호용이 감격하는 것도 무리는 아니었다.

"허허, 그 무슨 말씀을. 어차피 협맹의 일이 영호세가의 일이고, 은 성장의 일이며, 저희 웅비보의 일이 아니겠습니까? 자칫 협맹에 큰 화를 몰고 올지도 모르는 자를 처리하는데 그만한 힘을 보태는 것이 대수겠습니까. 아니 그렇습니까?"

"그렇지요. 지당하신 말씀입니다."

전사림이 맞장구를 치며 대꾸했다.

"그저 고마울 뿐입니다."

영호용의 따가운 시선이 무영에게 향했다.

"네 어깨가 더욱 무거워졌구나. 이만한 도움을 받고도 일을 해결하지 못한다면 너는 물론이고 나 또한 고개를 들지 못할 터. 내 너를 믿겠다."

"존명!"

"가거라! 가서 놈의 목을 가져오거라."

"다시는! 다시는 실망시켜 드리는 일은 없을 것입니다."

나직하게, 그러나 그 어떤 대답보다 자신에 찬 음성으로 대답을 한 무영. 그의 몸은 어느새 희미한 연기처럼 사라지고 있었다.

무영의 기척이 완전히 사라지는 것을 느낀 염파가 말했다.

"부럽습니다. 저만한 인물을 수하로 두고 계시는 가주가 말입니다."

전사림이 덩달아 거들고 나섰다.

"그러게요. 대단한 충성심입니다."

어느새 불편했던 기색은 사라지고 희미한 미소를 머금고 있던 영호용의 얼굴엔 자부심이 가득했다.

"과찬이십니다. 두 분 휘하에도 기라성(綺羅星) 같은 인물들이 강변의 모래알보다 많다는 것을 제가 알고 있습니다."

"허, 무슨 말씀을……."

염파가 무슨 말인가를 하려 하자 두 손을 휘휘 내저으며 가로막은 영호용이 정색을 하고 화제를 돌렸다.

"자자, 무림맹과의 일전을 앞두고 있습니다. 이제 그자의 일은 그만 거론하도록 하지요. 그것 말고도 논의해야 할 일이 태산같이 쌓여 있습니다. 당장 형산으로 떠날 준비부터 해야 할 것입니다."

전사림이 고개를 끄덕이며 대꾸했다.

"그렇지요. 오늘 아침 놈들을 기만하게 될 병력이 북상을 하면서 사실상 싸움은 시작이 된 것이고… 형산에서도 모든 준비를 끝내고 공격 명령만을 기다리고 있을 것입니다."

"이곳을 떠나 서둘러 길을 재촉하면 한 사흘이면 도착할 수 있습니다. 문제는 공격 날짜가 아니라 싸움의 승패를 결정할 바로 그 일인데……."

말끝을 흐린 염파가 영호용을 쳐다보았다. 무엇인가를 묻는 눈빛이었다. 하지만 영호용은 고개를 흔들 뿐이었다.

"아직 별다른 전갈은 받지 못했습니다."

"역시… 아무래도 힘든 것 같습니다."

"그렇겠지요. 날개를 지니고 있는 새들마저 한 번은 쉬고 오른다는 절벽입니다. 시도는 좋았지만 그런 절벽에 인간이, 그것도 무림맹의 이목을 속이고 길을 낸다는 것은 처음부터 무리였습니다. 쓸데없는 기대만 한 것이지요."

처음 계획을 세울 때부터 불가능하다는 것을 알고는 있었지만 그럼에도 혹시나 하는 마음에 은근히 기대를 했던 전사림은 실망을 감추지 못하고 있었다. 괜한 기대를 하느라 심기만 상했다는 표정이 역력했다. 그러나 영호용은 추호의 흔들림도 없이 말을 받았다.

"힘들다는 것은 처음부터 알고 있었습니다. 모든 사람들이 불가능하다고 했지요. 그것은 비단 우리뿐만 아니라 무림맹의 사람들도 마찬가지라 봅니다. 하지만 불가능을 가능하게 했을 때 얻을 수 있는 이득을 생각해 본다면 백 번이라도 시도할 가치가 있는 것이었습니다. 또한 아직 연락이 없다고 하여 실패한 것이라 단정지을 필요도 없습니다. 힘들다는 것을 알고 계시지 않습니까? 어쩌면 지금도 촌각(寸刻)을 아껴가며, 최후의 한 사람이 마지막 남은 기력까지 짜내어 길을 개척하고 있을지도 모릅니다. 보다 자세한 것은 우리가 그곳에 도착하여 상황을 살피면 알게 될 것이니 미리 속단하여 실망할 필요까지는 없다고 봅니다. 그리고 전 장주님, 너무 걱정하지 마십시오. 설사 그 일이 실패한다고 해도 우리가 무림맹을 무너뜨리는 것은 불변입니다."

"물론입니다. 일이 성공했다면 보다 수월히, 피해도 없이 성공할 수 있다는 생각에 안타까워 그러는 것이지 패할까 걱정하는 것은 아닙니다."

전사림이 두 주먹을 불끈 쥐며 대답했다. 그 모습을 보며 영호용과 염파가 마주하며 빙그레 웃음 지었다. 웃음을 멈춘 영호용이 말을 이었다.

"하지만 저는 아직도 기대를 버리지 않고 있습니다. 사람들이 불가능, 불가능 하지만 인간의 굳은 의지라면 세상에 그 어떤 불가능한 것이라도 극복할 수 있다고 믿으니까 말이지요."

*   *   *

"불가능은 없다? 후후, 그것은 한낱 바람일 뿐입니다. 인간의 의지가 아무리 강해도 불가능한 것은 불가능한 것이고 안 되는 것은 안 되는 것이지요. 갓난아이가 어른을 이길 수는 없는 법. 저들이 바보가 아닌 이상 그런 간단한 이치를 모를 리 없습니다."

고역사는 저마다 심각한 표정을 짓고 자신을 응시하는 무림맹의 수뇌들에게 자신감에 찬 미소를 보였다.

"감히 단언하건대 이곳만큼은 절대로 불가능합니다."

고역사가 가리킨 것은 형산파의 지리를 누구보다 잘 알고 있는 그가 몇몇 제자들과 함께 흙과 이끼 등을 이용하여 만든 모형물이었다. 장차 있을 협맹과의 싸움에 대비하여 형산파를 중심으로 형산파 주변을 둘러싸고 있는 산세와 자연 환경을 그대로 축소시켜 완벽하게 재현한 것으로 고역사는 무림맹이 협맹의 공격을 받았을 때 예상되는 공격 방향을 붉은 깃발로 표시하고 적당한 매복 지점이나 반드시 지켜야 하는 곳엔 푸른 깃발이나 여타 구별되는 표시를 함으로써 아무리 지리에 눈이 어둡고 미숙한 자라도 한눈에 알아볼 수 있게끔 모형물을 만들었다.

그리고 고역사가 가리키는 곳은 바로 그 모형물의 한쪽 부분, 형산파의 배후가 되는 곳이었지만 그 어떤 깃발이나 표시가 없는 곳이었다.

"하지만 그 불가능을 가능하게 만든다면 어찌 되는 것입니까?"

지난날 대파산의 싸움에서 한쪽 팔을 잃는 중상을 입고 이제 겨우 몸을 추스른 위호가 조심스레 되물었다. 침묵을 지키는 대다수의 수뇌들 역시 염려가 되는지 심각한 표정으로 고역사의 대답을 기다렸다.

"말씀드리지 않았습니까? 절대로 불가능합니다. 절벽의 높이가 무려 백여 장이 넘습니다. 더구나 절벽의 경사를 생각해 보십시오. 수직이다 못해 바닥에서 중간 지점까지는 활과 같이 역으로 휘어 있습니다. 누가 이런 곳을 오를 수 있다는 것입니까? 물론 엄청난 능력을 지닌 고수라면 일말의 가능성도 있겠지요. 하지만 그뿐입니다. 아무리 뛰어난 무위를 지닌 고수라도 그 절벽을 오르기 위해선 필사적으로 매달려야 하고 절벽으로 미처 다 오르기도 전에 기운이 빠져 버릴 것이니까요."

"저 또한 고 장문인과 같은 생각입니다. 형산파의 지세는 한마디로 그 옛날 한신(韓信)이 펼쳤다는 배수지진(背水之陣)을 치기에 아주 적합한 곳입니다. 흠, 이곳은 물 대신 절벽이 자리 잡고 있으니 배벽지진(背壁之陣)이라 불러야겠군요. 어쨌든 수성(守城)을 하기엔 아주 좋은 조건을 지니고 있습니다. 혹시나 하여 수차례나 살펴보았습니다. 결론은 고 장문인과 같습니다. 인간의 힘으론 결단코 이곳을 오를 수 없다는 것입니다."

"그렇다면 이곳엔 병력을 배치하지 않아도 된다는 말씀이십니까?"

"물론입니다. 협맹에 비해 가뜩이나 부족한 전력입니다. 구태여 이런 곳에 병력을 분산시킬 필요는 없다고 봅니다. 고 장문인께서 지적하신 놈들의 공격 방향에 병력을 배치하고 또 지형을 이용하여 적절히 매복하여 기습을 한다면 비록 협맹에 비해 병력의 열세는 있지만 격퇴하는 데엔 큰 무리가 없을 것입니다. 정 불안하시다면 몇몇 인원으로 감시토록 하겠습니다만 특별히 걱정할 일은 아니라 봅니다."

조공루는 자신만만한 표정으로 말을 했다. 그렇지만 고역사와 조공루의 설명을 듣는 수뇌들의 얼굴은 쉽게 펴지지 않았다. 말처럼 쉽게 협맹을 격퇴할 수만 있다면 그 이상 좋은 일이 없을 것이다. 하나 그 일이 결코 쉽지 않다는 것은 누구보다 그들 자신들이 잘 알고 있었다. 게다가 말이 좋아 배수의 진이지, 배수의 진이라는 것은 결국 물러설 곳이 없다는 뜻. 절대 그래선 안 되겠지만 만약 싸움에서 패한다면 도 망칠 곳도 없다는 것과 상통하는 말이었다. 처음부터 패배를 생각해야 할 만큼 현재 협맹이 보유하고 있는 전력은 막강한 것이었다. 특히 최 근 협맹의 움직임을 예의주시하고 있던 개방의 정보원들에게서 빗발치 듯 날아온 전서구는 최근 심상치 않은 협맹의 움직임과 더불어 수뇌들 의 마음에 더욱 큰 불안감을 안겨주기에 충분했다.

세 불리기에 정신이 없었던 협맹에 묘한 기운이 감지된 것은 바로 며칠 전의 일이었다.

형산파의 턱밑에서 대치하고 있는 협맹의 진영에 급격하게 무인들 의 수가 늘어나고 동시에 염탐하는 첩자들의 수도 기하급수적으로 증 강되었다. 또한 협맹에선 세력의 확장과 커진 세를 과시하기 위해 장 강 이북 이곳저곳에 분타를 세우는 것도 자제하고 있었고 싸움은 일단 끝이 났지만 여전히 남아 혈성을 견제하고 있었던 병력들도 서서히 후 퇴를 하더니 바로 나흘 전 형산파 인근으로 집결하는 것이 개방의 정 보망에 의해 포착, 확인되었다.

무림맹의 수뇌들은 결국 그런 협맹의 움직임이 지금껏 대치만 하고 있던 상황에서 마침내 전면전을 일으키려 함이라 결론지었다.

그리고 바로 오늘, 아직 여명이 밝아오기도 전에 무수히 날아온 전 서구를 통해 협맹의 대규모 병력이 대거 북상을 시작했다는 소식이 형 산파에 전해졌다. 이에 무림맹의 수뇌들이 아침부터 한자리에 모여 끼 니도 거른 채 대책 마련에 고심하고 있는 것이었다.

"아미타불!"

비록 맹주 자리는 조공루가 차지하고 있었지만 소림사의 방장이라는 지위는 맹주의 지위 못지않게 힘이 있었다. 나직한 불호성이 들리는 순간 웅성거리던 장내엔 순식간에 침묵이 찾아오고 광료 대사의 말을 경청하기 위해 주의를 환기시켰다.

"다소 걱정이 되기는 합니다만 두 분께서 그리 확신을 가지고 계시니 재차 거론하지 않겠습니다. 하나 문제는 또 있습니다. 바로 이것이지요."

광료 대사가 들고 있는 것은 마구 휘갈겨진 하나의 서찰이었다. 그리고 그것은 광료 대사는 물론이고 모여 있는 수뇌라면 모두 한 번씩 읽어본 것이었다. 새벽을 밝히며 날아온 급보는 한두 개가 아니었다. 영호세가가 있는 강서성에서, 은성장이 위치한 절강성 온주에서, 그리고 미리 북상한 웅비보를 감시하던 밀정 등 거의 대부분의 지역과 세력을 감시하던 개방의 밀정 등에게서 날아온 전서구엔 하나같이 협맹의 무인들로 보이는 대규모 병력이 장강을 넘어 일제히 북상을 시도했다는 내용이 적혀 있었다.

"대규모 병력이라 합니다. 이들은 어찌할 생각이십니까?"

"삼삼오오 짝을 지어 움직이기도 하고 수십여 명씩 떼를 지어 움직이기도 한다고 합니다. 그리고 그들이 향하는 방향을 짐작해 보건대……."

종남파 장문인 이양빙이 광료 대사의 말에 이어 입을 열었다. 그러나 그의 질문은 미처 끝까지 이어지지 못했다.

"소림입니다. 또한 소림을 넘어 종남과 화산까지 노리는 것으로 보입니다."

"음!"

"아미타불!"

조공루가 단정적으로 말하자 이양빙 등 수뇌들은 물론이고 늘 차분한 표정이었던 광료 대사마저 절로 침음성을 터뜨렸다.

"하지만 아직 그들의 의도가 무엇인지 확실하지 않습니다. 정말로 소림과 화산을 치려는 것인지, 아니면 단순히 눈속임인지는 파악되지 않았습니다. 하니 너무……."

"아니, 아닐세. 꼭 그런 것만은 아닌 것 같네."

조공루의 말을 끊고 나온 사람은 개방 방주 두심언이었다. 늘 술병을 들고 술을 마시던, 그러나 오늘 그의 손엔 술병 대신 여러 장의 서찰이 들려 있었다.

"이런저런 사실들을 종합해 보건대……."

두심언은 자신에게 쏠리는 시선을 의식하며 입을 열었다.

처음 협맹의 무인들이 북상한다는 소식을 가장 먼저 접한 두심언과 조공루의 머리 속에는 두 가지 생각이 동시에 자리 잡았다.

하나는 정말 병력을 나누어 무림맹의 주력이 모여 있는 형산파와 많은 제자를 하산시켜 형편없이 전력이 약화되어 있는 소림과 화산 등을 친다는 것이었고, 둘째는 무림맹의 이목을 혼란케 하고 더불어 병력까지 분산시키려는 간교한 계책일 수도 있다는 생각이었다.

문제는 어느 것 하나 소홀히 할 수 없다는 데 있었다. 만약 적이 병력을 주공(主攻)과 조공(助攻)으로 나눈 것인데도 구원병을 보내지 않으면 형산파를 공격하는 주공은 막을 수 있을지라도 자칫 소림과 화산, 종남파가 점령당하는 치욕적인 일이 벌어질 수 있었다. 소림과 화산이 무림맹, 아니, 무림에서 차지하는 위치와 명성을 생각한다면 절대로 간과해서는 안 되는 일이었다.

그렇다고 무작정 구원병을 보내자니 그것에도 문제는 있었다. 북상하는 병력이 단순히 눈속임이라면? 그리고 그것에 속아 가뜩이나 열세인 병력을 둘로 나누어 형산파를 지키고 있는 전력에 열세가 온다면? 힘을 하나로 집중시킨 협맹의 공세를 막기란 사실상 불가능했다.

조공루와 두심언은 고심하지 않을 수 없었다. 조공루는 후자에 조금 더 힘을 실어 생각하고 있었고 두심언은 전자를 의심하고 있었다. 그리고 회의 도중에도 계속해서 올라오는 소식을 종합한 두심언이 마침내 자신의 의견을 피력하기 시작한 것이다.

형산파의 정문이 열리고 일단의 무인들이 쏟아져 나왔다. 못 되어도 백오십은 넘어 보이는 인원. 가장 앞장서 그들을 이끌고 있는 사람은 다름 아닌 이양빙이었다.

"서둘러야 한다. 자칫하면 천추의 한을 남길 수도 있음이니. 최대한 빠르게 움직일 것이다. 힘들겠지만 혼신의 힘을 다해주기 바란다."

비록 이끌고 있는 무인들 속엔 종남파의 제자뿐만 아니라 화산, 형산 등 여러 문파의 제자들이 뒤섞여 있었고 결코 하대할 입장이 아닌 명숙들도 있었지만 대뜸 하대를 해대는 이양빙의 말에 누구 하나 토를 달지 못했다. 지금 이 순간만큼은 문파와 연배를 떠나 하나의 목적을 위해 뭉쳐야만 했고 자신들을 이끄는 사람에겐 절대 복종해야 한다는 생각을 지니고 있었기 때문이다. 그만큼 이들에게 주어진 사명은 막중했고 사명감과 더불어 엄청난 책임이 어깨를 짓누르고 있었다.

이양빙을 필두로 형산파를 나선 이들은 소림을 치기 위해 북상하는 협맹의 병력을 막기 위해 나선 것이었다. 구원병을 보내기까지 많은 논의가 있지만 결국 조공루의 말을 자르고 시작된 두심언의 의견에 보다 큰 무게가 실렸고 결국 조금 더 지켜봐야 한다고 주장하던 조공루가 고집을 꺾으며 결정된 것이었다.

조공루가 고집을 꺾는 순간 모든 일은 일사천리로 진행되었다. 구원병은 협맹의 공격 목표의 하나로 예상되는 종남파의 장문인이 직접 나서서 이끌기로 했고 병력은 종남파의 제자들을 주축으로 각파에서 조금씩 충원하였다.

다만 무림맹의 입장에서 가장 막강한 전력이라 할 수 있는 소림의 무승들은 그대로 남아 형산파를 지키기로 하였는데 장로인 허료 대사만은 사형이자 소림사의 방장인 광료 대사의 명에 따라 몇몇 제자들을 이끌고 참여하기로 하였다.

결정을 하고 이양빙이 구원 병력을 이끌고 형산파를 떠나기까지 걸린 시간은 고작 한 식경에 불과했다. 무림맹에서 이번 사안을 얼마나 중히 생각하는지 능히 짐작할 수 있는 일이었다.

'후~ 어쩔 수 없는 결정이었지만 도대체 사라지지 않는 이 불안감은 뭐란 말인가. 불안감은……'

떠나는 병력을 물끄러미 쳐다보는 조공루의 안색은 그리 밝지 않았다. 입에선 절로 한숨이 새어 나왔다. 하지만 이미 화살은 시위를 떠난 상태였고 남은 것은 결과를 지켜보는 것뿐이었다.

*　　　*　　　*

"자자, 서둘러라. 늦어도 너무 늦었다. 내일까지 장강을 넘지 못하면 윗분들께서 경을 치게 될 것이다. 힘들더라도 조금만 더 빨리 움직이도록 하라."

그러나 목청 높여 소리치는 막문위(莫雯褘)는 땀을 뻘뻘 흘리며 뛰는 수하들—사실 수하라 부르기도 뭣할 정도로 형편없는 오합지졸에 불과했지만—을 쳐다보며 자신의 말이 얼마나 부질없는 것인가를 새삼 느끼고 있었다. 차라리 기어가느니만 못한 속도로 뛰면서도 입에서는 게거품을 물고 있는 꼴이 강을 건너기는커녕 물은 구경도 못해볼 것 같았다.

'하필 맡아도 이런 놈들을 맡아 가지고……'

고개를 설레설레 흔든 막문위는 땅이 꺼져라 한숨을 내쉬었다.

'내 비록 명성을 크게 떨친 것은 아니었지만 영호세가 내에서도 제법 손꼽히던 고수가 아니던가. 동료들은 모조리 무림맹과의 싸움에 참여하기 위해 형산파로 향했건만 도대체 나는……'

무림맹과의 싸움에서 공도 세우고 무위도 빛내볼 요량으로 지난 몇 달간 불철주야 무공을 익혔고 나름대로 성과도 있었건만 정작 싸움을 앞두곤 전혀 엉뚱한 곳에서 빌빌대고 있으니 분통이 터질 일이었다. 그렇다고 죽을상을 쓰고 있는 수하들에게 화를 낼 수도 없는 일이었다. 그가 알기로 그나마 정식으로 무공을 배운 사람은 앞장서서 길을 안내하고 있는 오창(吳倉)뿐이었고 무공이라야 대부분이 그저 어깨 너머로 두어 수 흉내 내본 것이 전부인 자들이었다. 하긴, 세가 내에서도 고작 잡일을 하는 이들에게 그 이상을 바라는 것도 무리라면 무리였다.

하지만 명령이라는 것은 수행하라고 있는 것이었고 그에겐 이들을 이끌고 장강을 넘으라는 명령이 내려진 상태였다. 더 빠르게 가지는 못할망정 느려지는 것은 용납할 수가 없었다.

"선두는 뭣 하느냐! 속도가 점점 처지고 있지 않느냐!"

격려와 호통을 잠시도 쉬지 않고 터뜨리는 막문위. 그의 뇌리를 지배하는 것은 오직 하나, 어차피 무림맹과의 일전엔 참여하지도 못하게 되었으니 위에서 떨어진 명령이나 제대로 수행하여 괜한 불똥이나 맞지 말자는 생각뿐이었다. 그러나 그는 지금 엄청난 위험이 자신과 수하들에게 닥쳐오는 것을 알지 못하고 있었다. 어쩌면 이미 닥쳤을지도 모르는 위험, 불행히도 막문위에겐 그 위험을 감지할 힘도 또 그것을 헤쳐 나갈 힘도 가지지 못했다.

"무슨 일이냐?"

느려지다 못해 갑자기 멈춰 서는 수하들의 행동을 이상히 여긴 막문위가 앞으로 뛰어나오며 물었다. 대답 대신 들려온 것은 처절한 비명이었다.

"크악!"

"적이다!"

뭔가 일이 잘못되었음을 직감한 막문위는 재빨리 검을 꺼내 들었다. 순간 막문위의 발 아래로 뎅그러니 잘린 오창의 목이 굴러왔다. 그러나 그에겐 별 볼일 없는 수하의 목숨에 신경 쓸 여유가 없었다.

"누구냐?"

막문위는 정면을 주시하며 물었다. 침착하게 질문은 던졌지만 음성은 절로 떨리고 있었다. 그 순간에도 단숨에 서너 명의 수하들을 참살한 사내가 고개를 돌렸다.

"헉!"

사내가 고개를 돌리자마자 전신을 옭아매는 살기가 뻗쳐 나오고 막문위는 실로 무시무시한 살기를 느끼며 뒷걸음질쳤다. 그런 막문위를 바라보며 사내는 진한 살소를 지었다.

"말해 준다고 알 만한 이름은 아니야. 다만 협맹과는 한 하늘을 이고 살 수 없는 사람일 뿐. 하필이면 나와 만나게 된 것을 재수가 없었다고 생각해라. 아니지, 그것보다는 내가 그 인간을 만난 것을 원통하게 생각해라. 그렇지만 않았어도 갈 길 바쁜 내가 이렇게 역으로 네놈들을 따라오지는 않았을 테니까."

천천히 검을 늘어뜨리며 걸어오는 사내, 남궁세가의 마지막 후예 남궁욱은 그렇게 모습을 드러냈다.

남궁욱은 몹시 흥분한 상태였다. 아니, 흥분했다기보다는 엄밀히 말하여 가슴 깊은 곳에서부터 치밀어 오르는 울화를 풀기 위해 발버둥치고 있었다. 그리고 그의 시야에 하필이면 명을 받아 북상하고 있는 막문위 일행이 걸린 것이었다.

남궁욱이 그토록 분노하고 있는 것은 물론 막문위 때문은 아니었다. 그 이유는 정확히 한 시진 전으로 거슬러 올라간다.

피눈물을 흘리며 세가를 탈출한 남궁욱은 곧장 북상하여 협맹의 손길이 미치지 않는 깊은 산으로 숨어들었다. 그리고 산짐승이 살던 동굴에 몸을 숨기고 조부가 남긴 무공을 연마하기 시작했다.

지옥과도 같은 나날이었다. 제아무리 오성(悟性)이 출중하고 무공도 나름대로는 상당한 수준이었지만 그에게 남겨진 세가의 비전무공 무상검법은 남궁욱에겐 너무나 벅찬 무공이었다. 남궁세가가 수백 년 동안 무림에 명성을 떨칠 수 있었고 그와 같은 영화를 누리게 만들었던 무상검법의 현묘함은 단시일간 노력한다고 정복될 수 있는 것이 아니었다.

모든 무공은 단계가 있는 법, 걸음마도 제대로 못한 아이가 갑자기 뛸 수는 없듯이 남궁욱에게 무상검법은 거칠고 위험하기 짝이 없는 거대한 벽일 뿐이었다. 평생 순탄한 길만 걸어왔던 그가 갑자기 들이닥친 벽을 정복한다는 것은 너무나 힘든 일이었다. 그렇지만 그에겐 그것을 익혀야 하는 절박한 이유가 있었다. 협맹에 복수하기 위해서, 나아가 무너진 남궁세가를 다시 재건하기 위해서라도 무상검법은 반드시 익혀야만 했다.

산으로 숨어들어 온 날부터 남궁욱은 단 한 순간도 멈추지 않고 무공을 익혔다. 끼니를 해결하는 시간을 제외하고는 오직 무공에만 매달렸다. 잠을 자는 시간도 아까워 잠 대신 운기조식을 통해 밀려드는 피로와 수마(睡魔)를 해결했다. 갑작스레 덤벼드는 주화입마(走火入魔)의 위기를 극복하고 시시각각 찾아드는 심마(心魔)와 싸우기를 매일, 하루에도 수차례나 죽을 고비를 넘기면서도 남궁욱은 멈추지 않았다.

하루가 가고 이틀이 가고, 한 달이 지나 두어 달이 지나도록 생각만큼 진전은 없고 힘겨운 나날들만 계속되자 남궁욱은 점점 초조해져 갔다. 자신의 못남에 스스로 자괴감에 빠져들기도 했다. 하지만 그는 결코 포기하지 않았다. 그에겐 영혼을 팔아서라도 이루어내야 할 일이 있었고 그것을 위해 조부가 안배한 무상검법과 대환단이 있었다. 천하제일이라 알려진 영약 대환단의 무궁무진한 공능과 무상검법의 힘이 합쳐진다면 복수를 하고 세가를 다시 세울 수 있는 가능성이 전무(全無)한 것은 아니었다.

그렇게 몇 달이 더 지났다.

남궁욱은 마침내 보이긴 해도 잡을 수는 없는 신기루 같던 무상검법에 조금씩 접근할 수 있었다. 어쩌면 그의 의지와 노력에 감복한 무상검법이, 조사 남궁척의 혼이 담겨져 있는 그것이 스스로 남궁욱에게 마음 한 켠을 내준 것일지도 몰랐다.

그 이후론 일사천리였다. 처음엔 느렸지만 이후의 성취는 놀랄 만큼 빠르게 진행되었다. 그는 조부 남궁성이 말년에 가서야 이룬 팔성의 경지를 단숨에 뛰어넘어 버렸다. 그리고 순식간에 구성을 넘어 십성의 단계에 접어들었다. 하지만 거기까지였다. 아무리 발버둥을 치고 노력을 해도 그 이상의 진전은 없었다. 실망은 했지만 좌절은 하지 않았다. 이만큼 익힌 것만으로도 기적이라는 것을 스스로가 알고 있었기 때문이다.

남궁욱은 자신의 능력으론 무상검법을 대성할 수 없다는 것을 알고 그 즉시 하산을 결심했다. 지금껏 익힌 무공으로도 조부와의 약속을 충분히 지킬 수 있다는 생각에서였다. 또한 그만한 무공을 지니고 참고 있기엔 그의 나이가 너무 어렸다.

지옥의 화마와도 같이 불타오르는 원한을 가슴에 갈무리하고 하산한 남궁욱은 곧 무림맹과 협맹이 대대적인 싸움을 할 것이라는 소문을 들을 수 있었다. 그는 그 즉시 결전장이 될 형산파를 향해 남하하기 시작했다.

그런데 문제는 소수임에도 불구하고 드러내 놓고 위세를 과시하며 북상하던 협맹의 무인들을 보는 족족 척살하면서 형산파로 향하던 남궁욱이 한 남자를 만나면서 발생했다.

북상하던 협맹, 엄밀히 말해 영호세가의 무인으로 보이던 자들 몇몇을 처리한 남궁욱은 잠시 휴식도 취하고 요기도 할까 하여 길가에 외따로이 서서 객을 기다리는 자그마한 객잔(客棧)에 들렀다. 객잔의 규모는 작았지만 그 안은 상당히 많은 사람들로 북적이고 있었다.

'시끄럽기는.'

인상을 찌푸리며 자리를 찾던 남궁욱의 눈이 홀로 술을 들이키고 있는 사내에게 잠시 머물렀다. 아무래도 합석을 해야 될 듯싶었다. 그러나 슬쩍 고개를 돌려 자신을 바라보고 다시 술을 들이키는 사내의 얼굴을 확인한 순간 남궁욱은 그 자리에 멈춰 서서 두 눈을 부릅뜨고 말았다.

'저, 저자는!'

기억이 틀리지 않는다면, 아니, 절대로 틀릴 수 없는 기억이었다. 수많은 식솔들을 중독시키고 무참하게 살해하던 살인마를 어찌 잊을 수 있단 말인가. 어쩌면 남궁세가가 멸문지화를 당하게 된 것은 협맹 때문이 아니라 객잔의 한쪽 구석에 앉아 태연히 술을 홀짝이고 있는 사내와 그 일당 때문이라 할 수 있었다.

남궁욱의 손은 어느새 옆구리에 차고 있는 검의 손잡이에 닿아 있었다. 이글이글 타오르는 눈은 뚫어져라 사내를 쳐다봤다. 그 눈길을 의식했는지 사내의 고개가 돌려졌다. 살짝 이채가 흐르는가 싶더니 곧 무심한 눈길로 쳐다보는 사내. 하지만 바로 그 순간 남궁욱은 사내의 눈에서 마치 벼락과도 같은 기운이 자신에게 쏘아져 온 것을 놓치지 않았다.

관심없다는 듯 사내의 눈은 다시 술병을 향했다. 원수가 눈앞에 있었다.

남궁욱은 몸을 날리려 하였다. 검을 빼서 단숨에 사내의 목을 베어 버리고자 했다. 그에 적당한 초식도 생각해 냈다. 하지만 남궁욱은 움직일 수 없었다. 부들부들 떨리는 손은 검을 움켜쥐기만 했을 뿐 검은 검집에서 단 한 치도 벗어나지 못했다. 얼굴은 검푸르게 변했고 밋밋하던 태양혈(太陽穴)이 불끈 치솟았다. 어찌나 세게 입술을 깨물었는지 입에선 핏줄기가 흘러내렸다. 그렇지만 결국 그는 움직이지 못했다.

범은 범을 알아보는 법이라 했던가. 대환단의 효능과 수개월간 피나는 노력으로 얻은 무상검법으로 인해 과거엔 상상도 할 수 없었던 고수로 변모한 남궁욱은 비로소 자신의 원수가 얼마나 강한지 알게 되었다.

완전 무방비 상태로 노출된 듯한 몸, 온통 허점투성이로 보이는 자세에선 그 어떤 약점도 발견할 수 없었고 일반 사람들이나 어설픈 무공을 지닌 자들은 아예 느끼지도 못할 정도였지만 은연중 뿜어져 나오는 자연스런 예기는 숨을 콱 막히게 했다. 특히 잠깐 동안 보여주었던 기세는 실로 압도적이었다.

남궁욱은 그와 눈이 마주치는 순간 숨이 멎는 듯한 충격을 느꼈음을 상기했다. 그리고 지금 자신의 실력으로 복수할 수 있을 것인가를 가늠해 보았다. 결론은 하나였다. 절대로 이길 수 없는 상대라는 것. 순간 그의 마음속에선 두 가지의 생각이 격렬하게 싸움을 시작했다.

무인이라면, 또한 가문의 원수를 갚기 위해서라면 상대의 위세에 짓눌려 두려워할 것이 아니라 죽음을 각오하고 싸워야 한다는 것과 결과가 뻔한 싸움에 헛되이 목숨을 잃지 말고 지금은 뒤로 물러나 훗날을 기약할 때라는 상충된 의견의 충돌이었다. 하지만 그것의 결과는 남궁욱이 혁련휘를 발견하고도 검을 꺼내지 못한 순간 이미 나온 것이나 마찬가지였다.

예전의 그였다면, 목숨보다는 명예를 중시했던 예전의 상황이라면 상대가 아무리 범접하지 못할 고수라 할지라도 원수를 목전에 두고 그대로 물러서지는 않았을 것이다. 하지만 지금의 남궁욱은 과거의 남궁욱이 될 수 없었다. 어떤 상황이 닥친다 하더라도, 세상 모든 사람들에게 비웃음과 손가락질을 받고 초라하고 구차한 모습으로 변할지라도 그는 살아남아야 했다. 설사 원수에게 무릎을 꿇고 가랑이를 빠져나가는 치욕을 당한다 하더라도 그는 살아남아야 했다.

다른 이유는 없었다. 있다면 오직 하나 남궁세가의 재건을 위해서였다. 조부와의 약속대로 남궁세가를 다시 일으키기 전에 그는 절대로 죽을 수 없었다. 남궁세가의 부활이라는 대명제는 그 어떠한 일보다 중요했고 우선시되었으며 남궁욱이 삶을 영위하는 의미이자 이유였다. 복수는 그 다음이었다.

'남궁욱아, 남궁욱아! 너는 오늘 일을 잊어서는 안 될 것이다. 원수를 코앞에 두고도, 형제 부모를 살해한 원흉을 눈앞에 두고서도 아무런 행동도 하지 못한 채 뒷걸음질쳐야 하는 너의 비참한 꼬락서니를 평생 잊어서는 안 될 것이다. 이것은 네게 지워진 짐이다. 이 짐을 벗지 않고는 창천(蒼天)을 쳐다볼 자격도 없음이니. 언젠가 저자의 목을 제물로 하여 먼저 간 식솔들의 영혼을 달래야 할 것이다. 꼭 그렇게 해야만 한다.'

수없이 망설이던 남궁욱은 그의 의지와는 달리 검에 붙어 떨어지지 않는 손을 간신히 떼어놓았다. 그리곤 천고(千古)에 없는 죄인처럼 고개를 숙이고 힘없이 몸을 돌렸다.

바로 그 순간, 그의 몸을 밀치는 손길이 있었다.

"비켜라!"

남궁욱은 자신을 밀친 사내를 조용히 응시했다. 하지만 별다른 행동은 하지 않고 조용히 길을 터주었다. 이미 거두기로 마음먹은 검을 다시 잡기가 민망했기 때문이었다.

그다지 힘을 준 것은 아니지만 비리비리해 보이던 상대가 꿈쩍도 하지 않자 잠시 움찔했던 사내, 막문위는 남궁욱이 자신의 시선을 외면하고 뒤로 물러나자 그러면 그렇지 하는 표정으로 만족한 미소를 지었다. 그리고 미적거리며 몸을 움직이는 수하들을 다독이며 소리쳤다.

"자, 서둘러라. 여기서 이렇게 머뭇거릴 시간이 없다. 벌써 대부분의 병력은 장강을 넘고 있을 것이다. 영호세가의 이름에 먹칠할 수는 없는 법. 힘들내라."

'영… 호… 세… 가?'

남궁욱은 순간적으로 자신의 피가 싸늘하게 얼어붙는 것을 느꼈다. 그리고 목구멍까지 치밀어 오르는 분노를 억지로 삭일 필요가 없게 배려해 준 하늘에 감사했다.

'잘 걸렸다, 이놈들!'

남궁욱은 묘한 웃음을 지으며 하나둘 객잔 밖으로 빠져나가는 영호세가의 무인들을 쳐다보았다. 그리고 그들의 모습이 사라지자마자 그들 뒤를 따라나섰다. 바로 그때 여태껏 술만 마시던 사내의 음성이 들려왔다.

"그냥 가는 것인가?"

난데없이 들려온 사내의 말에 막 발걸음을 떼던 남궁욱이 흠칫하며 발걸음을 멈추었다. 음성의 주인은 확인할 필요도 없었다.

"잘 생각했다."

그것을 끝으로 사내의 말은 더 이상 없었다. 들려오는 소리로 보아 다시 술잔을 기울이는 것 같았다.

'잘 생각했다? 빌어먹을!'

그만한 능력을 지닌 자가 애당초 낌새를 못 채지는 않았을 터. 남궁욱은 당황하지 않았다. 하지만 원수의 목을 베지는 못할망정 마치 목숨을 구걸받는 듯한 치욕감에 그의 전신은 부르르 떨리고 있었다.

'참자, 아직은 힘이 없음이니. 언젠가는······.'

꽝!

객잔의 문이 흔적도 없이 사라졌다. 끓어오르는 노화를 괜한 곳에 푼 남궁욱은 멈췄던 발걸음을 재촉하기 시작했다.

"강한 자로군. 나에게 원한을 가진 것 같았는데 누굴까?"

남궁욱의 모습이 사라지는 것을 보며 잠시 생각에 잠겼던 사내는 이내 고개를 흔들었다.

"쓸데없는 생각을… 지금은 관정 생각만으로도 벅차거늘······."

남궁욱의 원수, 그로 하여금 씻을 수 없는 치욕감을 느끼게 만든 장본인은 다름 아닌 혁련휘, 무당산에서 내려와 관정을 만나기 위해 협맹의 고안 분타로 향하던 혁련휘였다.

"그럼 나도 가볼까."

혁련휘는 마지막 잔을 단숨에 비우고 천천히 몸을 일으켰다.

어쩌면 서로에게 원한을 가지고 있다고 말할 수 있는 남궁욱과 혁련휘의 짧은 만남은 그렇게 끝이 났다.

정확히 한 시진 전에 일어난 일. 그러나 그 불똥은 전혀 엉뚱한 곳으로 튀고 말았다.

"네놈은 우리가 누군지 모르느냐?"

"알지, 자~알 알고 있다. 영호세가의 충견들, 아니, 정정하도록 하지. 협맹의 쥐새끼들로."

남궁욱은 진하다 못해 끔찍해 보이는 살소를 머금고 막문위에게 다가갔다. 절로 뒷걸음질치는 막문위의 안색은 썩은 감자마냥 누렇게 떠 있었다. 영호세가의 사람이라면 곧 협맹의 사람들. 그것을 알면서도 저토록 여유로운, 아니, 여유롭다 못해 마치 흥미로운 사냥감을 발견했다는 듯한 표정으로 다가온다는 것은 오직 하나의 의미로밖에 해석이 안 됐다. 협맹조차 무시할 정도로 강한 무공을 지녔거나 협맹을 적으로 돌리고 있는 무림맹의 사람이라는 것. 나이를 감안했을 때 틀림없는 후자였다.

'머뭇거리면 죽는다.'

어차피 물러설 곳도 없고 상대도 그냥 보내줄 것 같지는 않았다.

당황은 했지만 막문위는 그래도 고수라 칭할 수 있는 무인이었다. 상대가 어느새 코앞에까지 이르자 그는 조금도 주저없이 명을 내렸다.

"쳐라!"

그러면서도 정작 자신은 뒤로 물러났다. 도망을 가려는 의도는 아니었다. 막문위는 어차피 적을 상대할 수 있는 실력을 지닌 사람은 자신뿐이라 생각하고 있었다. 수하들에겐 미안한 일이었지만 상대의 실력이 어떠한지를 확실하게 파악한 후 싸워야 그나마 승산이 있을 것 같았다.

하지만 그런 자신의 생각이 얼마나 유치한 짓이었는지를 알게 된 것은 그가 처음 있던 자리에서 정확히 세 걸음을 물러났을 때였다.

막문위가 막 한 걸음을 떼어놓았을 때 남궁욱이 한 번 휘두른 검에 덤벼들던 수하들 중 절반의 목숨이 날아갔고 두 걸음을 움직였을 때 그 나머지 절반이 허무하게 쓰러졌다. 그리고 세 걸음을 물러났을 때 막문위는 자신의 앞에서 빙그레 웃음 짓고 있는 남궁욱을 볼 수 있었다.

"혼자 그렇게 도망가면 안 되지. 그 잘난 영호세가의 나리께서 말이야."

"죽어랏!"

순식간에 벌어진 상황에 실력을 파악할 시간도 여유도 있을 수 없었다. 더 이상 물러서는 것도 불가능하다고 생각한 막문위가 이를 악물고 검을 휘둘렀다. 무림맹과의 일전을 그리며 불철주야 연마했던 무공이었다.

하지만 그의 공격은 너무도 간단히 막혀 버리고 말았다.

"이익! 죽어!"

챙! 챙!

막문위는 그가 알고 있는 모든 무공을 동원하여 필사적으로 공격했다. 그러나 공격을 받는 남궁욱은 마치 동네 꼬마들이 칼 싸움을 하듯 정확하게 박자를 맞춰가며, 또한 막문위의 자세를 흉내 내며 그의 공격을 번번이 무산시켰다. 시간이 지날수록 거친 숨을 몰아쉬는 것은 막문위였고 땀을 흘리는 것도 막문위였다. 남궁욱은 그 자리에서 한 발짝도 떼어놓지 않고 막문위를 유린하고 있었다.

"왜 물러나는 것이냐?"

막문위가 돌연 공격을 멈추자 남궁욱이 비웃음을 흘리며 물었다.

'고작, 고작 이 정도에 불과하단 말인가, 내가 지닌 무공이라는 것이.'

막문위는 절망할 수밖에 없었다. 처음엔 적의 압도적인 무공에 절망했지만 지금은 자신의 무공이 남궁욱에겐 고작 조롱거리밖에 안 된다는 수치감과 그럼에도 과거 왜 그토록 열심히 무공을 익혔는지에 대한 회의감에 의해 절망했다.

"좀 더 힘을 써보지 그래."

남궁욱은 아예 팔짱을 끼며 막문위를 도발했다. 하지만 막문위는 그런 남궁욱을 거들떠보지도 않았다. 자신이 어떤 무공을 쓰든, 어떤 수단을 강구하든 적에겐 한낱 유치한 장난질밖에 되지 않는다는 것을 알았기 때문이다. 그것만큼은 더 이상 용납할 수 없었다. 최소한 무인의 자존심만은 지켜야 했다. 그것이 평생 동안 무공에 힘쓴 지난날의 노력에 대한 마지막 배려였다.

"내 비록 네놈보다는 약해도 자존심을 버리진 않았다. 크윽!"

막문위는 자신의 검을 역으로 돌려 잡고 그대로 가슴을 찔렀다.

"……."

"이… 복수는… 세가에서 해… 줄… 것이다……."

막문위는 눈도 감지 못하고 그대로 세상을 떠났다. 부릅뜬 두 눈은 남궁욱에게 고정되어 있었다.

"후~"

괜한 짓을 했다는 생각에 입맛이 썼다. 아무리 화가 나고 치미는 분노를 삭일 대상이 필요했다지만 이런 것은 아니었다. 벨지언정 굴욕감과 수치심은 강요하지 말았어야 했다. 적이지만 상대를 배려할 수 있는 여유를 지닌 사람들이 바로 백도의 무인이 아니던가. 흑도와 다르다고 자부하는 그들만의 자부심. 한데 자신보다 약하다는 것을 뻔히 알면서도 그런 행동을 했으니 부끄러워 견딜 수가 없었다. 물론 복수를 하고 세가를 다시 재건하려면 누구보다 잔인해지고 독해져야 하지만 그것은 자기 자신을 그렇게 채찍질하라는 것이지 자신보다 힘이 약한 적에게 그리하라는 것은 아니었다.

남궁욱은 경솔했던 자신을 질책하며 막문위에게 다가갔다. 그리곤 부릅뜬 막문위의 눈을 감겨주었다.

"젠장! 그놈만 만나지 않았어도."

괜스레 혁련휘를 떠올리며 화를 낸 남궁욱은 굽혔던 허리를 펴고 최대한 빨리 자리를 벗어나려 하였다.

"그나저나 협맹에 인물이 이리 없던가? 어찌 만나는 인간들마다 이렇게 약해 빠진 것인지……."

북상하는 협맹의 무인들과 만나고 그들의 목숨을 빼앗은지 수차례. 비록 그럴듯하게 보이고 과장하며 떠들어댔지만 그들 중 정작 제대로 힘을 쓰는 사람은 손에 꼽을 정도였다. 그나마도 삼 초를 받지 못하고 쓰러지기 일쑤였다.

"이상해. 아주 이상해. 고작 이 정도를 가지고 소림과 화산을 치……."

생각보다는 협맹의 전력이 형편없다는 생각을 하며 고개를 가로젓던 남궁욱은 뭔가에 생각이 미쳤는지 문득 걸음을 멈추었다. 삽시간에 얼굴이 굳어졌다.

"그렇구나! 그랬어!'

놀랄 시간도 없었다. 어떤 수를 쓰더라도 자신이 알게 된 사실을 무림맹에 전할 필요가 있었다. 자신의 생각이 옳다는 확신이 들자마자 남궁욱은 마을을 향해 뛰기 시작했다.

*   *   *

해가 저무는 늦은 오후.

"여기가 고안 분타, 협맹의 고안 붜타가 맞는가?"

혁련휘는 나름대로 근사한 현판을 올려다보며 그 아래 경계를 서고 있는 무인들에게 물었다.

"그, 그렇소만……."

이미 흑영의 대주 혁련휘가 고안 분타를 찾는다는 것은 알 만한 사람은 다 알고 있었다. 더구나 경계를 서는 이들은 분타주인 경대신(庚岱宸)으로부터 단단히 교육을 받은 상태였다. 그들은 낯선 방문자를 보며 극도로 조심하고 있었다.

"분타주를 만나고 싶다."

"무, 무슨 일… 아니, 누구시라고 전해야 할지……."

혁련휘는 쭈뼛거리며 묻는 그들의 태도에 피식 웃음을 터뜨렸다.

"알면서 뭘 묻느냐? 그냥 안내만 하면 된다."

일이 이쯤 되면 묻기도 뭐한 법이었다. 서로 눈치를 본 그들은 자신들의 예감이 틀리기만을 바라며 길을 텄다. 그중 한 명은 분타주에게 미리 알리기 위해 앞서 달렸다.

남은 사내가 어정쩡한 몸가짐으로 길을 안내하는 사이 연락을 받은 경대신이 안채에서 황급히 달려나왔다.

"내가 분타주인 경대신이오. 혹여……."

"혁련휘."

"음."

혁련휘가 순순히 자신의 이름을 말하자 경대신의 안색에 미미한 변화가 왔다. 예상은 했지만 조금은 놀란 듯 침음성도 내뱉었다. 하지만 경대신을 데리고 온 사내나 혁련휘를 안내하던 사내는 혁련휘라는 이름을 듣자마자 사색이 되었다. 그리곤 자신들도 모르게 손으로 목을 만지며 목이 제대로 붙어 있는지를 확인했다. 목이 제대로 붙어 있음을 확인한 그들은 사신을 만나고도 살아남았다는 안도감에 몸을 떨며 재빨리 두어 걸음 뒤로 물러났다.

"한심한! 경거망동하지 말거라!"

경대신은 노한 눈빛으로 그들을 노려보며 경망 떨지 말라고 경고했다. 그리고 혁련휘를 향해 정중히 허리를 숙였다.

"기다리고 있었소이다. 일단 안으로 드시오."

수하들을 엄히 추궁한 경대신은 혁련휘를 분타의 동쪽 끝에 자리 잡고 있는 빈청(賓廳)으로 안내했다. 혁련휘는 자신에겐 당당하고 수하들에겐 절도와 위엄이 있는 경대신의 모습이 사뭇 의외라는 듯 처음과는 다른 눈으로 그를 살폈다. 그리곤 의미심장한 표정으로 고개를 끄덕였다. 정기가 가득한 눈빛, 가벼운 발걸음, 거기에 안으로 제대로 갈무리된 듯한 내공 등에서 그가 상당한 무공을 지니고 있음을 간파했기 때문이다.

'인물이로군.'

통산 분타나 여타 급조한 분타들과는 달리 고안 분타는 상당히 규모가 컸고 협맹에서도 상당히 중시하는 분타였다. 경대신이 삼십 후반의 비교적 젊은 나이임에도 고안 분타 같은 중지의 분타주를 맡는다는 것은 그만큼 위에서 신임을 받는다는 증거였다. 혁련휘는 잠깐 동안의 관찰로 그의 능력을 단번에 간파해 냈다.

잠시 후, 연무장을 지난 그들은 아담하면서도 고풍스러운 건물에 도착했다.

"너희들은 어서 가서 주안상(酒案床)을 내오라 전하여라."

수하들을 시켜 간단한 음식을 내오게 한 뒤 빈청에 든 경대신이 혁련휘에게 말을 했다.

"위에서 연락을 받고 있었소. 오늘쯤 도착하신다고 하여 오전부터 기다리고 있었소."

"대답은?"

혁련휘가 거두절미하고 물었다.

"모르오. 위에선 그저 당신을 융숭하게 접대하라고 했을 뿐. 그 이외의 말은 없었소."

혁련휘의 얼굴이 심각하게 굳어졌다. 동시에 그가 일으킨 살기가 순식간에 방 안을 휘감았다.

"거절이오?"

"그것도 모르오. 그 물음에 대한 대답은 내가 아니라 다른 사람이 할 것이오. 위에서 사람들이 내려온다고 했으니… 그들도 도착할 때가 되었소."

경대신이 담담한 표정으로 대꾸했다. 혁련휘는 아무런 말도 하지 않고 경대신을 노려보았다. 경대신도 피하지 않고 혁련휘의 눈을 마주 보았다. 짧은 시간 동안 이어진 침묵. 그리고 그들의 대치 상황은 주안상이 들어오면서 끝이 났다.

"사람들이 도착하면 연락하겠소. 특별히 할 말이 없다면 이만 가보겠소. 편히 쉬시오."

경대신은 할 말을 다했다는 듯 자리에서 일어났다.

'정말 인물이야.'

자신의 소문은 익히 들었을 것이고 위에서도 많은 말들이 있었을 것이다. 그리고 웬만한 사람이라면 조금 전 일으켰던 살기에 겁을 집어먹었을 만도 했다. 하지만 경대신은 추호도 위축되지 않고 당당하기만 했다. 자신의 살기에 주눅 들지 않고 대항하는 녹록치 않은 무공 실력도 보여줬다. 혁련휘는 그런 경대신이 내심 마음에 들었다.

"같이 한잔하겠소?"

혁련휘가 술잔을 들며 물었다. 고개를 돌려 잠시 동안 혁련휘를 쳐다보던 경대신이 고개를 흔들었다.

"싫소."

"이유라도?"

"술이라는 것은 흥에 겨워 마시고 마시면 취해야 하는 법이오. 하나 사신을 앞두고 먹는 술에 어찌 흥취가 일 것이며 취기가 돌겠소. 체하지 않으면 그나마 다행이지. 그런 술은 마시지 않음만 못하니 관두겠소."

혁련휘의 반응은 전혀 개의치 않는다는 듯 빠르게 말을 마친 경대신은 혁련휘가 미처 무슨 말을 하기도 전에 방을 나가 버리고 말았다.

"역시 인물이야, 정말 오랜만에 만나보는. 후후후!"

예상치 못한 그의 행동에 다소 민망한 표정을 짓고 있던 혁련휘의 얼굴에 엷은 미소가 흘렀다. 그리고 그 민망함을 감추기 위해 그가 선택한 것은 영롱한 빛과 향을 감추고 있는 향기로운 술 한 잔이었다.

*   *   *

"헉헉!"

숨이 턱밑까지 차 오르고 무리한 다리에선 경련이 일었지만 남궁욱은 좀처럼 걸음을 멈추지 못했다. 몇몇 싸움을 통해 협맹의 북상이 무림맹의 눈을 속이기 위한 위장술임을 간파한 즉시 가까운 마을을 찾아 무림맹에 연락을 띄우기는 했지만 아무래도 믿음이 가지 않았기 때문이다. 연락을 받고 병력을 회군했다면 그만한 다행이 없겠지만 그렇지 않다면 자신이 직접 형산으로 가서 사실을 밝히는 수밖에 없었다.

밤낮을 가리지 않고 형산파로 향하는데 계속해서 들려오는 소리는 무림맹과 협맹이 곧 싸움에 돌입할 것이라는 말뿐이었다. 어쩌면 벌써 시작되었을지도 모르는 일이었다.

"제발 늦지 않아야 할 텐데……."

남궁욱이 시야를 가리는 땀을 닦아내며 안타까이 내뱉었다. 바로 그 순간, 남궁욱은 멀리서 다가오는 일단의 무리들을 발견했다. 이미 해가 지고 사위에 어둠이 깔려 자세히 보이지는 않았지만 못 잡아도 물경 백여 명은 넘는 대규모의 인원이었다. 남궁욱은 가던 발걸음을 멈추고 재빨리 몸을 숨겼다. 그리고 대규모의, 게다가 일반인이 상상할수도 없는 빠른 움직임으로 다가오는 그들을 조심스레 살피기 시작했다.

"저것은!"

남궁욱은 자신도 모르게 몸을 벌떡 일으키며 탄성을 질렀다. 아직 개개인의 얼굴은 확인되지 않았지만 앞서 오는 사람들 중 한 명은 분명 승복을 하고 있었다.

다른 생각은 할 필요가 없었다.

"소림!"

북상하는 협맹의 목표는 소림으로 알려졌다. 그리고 무림맹에서 구원 병력을 보낸다면 틀림없이 소림사의 인물도 포함될 것. 남궁욱은 단지 맨 앞의 사람이 승복을 입었다는 것만으로 그들이 무림맹에서 보낸 구원 병력이라 생각했다. 물론 평소라면 수십 번을 의심하고 조심을 했겠지만 지금의 남궁욱은 조바심이 날 대로 난 상태였다. 그만한 생각을 해볼 여력이 없었다.

너무나 기쁜 나머지 재빨리 몸을 일으킨 남궁욱은 무리를 향해 몸을 날렸다. 순식간에 거리가 좁혀지고 무리의 정면에 이르자 남궁욱이 크게 소리쳤다.

"멈춰랏!"

아직 한밤중은 아니었지만 이미 밤이라고 해도 과언이 아닐 정도로 주변이 어두웠다. 또한 그들은 이곳까지 오는 동안 수차례나 암습을 당했다. 그러니 갑자기 나타나 맹렬히 달려드는, 더구나 다급한 마음이라지만 다짜고짜 반말을 해대며 멈추라는 남궁욱은 그들에게 오직 한 가지 생각밖에 들지 않게 만들었다.

급할수록 돌아가라는 말이 있다. 돌다리도 두드려 보고 건너보라는 속담도 있다. 모두 성급한 행동을 하지 말고 침착하라는 옛 어른들의 말이다. 어째서 그래야 하는지는 대답 대신 남궁욱을 향해 밀려온 공격이 친절하게 가르쳐 주었다.

"어? 헉!"

남궁욱은 자신의 안면을 향해 순식간에 접근한 검에 기겁을 하며 몸을 틀었다. 검은 실로 간발의 차이로 그의 머리를 스쳐 지나갔다. 한 움큼도 더 되는 머리카락이 우수수 날려 떨어졌다.

"자, 잠……."

당황한 남궁욱이 뭐라 말을 하려 했지만 한두 마디 하기도 전에 또다시 공격이 날아들었다.

"젠장!"

남궁욱은 어쩔 수 없이 검을 꺼내어 공격을 막았다. 공격이 어찌나 강맹한지 손이 찢어질 듯 아파왔다.

"제법이로구나!"

다짜고짜 자신을 공격한 사람, 무림맹의 사람인 것은 확실하지만 얼굴은 알지 못하는 노인이 칭찬인지 화를 내는 것인지 모를 소리를 토해내며 재차 공격을 했다.

아예 작심을 한 듯 그의 검에선 어두워진 사위를 환하게 밝히고도 남을 빛이 뿜어져 나왔고 천천히 밀려오는 압력은 결코 가벼이 볼 것이 아니었다.

'어쩔 수 없군.'

남궁욱은 더 이상 피해선 아무것도 안 된다는 것을 느끼고 자세를 잡았다. 상대의 연속되는 공격은 말할 틈을 주지 않았고 또 이런 상태로 뭐라 말을 해봐야 믿어줄 것 같지도 않았다. 우선은 힘으로 이 난처한 상황을 벗어나고 그 이후에 말로써 설명을 하는 것이 낫겠다는 생각을 했다. 그리고 그는 그럴 자신이 있었다. 그렇다고 적당히 상대하다간 그대로 황천을 구경하게 될지도 모르는 일이었다. 그 순간 남궁욱은 익혔으되 실전에선 아직 한 번도 시전해 보지 않은 무상검법의 검결을 떠올렸다.

하지만 남궁욱은 먼저 공격할 수는 없었다. 어쩔 수 없이 싸우게는 되었지만 상대는 분명 어느 문파의 존장일 것이 분명할 일이었다. 그는 상대가 공격하기만을 기다렸다. 그것이 도리어 상대방을 자극하는 일이라는 것도 모르고.

"가, 감히……."

그다지 대수롭지 않게 여겼지만 처음 공격을 피해내고 연이은 공격을 막아내자 이양빙은 갑자기 나타난 적에 대해 경계를 했다. 물론 최선을 다한 것은 아니었지만 적은 무려 팔성이 담긴 공격을 간단히 막아냈다. 더구나 검을 통해 전해오는 내력이 결코 만만치 않았다. 하마터면 검을 놓치는 망신까지 당할 뻔했다. 그런 데다가 이제는 먼저 공격을 하라는 듯 검을 까딱대고 있으니 체면이 말이 아니었다.

"어린놈이 광오하구나!"

이양빙은 필생의 공력을 담아 남궁욱을 공격했다.

종남파의 검술은 화산파처럼 화려하지도, 그렇다고 무당파처럼 장중하지도 않았다. 하지만 두 문파의 장점만을 살려놓은 듯 화산의 검보다는 힘이 넘쳤고 무당의 검에 비해선 변화무쌍했다. 그런 종남파의 검법의 특징을 그대로 드러내는 이양빙의 공격은 옆에서 지켜보는 허료 대사나 나름대로 검에 자부심을 가지고 있는 모용유(慕容諭)의 입에서 절로 탄성이 흘러나오게 만들었다.

"천하일절 태을검법(太乙劍法)이로구나!"

이제 막 빛을 발하던 달빛을 단숨에 요절내고 온 천하를 자신의 빛으로 뒤바꿔 버린 이양빙의 검은 신중한 표정으로 움직이고 있는 남궁욱마저 단숨에 사분오열시키려는 듯 혀를 날름거리며 달려들었다. 애당초 피할 여지를 주지 않겠다는 듯 이양빙의 검은 후방을 제외하고는 남궁욱이 피할 모든 방향을 선점했다.

'끝이군.'

이양빙의 공격이 얼마나 무서운지 같은 검을 쓰고 있는 모용유는 절실히 느끼고 있었다. 그는 남궁욱의 죽음을 단언했다. 이양빙을 따라나선 모든 무림맹의 무인들의 뇌리에도 처참하게 뭉개질 남궁욱의 모습이 자연스레 떠올랐다. 그리고 그것은 한 치의 의심도 용납하지 않았다. 그것을 거부한 사람은 오직 한 명, 이양빙의 공격에 직접 맞부딪쳐야 하는 남궁욱뿐이었다. 물론 남궁욱 또한 처음과는 달리 자신이 처한 암담한 현실을 부정하고 싶은 마음이 간절하기만 했다.

무상검법의 힘을 믿고는 있었지만 전력을 다한 이양빙의 공격은 솔직히 상상을 초월할 정도로 위력적이었다. 상황이 여의치 않았더라도 어째서 끝까지 자신의 정체를 밝히고 말로써 설명을 하지 못하고 괜한 호승심에 이런 결과까지 불러일으켰는지 후회막급하기만 했다.

그렇다고 이렇게 죽기엔 짊어진 짐이 너무나 무거웠다. 어떻게든 살아남아야 했다. 그의 마음은 그 즉시 전신에 전달되었고 몸은 이미 이양빙의 공격에 반응하고 있었다.

"큰 무지개에 하늘이 놀라고……."

다급한, 그러나 장중하면서도 힘이 절로 느껴지는 남궁욱의 음성과 함께 무상검법 제1초 장홍경천(長虹驚天)이 펼쳐졌다.

꽈꽝!

검기와 검기의 충돌. 주변을 휩쓴 충격파에 초목이 쓰러지고 내공이 약한 이들이 신음성을 내뱉으며 가슴을 부여잡았다.

"하앗!"

자신의 공격이 무위로 돌아가자 이양빙은 주저없이 다음 공격을 퍼부었다.

파스슷!

지면을 스치며 날아가는 검기가 남궁욱의 하체를 노렸다. 이양빙의 공격을 간단히 막아낸 남궁욱은 처음과는 달리 그다지 두려운 기색이 없었다. 오히려 예상보다 더욱 뛰어난 무상검법의 위력에 자신감이 생겼다.

"구름이 모여 비가 되고 사해(四海)를 적시는구나!"

남궁욱의 검에서 뻗어 나온 찬란한 빛이 주변을 물들였다.

"운행우시(雲行雨施)!!"

꽈과과광!

천둥보다 더욱 커다란 충돌음이 들리고 함께 공격했던 이양빙이 형편없이 뒤로 밀리고 말았다. 그러나 이양빙의 공격을 무참히 쓰러뜨리고 밀어닥치는 남궁욱의 힘은 좀처럼 사그라지지 않았다. 보고도 믿지 못할 실로 가공할 만한 힘이었다.

이양빙은 무려 삼 장여나 물러나고야 남은 힘을 겨우 흘려 버릴 수 있었다.

"크헉!"

이양빙은 탁한 신음성과 주먹만한 핏덩이를 토해냈다. 갈기갈기 찢겨진 장삼은 어느새 그가 토해낸 피로 붉게 물들어 있었다.

"으으으……."

그는 도저히 믿을 수 없다는 듯 멍한 눈으로 남궁욱을 쳐다보았다. 그리곤 곧 힘없이 쓰러지며 정신을 잃고 말았다. 하지만 공격을 받다가 그 반대의 입장으로 변한 남궁욱의 검은 거기서 멈추지 않았다.

이양빙에 비교할 것은 아니었지만 어느 정도 부상을 당한 듯 안색이 창백해지고 입가에 한줄기 피가 흐르고 있었다. 하나 이미 무아지경(無我之境)에 빠진 남궁욱은 뚜렷한 목표도 없이 무상검법 절초 중 하나인 호천망극(昊天罔極)을 시전하고 있었다.

"아미타불!"

이러다간 정신을 잃은 이양빙은 물론이고 다른 제자들까지 큰 피해를 보겠다고 생각한 허료 대사가 남궁욱을 상대하기 위해 나섰다.

"돕겠습니다."

이양빙을 간단히 제압한 적을 혼자서는 무리라고 생각한 모용유가 재빨리 허료 대사의 곁으로 다가왔다. 서로 눈빛을 교환한 그들은 혼신의 힘을 다해 남궁욱의 공세를 막았다.

꽈꽈꽈꽝!

하늘이 울고 땅이 요동 쳤다.

삽시간에 주변을 휩쓴 가공할 강기들에 의해 땅이 갈라지고 흙과 돌멩이들이 일시에 자리를 이탈했다. 무림맹의 무인들은 격렬한 충격파와 암기처럼 날아드는 나뭇가지와 돌멩이들을 피해 분분히 뒤로 물러났다.

그러기를 얼마간, 흔들렸던 대기가 안정을 되찾고 무섭게 비산하던 돌과 나뭇가지 등이 잠잠해지자 황급히 자리에서 일어난 그들은 도저히 믿을 수 없는 광경에 고개를 가로젓고 말았다.

싸움의 결과는 극명하게 드러났다. 믿을 수 없게도 합공을 한 허료 대사와 모용유가 패한 것이다. 그들은 서로의 몸에 의지하며 간신히 몸을 지탱하고 있었다. 반대로 그들을 바라보며 황망한 표정을 짓고 있는 남궁욱은 별다른 이상이 없어 보였다.

"여, 역시 자네였군, 남궁 현질(賢姪). 처음부터 많이 본 얼굴이다 했네."

의아심이 가득 찬 눈으로 자신을 쳐다보는 허료 대사를 뒤로하고 모용유가 그제야 자신이 무슨 짓을 했는지 파악하곤 어쩔 줄을 몰라 하는 남궁욱에게 걸어갔다.

"제, 제가……."

남궁욱은 심한 부상을 입고 정신을 잃고 있는 이양빙과 한쪽 팔을 축 늘어뜨리고 걸어오는 모용유를 바라보며 말을 잇지 못했다.

"괜찮네. 큰 부상을 입으셨지만 이 장문인께서도 다행히 목숨엔 지장이 없을 것 같고 난……."

모용유는 완전히 부러졌는지 감각이 전혀 없는 팔을 쳐다보며 쓴웃음을 지어 보였다.

"죄, 죄송합니다. 이 죄를 어찌……."

남궁욱이 그 자리에서 힘없이 무릎을 꿇고 용서를 빌었다. 그러자 비틀거리며 다가온 허료 대사가 그의 몸을 일으켰다.

"아미타불! 상대도 제대로 확인하지 않고 공격을 한 우리의 죄지, 자네의 잘못은 아니네. 그나저나 멸문지화를 당했다고 생각한 남궁가의 식솔을 다시 보게 될 줄이야. 진정 부처님의 가호로다. 아미타불! 아미타불!"

허료 대사는 일이야 어찌 되었든 뜻밖에도 남궁세가의 후예를 만난 것이 그저 감격스러운지 연신 불호를 외웠다. 남궁욱은 그런 허료 대사의 반응에 더욱 몸 둘 바를 몰라 했다.

"어찌 된 것인가? 대사님 말씀대로 우리는 남궁세가가 멸문을 당한 줄 알고 있었네. 살아남은 아녀자들마저 모조리 자진을 했다는 소식을 듣고 어찌나 놀랐는지……."

남궁세가를 무너뜨리기는 했지만 무공을 모르는 자와 아녀자에겐 어떠한 짓도 하지 말라는 전사림의 엄명에 의해 남궁세가의 명맥은 근근이 이어질 수 있었다. 하지만 호랑이가 산을 떠나면 여우가 왕 노릇을 하는 법이었다. 전사림 등 협맹의 수뇌들이 신경을 못 쓰는 사이 그동안 남궁세가에 눌려 지내온 몇몇 문파들이 남궁세가를 노골적으로 압박하기 시작했다. 아예 대를 끊겠다는 듯 어린아이에서 갓난아이까지 모조리 목숨을 빼앗고 심지어 부녀자를 상대로 차마 견디기 힘든 짓까지 서슴지 않았다. 치욕을 견디지 못한 이들이 목숨을 끊으면서 결국 남궁세가는 후인을 남기지 못하고 완전히 멸문하고 만 것이다.

나중에 이 사실을 알고 크게 노한 전사림이 남궁세가를 괴롭혔던 문파들을 엄하게 추궁했지만 이미 되돌릴 수 없는, 엎질러진 물이었다.

게다가 무림맹과의 일전을 앞두고 최대한 힘을 모으고 있던 협맹으로선 이들의 조그만 힘이라도 아까웠다. 결국 남궁세가 건에 대한 일은 적당한 선에서 덮어두는 것으로 결말지어졌다.

"그… 이야기는 저도 들었습니다. 비겁하게 저만 살았습니다. 저만."

하산을 하여 처음 그 소식을 접했을 때 그 아픔이란 차마 말로 표현할 수 없는 것이었다. 남궁욱은 며칠을 통곡하며 아픈 가슴을 달랜 그때의 기억을 떠올리며 씁쓸해했다.

"흠, 내 저간의 사정은 잘 모르겠지만 변모한 자네의 모습을 보니 이는 필시 숙부님의 뜻이 자네에게 이른 것으로 보네. 아닌가? 그러니 너무 자책하지 말게나."

"……"

모용유가 남은 한 팔로 남궁욱의 어깨를 쓰다듬으며 물었다.

"한데 아까 자네가 쓴 무공이 혹시 무상검법이 아닌가?"

"맞습니다. 그것을 어찌……"

"과거 아버님과 숙부님이 비무하시는 것을 본 적이 있네. 딱 한 번 본 것이지만 그때의 강렬함은 아직도 잊혀지지 않지. 한데 자네의 무공은 그때의 숙부님보다 더욱 뛰어나 보이네그려."

"아직 많이 부족합니다."

남궁욱이 손사래를 치며 대꾸했다.

"틀림없네. 숙부님이 아무리 절세의 고수셨다지만 이 장문인을 저리 만들고 나와 여기 계신 허료 대사의 합공을 그리 간단히 물리치지는 못하시지. 한데 자네는 그런 말도 안 되는 일을 해내지 않았는가."

"죄, 죄송합니다."

다시금 자신의 한 짓이 떠올라 남궁욱은 고개를 들지 못했다.

"그나저나 왜 그리 다급히 움직였는가. 그러니 적으로 오인할 수밖에."

"아!"

모용유의 질문에 그제야 자신이 어째서 그토록 급히 움직이고 또 싸움까지 했는지를 떠올린 남궁욱이 번쩍 고개를 치켜들고 소리쳤다.

"회군(回軍)해야 합니다!"

"무슨 소린가, 회군이라니?"

난데없는 말에 모용유가 이상하다는 듯 되물었다.

"시간이 없습니다. 회군해야 합니다. 우웩!"

말을 하던 남궁욱이 검붉은 피를 토하며 비틀거렸다. 참고는 있었지만 그 역시 만만찮은 내상을 입은 상태였다. 깜짝 놀란 모용유가 남궁욱을 부축하는 사이 허료 대사가 질문을 했다.

"아미타불! 그렇게 서두르지 말고 차분히 말해 보게. 저들이 소림과 화산파 등을 치기 위해 북상 중이거늘 어째서 회군을 해야 한다는 말인가."

"거짓입니다."

"거짓이라니?"

뭔가 불안한 느낌에 허료 대사의 음성도 다급해졌다.

"북상하는 놈들은 무림맹의 눈을 속이기 위한 간교한 술책에 불과했습니다. 이렇게 병력을 분산시키도록 말이지요."

"증거는 있는가?"

모용유가 부축했던 손을 놓고 황급히 몸을 돌리며 물었다.

"이곳으로 오면서 북상하는 혈맹의 무리들을 수차례나 상대했습니다. 그런데……."

"그런데?"

"한두 명을 제외하고는 무인이라 부르기도 뭣할 정도로 형편없는 자들이었습니다."

모용유와 허료 대사가 못 믿겠다는 듯 두 눈을 크게 뜨자 남궁욱이 연거푸 고개를 끄덕이며 말했다.

"틀림없습니다! 함정입니다!"

"아뿔싸!!"

더 이상 설명이 필요없었다. 남궁욱의 말이 어떤 의미인지 단번에 이해한 모용유가 몸을 휘청거리며 허탈하게 탄식성을 내뱉었다.

"만천과해라… 눈을 속여 상대의 판단을 흐리게 한다. 이토록 간단한 계교를……."

"아미타불!"

협맹이 파놓은 함정에 빠진 것이 어떤 의미인지 알기에 허료 대사는 아예 눈을 감고 연신 불호만 외웠다.

제24장
백귀야행(百鬼夜行)

백귀야행

무림맹과의 일전을 앞둔 협맹의 본 진영.

수없이 많은 문파, 많은 사람들이 모여 있었지만 떠들썩한 소리, 활발한 움직임 대신 음습한 침묵과 적막감이 우후죽순처럼 늘어서 있는 천막 사이를 휘감아 돌 뿐이었다. 사람의 모습은 온데간데없고 차가운 밤이슬만이 은밀히 내려와 대지를 적시고 있었다. 다만 간간이 들려오는 소리들, 경계를 서는 무인들이 주고받는 수신호와 수고했다는 인사, 바람에 흔들리는 횃불의 용틀임만이 이곳이 한적한 시골 마을이 아닌 협맹의 진영임을 상기시키고 있었다.

그런데 짙은 어둠이 깔린 오늘 밤은 유난히 더 고요했다. 오직 한 곳을 제외하고는.

"시작하여라."

"예."

영호용의 명이 떨어지자 영호용을 비롯하여 협맹의 주요 수뇌들이 도착하기 전까지 이곳 진영을 이끌었던 영호무현(令狐武法)이 허리를 숙여 예를 표하며 대답했다. 그리고 모든 이들의 주목을 받으며 지금껏 무림맹과의 싸움 준비가 어찌 되어가는지 형산파 주변이 세밀하게 묘사된 지형도(地形圖)를 옆에 놓고 설명하기 시작했다.

　　"우선 병력에선 협맹이 무림맹을 압도하고 있습니다. 최근 형산파를 나와 하산한 인원이 약 백오십 정도로 추정됩니다. 그들을 제외하면 남아 있는 무인들의 수는 약 칠백 명 정도입니다. 그에 반해 저희 쪽 무인의 수는 약 천칠백, 두 배 반 정도의 인원입니다."

　　"흠, 의심은 가겠지만 소림과 화산이 무너진다면 이곳의 싸움이 그다지 의미가 없겠지. 그들로서는 어쩔 수 없었을 것이야."

　　영호용이 만족한 듯 고개를 끄덕였다.

　　"종남파의 장문인과 허료 대사 등 몇몇을 제외하고는 그리 뛰어난 고수가 있는 것은 아니지만 전체적으로 일류 이상의 무공을 지닌 자들이었습니다."

　　"그렇겠지. 명색이 소림과 화산을 구하러 떠나는 구원병인데. 백오십이라… 무림맹으로선 상당히 큰 출혈이겠구나. 어쨌든 계속하거라."

　　"형산파로 향하는 길은 이곳에서 곧바로 이어지는 큰길을 중심으로 좌측에 두 곳, 우측에 한 곳 이렇게 모두 네 곳이 있습니다. 원래 우측에는 길이 없었지만 놈들의 위협과 맞서 싸우며 새로 개척했습니다."

　　"잘했구나."

　　"중심엔 저희 영호세가가, 좌측의 두 길은 각각 웅비보와 은성장이 맡기로 했으며 우측의 길은 천룡문(天龍門)과 삼문방(三門幇)이 합심하여 맡기로 했습니다."

"고생들을 좀 해주어야겠소."

영호용이 고개를 돌려 서로 마주 보며 고개를 끄덕이는 천룡문의 문주 나관목(羅管穆)과 삼문방의 방주 한위(漢圍)를 격려했다.

"맡겨주시지요."

나관목과 한위는 약속이나 한 듯 포권하며 대답했다. 그들의 대답이 끝나기를 기다린 영호무현이 말을 이었다.

"그리고 그 외에 여러 문파들이 분산되어 각각 힘을 합칠 것입니다."

"저항이 만만치 않을 텐데……."

전사림이 영호무현이 가리키는 지형도를 바라보며 물었다.

"그렇습니다. 전력에서 압도적으로 불리한 무림맹은 저희가 형산파 내로 진입하면 모든 것이 끝난다는 것을 알고 있습니다. 그것만큼은 어떻게든 막으려고 할 것입니다. 또한 넓은 지형이나 수목이 적은 곳에서의 싸움은 극도로 꺼리고 있습니다."

"그렇겠지. 넓은 곳에서 싸울수록 인원이 적은 쪽이 불리한 법이니."

전사림이 고개를 끄덕였다.

"대신 진입로 이곳저곳에 상당히 치밀한 함정을 파놓고 매복하고 있습니다. 특히 일시에 가장 많은 인원이 이동할 수 있는 중앙로는 그 중요성 때문인지 보보마다 목숨을 내걸어야 할 정도로 많은 기관매복이 깔려 있다고 합니다."

"아니, 다른 곳도 마찬가지일 것이다. 다만 눈에 드러나지 않을 뿐이지. 그래, 어느 곳에 함정을 파고 매복을 했는지는 알아냈느냐?"

영호용의 물음에 영호무현은 대답 대신 지형도 이곳저곳에 표시되어 있는 점들을 가리켰다.

"붉은 점들이 바로 지금까지 파악된 함정과 매복 지점을 표시한 것입니다. 그리고 푸른 점들은 의심은 가지만 미처 확인하지 못한 곳입니다. 그런 곳들은 어떤 위험이 있는지 모르는 곳이므로 특히 주의해야 할 것입니다."

"허~ 많기도 많구나."

염파는 거의 붉은 점으로 도배되다시피 한 길을 보며 입맛을 다셨다. 쉽지 않을 것이라 예상은 했지만 저 정도면 수천 명의 병력이 있어도 모자랄 것 같았다.

염파의 반응에 빙그레 웃음 지은 영호무현이 고개를 가로저었다.

"많기는 하지요. 하나 그렇게 걱정하실 것은 없습니다. 함정과 매복이라는 것은 알지 못했을 때 위험한 것이지 미리 알고 대처를 한다면 그다지 위협적이지 않습니다. 더구나 가뜩이나 부족한 인원을 분산시켰으니 각 지점에서 매복하여 공격을 준비하는 수라야 겨우 십여 명 안팎입니다. 기습하여 치고 빠지는 것이 전부일 텐데 그나마도 절대로 도망치진 못할 것입니다."

"허허허! 내가 걱정하는 것처럼 보였나 보군. 이보게, 영호 현질."

염파가 정색을 했다.

"예, 어르신."

영호무현이 옷매무새를 고치며 대답했다.

"내가 놀란 것은 걱정해서 그런 것이 아니라 측은해서 그런 것이네. 모두 허사로 돌아갈 것이 뻔한데 저렇게라도 지켜보겠다고 발버둥을 치는 것이 안쓰럽고 측은해서 말이야."

염파의 안색은 어느새 부드럽게 풀려 있었다.

"허허허!"

"하하하!"

염파의 말에 영호무현을 비롯해 모인 모든 사람들의 입에서 유쾌한 웃음이 터져 나왔다. 그들에게 협맹의 승리는 이미 기정사실화된 것이나 마찬가지였다.

잠시 동안 이어진 웃음이 잦아들자 만면에 미소를 머금은 영호용이 말했다.

"저들의 방해가 만만찮았을 것인데 이 정도까지 알아내느라 고생했구나."

영호용의 얼굴엔 자신을 대신해 모든 준비를 훌륭히 마친 영호무현에 대한 뿌듯한 자부심이 어려 있었다.

"제가 무슨 고생을 했겠습니까? 수하들이 많이 애를 썼지요."

곳곳에 설치된 함정과 매복지를 파악하기 위해 희생당한 인원이 무려 사십여 명. 더구나 몇몇 의지가 약한 자들을 매수하기 위해 들인 비용이 장난이 아니었음을 잠시 상기해 보았지만 내색하진 않았다.

"그래, 누구 한 사람의 힘이겠느냐? 모든 이들의 노력이 합쳐진 결과겠지. 그건 그렇고… 그 일은 어느 정도 진척되었느냐?"

영호용의 안색이 질문과 함께 살짝 굳어졌다. 그것은 영호무현 또한 마찬가지였다.

"실패한 것이냐?"

영호용은 자신의 물음에 영호무현이 별다른 대답도 하지 못하고 안색마저 어둡자 직감적으로 실패를 생각했다. 하지만 영호무현은 고개를 가로저었다.

"아닙니다. 성공하기 일보 직전까지 이른 것으로 알고 있습니다."

"한데?"

"공격 시간을 맞출 수가 없습니다. 시간이 부족합니다."

협맹의 공격 시각은 밤이 지나고 내일 아침 여명이 밝아올 때로 결정된 상태였다. 영호무현의 말은 그때까지 도저히 시간을 맞출 수 없다는 말이었다.

"적어도 하루의 시간은 더 필요합니다."

"흠, 완전히 실패한 것은 아니되 그렇다고 성공한 것도 아니로구나."

"그렇습니다."

"그렇다면 공격의 시간을 조금 늦추는 것이 어떻겠습니까?"

전사림이 조심스레 의견을 개진했다.

"하루 정도 늦는다고 일이 틀어지리란 생각은 하지 않습니다."

염파가 전사림을 거들고 나섰다. 하지만 영호용은 고개를 가로저었다.

"아닙니다. 공격은 예정대로 하는 것이 좋겠습니다."

"하나……."

"이미 수하들에게 공격의 시간을 알렸습니다. 그것을 다시 변경한다면 자칫 동요하는 자들이 생길 수 있습니다. 그런 중요한 사항은 특별한 일이 없는 한, 정말 부득이한 일이 아니면 함부로 변경해서는 안 됩니다. 그리고 보다 중요한 것은!"

영호용이 말을 끊었다. 순간 그의 몸에서 피어오른 범접치 못할 기세가 좌중을 휘감았다. 그 기운이 얼마나 대단한지 느긋하게 몸을 젖히는 전사림과 염파를 제외하곤 다른 사람들은 숨조차 제대로 쉬지 못했다.

좌중을 한번 둘러본 영호용이 모든 이들에게 포고하듯 말했다.

"단 한 번의 싸움으로 무너질 만큼 무림맹은 약하지 않소. 어쩌면 하루 이틀이 아니라 그 이상의 시간이 필요할지도 모르는 일. 행여나 쉽게 생각하는 일이 없어야 할 것이오. 무현인 그 일을 계속 진행시켜라. 하루라 했느냐? 하나 최대한 시간을 앞당겨야 할 것이다. 그것이 완성되는 날… 싸움은 종결될 것이다."

"알겠습니다."

맹주의 명이었다. 더구나 이에 동의하듯 염파와 전사림이 입을 다물었다. 더 이상 이견이 있을 수 없었다.

"에?"

"그, 그게 지금 무슨 말인가?"

첩보와 암살을 전문으로 하는 월영대, 가주 및 세가의 주요 인물을 보호하는 와룡대(臥龍隊)와 더불어 영호세가의 중추적인 힘이라 할 수 있는 백호(白虎)와 주작대(朱雀隊)의 대주 조건승(趙建乘)과 화악산(華嶽山)은 더 이상 커질 수 없는 눈을 치켜뜨고 영호무현을 쳐다보았다.

"불가능해."

"설사 가능하다 해도 그것은 시간과 장비, 인원이 충분할 때 가능한 것이야. 하지만 우리에겐 시간과 장비, 인원도 없네. 그것은 자네도 알고 있지 않은가. 재고해 주게."

엄격한 주종(主從) 간이었지만 조건승과 화악산은 어려서부터 영호무현과는 피보다 진한 우정을 나누며 격없이 지내는 사이였다. 그들은 불가능하다는 것을 뻔히 알면서 명을 내리는 영호무현을 이해할 수 없었다. 영호무현도 나직이 한숨을 내쉬었다.

"알고 있네. 그것이 힘들다는 것은 나도 익히 알고 있어. 하지만 어쩌겠는가? 아버님의 명이 그러하시니… 도리가 없네."

"허! 가주께서?"

"음."

영호무현의 단독적인 결정이라면 모르나 가주인 영호용의 명이라는데 무슨 말이 필요할까. 그들은 더 이상 반발할 수가 없었다.

"가주께서 결정하신 일이라면 어쩔 수 없이 따라야겠지. 자네가 하겠나, 아니면 내가?"

"내가 하지. 백호대에 비해 우리가 인원이 조금 많으니."

"후~ 희생이 만만치 않을 텐데?"

조건승이 자신과 수하들이 맡지 않아도 된다는 안도의 한숨 따위가 아닌 염려가 가득 담긴 한숨을 내쉬며 물었다.

"누가 해도 마찬가지야. 그나마 무공은 엇비슷해도 내가 데리고 있는 아이들 중 경공이 쓸 만한 애들이 많아."

"그게 좋겠네. 주작대에 무공에 비해 특출나게 경공이 뛰어난 대원이 몇 있다는 것은 나도 알고 있네. 어쨌든 이 일은 주작대가 맡는 것으로 알고 아버님께도 그렇게 보고를 하겠네."

"언제부터 시작하면 되겠는가?"

화악산이 쓸쓸한 미소를 지으며 말했다.

"지금 당장."

쿵!

적막한 밤하늘을 울리는 충격음에 잠시 지난 생각에 잠겼던 화악산이 인상을 찌푸리며 하늘을 쳐다보았다.

"오늘만 벌써 세 번째군."

조금 전 둔탁하게 울린 소리가 어떤 소리인지 너무나 잘 알고 있기에 그는 자연 술을 찾았다. 평소에도 술을 즐기던 그였지만 지금처럼 술병을 끼고 살게 된 것은 비교적 최근, 바로 말도 안 되는 임무를 맡으면서였다.

"대주님!"

그가 막 한 모금의 술을 마시는 순간 한 청년이 빠른 걸음으로 나타났다.

"누구냐?"

거두절미하고 묻는 화악산의 말에 사내 또한 능숙하게 대답했다.

"소우(小牛)입니다."

생긴 게 우직한 소처럼 생겼다고 하여 형은 대우(大牛), 그 아우는 소우(小牛)라 불리며 대원들 사이에 신망이 있던 형제. 며칠 전 형인 대우가 죽었다는 것을 기억한 화악산이 신경질적으로 술을 들이키고 화끈하게 달아오르는 목줄기의 열기에 마음을 달래며 확인차 물었다.

"동생까지?"

"예."

매일같이 죽어 나가는 동료들의 사망 소식을 피눈물과 함께 알리던 사내는 더 이상 흘릴 눈물도 없는지 무덤덤한 표정이었다.

"빌어먹을 놈. 이제 네놈 면상을 보는 것이 무섭기까지 하구나. 옜다! 술이나 처먹어라."

화악산은 들고 있던 술병을 사내에게 던졌다. 사내는 사양하지 않고 단숨에 술병을 비워 버렸다.

"잘 수습하거라. 싸움이 끝나면 고향에다 묻어줄 것이다."

"알겠습니다."

사내는 허리를 숙여 예를 표하고 뒤로 물러났다.

"후~ 천하의 주작대가 이 무슨 꼴이란 말이냐. 싸움도 한 번 해보지 못하고 벌써 반이 넘는 인원이 목숨을 잃고 말았으니……."

피라도 토하고 싶은 심정이었다.

*   *   *

'왔군.'

홀로 술잔을 기울이기를 얼마간, 혁련휘는 자신이 머물고 있는 빈청으로 다가오기 위해 연무장을 가로지르는 일단의 무리들의 기운을 감지하곤 조용히 술잔을 내려놓았다.

일부러 주의를 기울이지 않아도 기십 명은 넘을 듯했는데 그 대부분은 밖에서 기다리고 정작 방으로 다가오는 사람은 단 두 명에 불과했다. 그중 한 명이 분타주인 경대신이라는 것은 생각할 필요도 없었다. 동시에 슬쩍 고개를 들어 천장을 바라보았다.

'그나저나 누가 가르쳤는지 한심하군. 기본이 안 됐어. 쯧쯧쯧.'

혁련휘는 빈청으로 들어서는 이들과는 달리 몇몇이 지붕 위로 잠입하는 기척을 느끼곤 피식 웃음을 터뜨리고 말았다. 은밀히 접근한다고 나름대로 노력은 한 듯했지만 자신에겐 천둥치는 소리보다 더 요란하게 들렸다. 특히 긴장을 했는지 거칠게 들려오는 호흡 소리엔 어이없는 웃음만이 나올 뿐이었다.

덜컹!

문이 열리고 먼저 몸을 드러낸 사람은 경대신이었다. 그의 뒤로 머리에서 발끝까지 흑의로 휘감은 무영의 모습이 보였다.

"기다리던 답을 해줄 사람이 왔소. 앉으시지요."

경대신은 무영에게 자리를 권했다. 하지만 무영의 눈은 이미 혁련휘에게 고정되어 있었다. 혁련휘는 자리에서 일어나지도 않고 허리를 뒤로 젖히며 무영의 눈을 마주 보았다. 어찌 보면 건방지기 짝이 없는 행동, 하지만 경대신이나 무영은 그렇게 생각하지 않는 듯했다. 이미 혁련휘의 실력을 대충 가늠해 본 그들은 그것이 강자만이 가질 수 있는 여유와 오만이란 생각을 하고 있었다.

잠깐 동안 이어졌던 신경전은 무영이 포권을 하며 인사를 하면서 끝이 났다.

"영호세… 협맹에서 온 무영이라 하오."

"혁련휘요."

상대방이 예의를 차리며 인사하자 혁련휘라고 마냥 앉아 있을 수는 없었다. 천천히 자리에서 일어난 혁련휘도 마주 포권하며 인사를 했다.

"온 무림에 무명(武名)을 날리시는 분을 만나게 되어 영광이오."

"원해서 그런 것은 아니오."

혁련휘가 술잔을 내밀며 대꾸했다. 무영은 술잔을 사양했다.

"술은 뒤에 하겠소. 우선 대주의 말씀을 듣고 싶소."

"좋을 대로."

"듣기론 우리가 보호하고 있는 관 대협을 원한다고……."

"훗, 그 친구가 언제부터 대협이라 불리게 되었는지는 모르나 말하는 이가 관정이라면… 그렇소. 나는 관정을 만나기를 원하오. 흑영대의 일은 잘 알고 있을 것이오. 우리의 처지가 어떻고 어떤 사이인지를 안다면 그를 풀어주시오. 그를 보호해 준 협맹의 은… 일은 잊지 않겠소."

혁련휘는 '은혜' 라는 말을 하려다 그만두었다. 목적을 가지지 않았다면 협맹이 관정을 구하지도 않았을 것이다. 또한 과연 관정이 순순히 협맹을 따라갔을까 하는 의심도 들었다. 어쩌면 힘으로써 관정을 제압하여 포로처럼 끌고 갔을지도 모르는 일이었다. 그때의 상황을 알지 못했기에 확신은 하지 못했지만 혁련휘는 십중팔구 그랬을 것이라 예상하고 있었다.

"흠, 물론 흑영의 일은 잘 알고 있소. 또한 대주와 관 대협의 사이가 어떻다는 것도 잘 알고 있소. 하지만 일이라는 것이……."

혁련휘의 안색에 살짝 변화가 있었다. 그것은 말을 하는 무영 역시 마찬가지였다. 변화가 없는 것은 이들의 대화엔 관심도 없다는 듯 방 한 구석에서 물끄러미 천장을 바라보는 경대신뿐이었다. 아니, 그의 안색도 나름대로는 변화가 있었다. 다만 그것이 지붕 위로 잠입을 시도한 월영대의 기척을 느끼면서 나타난 불쾌감이라는 것이 조금 다를 뿐이었다.

"관 대협은 지금 이곳에 없소."

"이곳에 없다는 것은 나도 아오. 함께 왔다면 이 자리에서 볼 수 있었을 테니."

살짝 굳어졌던 안색이 도리어 무심해졌다. 혁련휘는 담담한 음성으로 질문을 던졌다.

"그는 어디에 있소? 영호세가에 있소?"

"아니오."

"다시 묻겠소. 그렇다면 그는 어디에 있소?"

무영은 대답 대신 조용히 혁련휘를 응시했다. 그는 이제부터가 진짜 대화라는 것을 직감적으로 느꼈다.

"그는 무림맹과의 싸움을 위해 형산에 갔소."

순간 무심했던 혁련휘의 얼굴이 싸늘하게 변해갔다.

"지금 뭐라 했소? 형산? 무림맹과의 싸움을 위해 형산으로 갔다는 말이오, 관정이?"

"그렇소."

"틀림없소?"

"틀림없소. 그는 형산으로 갔소, 무림맹과 싸우기 위해서."

"……."

혁련휘는 잠시 말을 잃었다. 동시에 무섭게 역류하는 기운을 다스리기 위해 두 눈을 감았다. 그런 혁련휘를 바라보던 무영의 눈가가 스산하게 변했다.

'힘들겠군.'

순순히 대화로 끝을 본다는 것은 역시 무리라는 생각이 뇌리를 스쳤다. 하지만 가주의 명도 있었으니 하는 데까지는 해봐야 했다.

"가주, 아니, 맹주님께서 말씀하셨소. 무림맹이 흑영을 무림의 공적으로 단정하였지만 협맹은 그것을 거부한다고. 도리어 무림맹이야말로 당신들에게 한 짓을 인정하고 죄를 받아야 한다고 말이오. 또한 원한다면 협맹이 당신들을 보호하고 지켜주겠다는 말씀도 하셨소. 어떻소, 우리와 함께 무림맹을 상대하는 것이? 잃어버렸던 명예도 찾고 당신들을 버렸던 무림맹에 복수도 할 수 있을 것이오."

"애당초……."

혁련휘가 감았던 눈을 떴다.

"지금까지 관정을 잡고 있다는 것이 말이 안 돼. 그것은 보호가 아니라 감금이야. 지금껏 보호라는 명분으로 협맹의 이득만을 챙겼겠지. 안 그래? 그리고 관정이 무림맹과 싸운다? 그것을 지금 나보고 믿으라는 말인가. 하하하하! 좀 더 그럴듯한 변명거리를 찾았어야지."

혁련휘의 얼굴에 냉기가 깔리기 시작했다.

"그리고 우리를 보호하시겠다? 하니 함께 무림맹을 상대하자? 그렇다면 묻겠다. 무림맹과 협맹이 다른 것이 무엇이냐. 어째서 우리가 너희들의 더러운 밥그릇 싸움에 끼어들어야 한단 말이냐?"

탕!

무영이 벌떡 몸을 일으켰다. 뒤로 넘어진 의자가 바닥에 나뒹굴었다.

"뭣이!! 말이면……."

"경고하겠다. 다시는 그 따위 망발을 하지 마라. 무림맹도 무림맹이지만 처음부터 네놈들이 우리를 찾지만 않았어도 친구들이 목숨을 잃는 일은 없었다."

무영의 말을 단숨에 끊어버린 혁련휘가 서서히 살기가 깔리는 음성으로 물었다.

"관정은 살… 살아는 있겠지?"

"물론."

"어디 있나?"

"형산파!"

무영이 입꼬리를 말아 올리며 대꾸했다.

"좋아. 형산에 있든 영호세가에 있든 그것은 상관 않겠다. 내가 원하는 것은 오직 관정뿐이다. 관정을 내놓아라."

"그것은 내가 대답할 사안이 아니다."

"다시 한 번 묻겠다. 가(可)인가 부(否)인가?"

잠시 멈칫한 무영이 비릿한 살소를 지으며 대답했다.

"후후, 처음부터 이렇게 될 줄 알았지. 가주께선 네놈을 설득하여 데리고 오라 하셨지만 난 그것이 불가능하다는 것을 알고 있었다. 다만 그 명을 어기지 못해 지금껏 말장난을 하고 있었던 것이다. 대답을 원하나? 당연히 거절이다. 그자는 아직 쓸모가 많거든. 지금 내어줄 것이라면 애써 잡아오지도 않았다."

"……."

"후후, 네가 원하던 대답이 아니었나? 이번엔 내가 묻겠다. 우리에게 협조하겠느냐, 아니면 이곳에서 개죽음을 당하겠느냐?"

무영의 조소를 받으며 혁련휘는 마지막 남은 술을 잔에 따랐다. 그리고 천천히 그 술을 입에 털어 넣었다. 무영은 그것을 거절의 표시로 받아들였다.

"그럴 줄 알았다. 암, 그래야지. 그래야 오늘 이곳에서 네놈의 목을 베고 함부로 날뛰는 쌍살귀도 제거할 수 있을 테니. 그놈들이 미쳐 날뛰는 것은 알고 있겠지?"

혁련휘의 눈에 이채가 떠올랐다.

"그들도 만났느냐?"

"물론. 네놈처럼 관정을 찾아 헤매더군. 왜? 걱정이 되느냐?"

순간, 혁련휘의 입가에 진한 미소가 그려졌다. 그리고 그 미소는 순식간에 얼굴 전체로 번져 갔다.

"걱정? 내가? 무엇 때문에 걱정을 하지? 네놈들에게 당할 정도로 그 친구들은 약하지 않아. 도리어 그들을 만나고도 이렇게 살아 있다는 데 하늘에 감사해야 한다는 걸 모르는군."

"이……!!"

"어쨌든 좋아. 협맹에선 나의, 아니, 우리의 요구를 거부한 것으로 알겠다. 이후 어떤 일이 일어날지는 나도 장담하지 못해. 결국 이렇게 되었군. 내놓지 않는다면 내가 직접 찾아나서는 수밖에 없겠지."

혁련휘가 빈 술잔을 빙글빙글 돌리며 천천히 몸을 일으켰다. 무영도 몸을 일으켰다. 지금껏 방관으로 일관하던 경대신이 무영의 뒤에 섰다.

"살수 따위가 함부로 날뛸 만큼 협맹은 호락호락하지 않다!"

무영이 방을 나서는 혁련휘를 노려보며 크게 소리쳤다. 그 말이 자신을 향해 하는 것보다는 밖에서, 그리고 지붕 위로 잠입하여 대기하고 있는 수하들에게 하는 소리라는 것을 혁련휘는 잘 알고 있었다.

"과연 그럴까?"

혁련휘의 입술이 살짝 뒤틀렸다. 동시에 손에서 놀던 술잔이 그 움직임을 멈췄다. 멈추는가 싶더니 동시에 산산조각나며 허공으로 비산했다. 그리고 각각의 조각들이 암기가 되어 천장으로 파고들었다.

파파팍!

"크헉!"

"윽!"

천장에서 외마디 비명이 들려왔다. 잠시 후 암기가 되어 천장을 파고든 술잔의 파편 때문에 만들어진 흠집에서 핏물이 스며 나오기 시작했다. 그 피가 누구의 것인지는 말할 필요도 없었다. 지붕을 통해 은밀히 잠입하고 무영의 신호를 받아 막 공격을 시작하려던 네 명의 월영대, 무영이 수족같이 아끼던 월영대의 대원들이 실로 허망하게 목숨을 잃고 만 것이다.

"네, 네놈이!!"

분노한 무영이 검을 빼 들었다. 하지만 점점 확대되어 이젠 한 방울씩 아래로 떨어지는 핏방울만을 조용히 응시하던 혁련휘는 그런 무영의 반응에 조소를 보낼 뿐이었다.

"야밤에 귀신 복장을 하고 다니면 이런 꼴을 당하는 것이다. 한데 이따위 놈들을 믿고 그런 소리를 하는 것은 아니겠지?"

"가, 감히……!"

"아니라면 덤벼봐."

혁련휘의 조롱을 받은 무영이 분노에 몸을 떨었다. 하나 그뿐이었다. 혼자서는 절대로 상대할 수 없는 상대가 혁련휘, 마음 같아선 백 번이라도 덤벼들고 싶었지만 몸이 따르질 않았다. 마음 한구석엔 혁련휘의 공격이 자신에게 이어질까 하는 두려움마저 자리 잡고 있었다.

"한심하기는……."

혁련휘는 모욕감에 몸을 부르르 떠는 무영과 스산한 표정으로 쳐다보는 경대신을 뒤로하고 방을 나섰다. 애당초 그들은 눈에도 들어오지 않는다는 듯 조금도 거리낌이 없는 모습이었다.

"호~ 많이도 모였군."

빈청을 빠져나온 혁련휘는 연무장에서 자신을 기다리는 자들을 보며 소리쳤다. 그리곤 자신을 따라 황급히 밖으로 나온 무영에게 말했다.

"저자들을 믿고 그렇게 큰소리를 쳤나? 후후, 요구를 거부한 이상 무슨 일이 일어날지는 나도 장담하지 못한다고 했지? 그 말의 의미를 곧 보게 될 것이다, 바로 이곳에서."

입을 여는 혁련휘의 눈에선 어느새 푸르스름한 살기가 뻗쳐 나오고 있었다.

"막아랏!"

무영의 명이 떨어지자 연무장에 모여 있던 무인들이 순식간에 혁련휘를 에워쌌다. 그 수가 대략 사십여 명, 하지만 혁련휘는 그들보다는 무영의 명이 있었음에도 별다른 움직임도 없이 뒷짐을 지고 지켜보는 몇몇 인물들에게 신경이 더 쓰였다. 대부분이 중년을 넘기고 백발이 성성한 무인들이었는데 느긋한 표정이며 몸가짐에서 느껴지는 기운이 예사롭지 않았다.

'고수들. 저들이 진짜군.'

그들의 능력을 단번에 알아본 혁련휘는 가급적 싸움을 빨리 끝내고자 마음먹었다. 본격적인 싸움에 앞서 괜히 힘을 빼다간 지난날 대파산에서 당했던 상황이 재현될 수도 있었기 때문이다. 물론, 여의치 않으면 미리 몸을 뺄 생각도 가지고 있었지만 그것은 현재 광검 진인의 진전을 이은 혁련휘의 무공을 감안한다면 백 분지 일의 가능성도 없는 일이었다.

스스스슥!

청각이 발달한 사람, 아니, 설사 그렇다 하더라도 집중하여 귀를 기울이지 않으면 눈치 채지 못할 미세한 소리가 들려왔다. 혁련휘가 미처 움직이기도 전에 시작된 공격, 그것은 전혀 엉뚱한 곳에서부터 시작되었다. 그러나 그것은 평범한 사람들에게나 통하는 것일 뿐 혁련휘에겐 비웃음을 사기 딱 좋은 공격이었다.

"우선 네놈들부터!"

잔뜩 공력을 끌어올린 혁련휘가 오른쪽 발을 살짝 들더니 걸음을 걷듯 살짝 땅에 내디뎠다. 가벼워 보인 발걸음이었지만 의외로 힘이 실려 있었는지 단번에 발목까지 땅에 파묻혔다. 갑작스런 혁련휘의 행동에 그를 포위하고 있던 무인들이 이상한 표정을 지었다. 하지만 그런 표정이 놀람으로 바뀐 것은 순식간이었다.

파파팍!

쿠쿠쿠쿵!!

혁련휘의 발목이 땅에 잠기는 순간부터 묘한 소리가 연무장에 울리더니 혁련휘를 중심으로 사방 십여 장의 땅바닥에 심한 균열이 생기기 시작했다. 특히 혁련휘와 가까이 있어 힘의 여파를 많이 받은 곳은 균열이 아니라 바닥 자체가 어긋나며 치솟았다.

동시에 들려오는 비명성!

"크악!"

"컥!"

비명성이 들려온 것은 당황하여 몸을 피하는 사람들에게서가 아니었다. 바로 땅속에 숨어 혁련휘를 노리던 월영대의 대원들이었다. 지붕으로 잠입한 대원들과 마찬가지로 만일을 대비해 땅속에 숨어 있던 그들이 혁련휘를 향해 은밀히 접근하다 미처 제대로 된 공격을 시작도 하지 못하고 자신들의 존재를 간파한 혁련휘에게 일격을 당하고 만 것이다.

땅을 내딛는 혁련휘의 발에는 상상도 할 수 없는 거력이 담겨 있었다. 그 힘은 땅을 울리고 가르는 것도 모자라 그 속에 은신하고 있던 월영대의 대원들에게 치명상을 가했다.

내공을 이용해 상대의 내부만을 집중적으로 공격하는 수법을 일컬어 내가중수법(內家重手法)이라 부른다. 그 공격에 적중당한 자는 비록 겉은 멀쩡해 보여도 그 내부엔 심각한 부상을 당하기 마련이고 심지어 목숨을 잃기까지도 했다. 지금 혁련휘의 공격이 바로 그와 같았다. 다만 그 힘이 얼마나 강했던지 땅속 내부는 물론이고 단단한 겉, 지표면까지 단번에 부숴 버린 것이다.

발을 통해 땅속으로 파고든 미증유의 힘은 순식간에 숨어 있는 자들의 몸속에 침투하여 내부 장기를 산산이 박살 냈다. 대다수가 신음 소리도 내지 못한 채 절명하였고 지상으로 뛰쳐나온 몇몇 또한 칠공에서 피를 토하며 힘없이 쓰러져 갔다.

그다지 힘을 쓴 것도 아니었다. 무리해서 몸을 움직인 것도 아니었다. 단 한 번의 움직임, 그저 발을 한 번 내딛는 것으로 열두 명의 월영대가 목숨을 잃은 것이었다.

그제야 상황이 어찌 돌아가는지 알게 된 사람들이 두려운 눈으로 혁련휘를 쳐다보았다. 비록 한 명이지만 흑영의 대주를 상대하기 위해 차출된 사람들이었다. 그들은 나름대로 자신들의 무공에 상당히 강한 자부심을 가지고 있었다. 그런데 그런 자부심이라는 것이 어떤 사람에겐 그저 우습고 하찮은 것일 수도 있다는 것을 여실히 느낀 것이다.

그들은 본능적으로 강자를 알아볼 수 있는 눈이 있었다. 고작 단 한 번의 동작이었지만 비로소 자신들이 상대해야 할 인간, 흑영대의 대주이고 무림에 엄청난 피바람을 몰고 온 혁련휘가 어떤 인물이라는 것을 인식하기 시작했다.

그것은 비단 두려움 속에서도 혁련휘를 포위하기 위해 슬금슬금 접근하는 이들만이 가지는 감정은 아니었다. 흥미롭게 혁련휘를 지켜보던 일단의 사람들, 보주인 염파의 명과 청에 못 이겨 무영을 따라나선 웅비보의 식객들도 혁련휘의 무공에 놀라움을 금치 못하고 있었다.

경악을 금치 못하는 그들의 시선을 받은 혁련휘가 고개를 돌려 무영을 쳐다보았다. 찰나지간에 벌어진 참사에 무영은 도저히 믿기 힘들다는 듯 부릅뜬 눈으로 쓰러진 수하들을 쳐다보고 있었다.

"당신의 수하군."

땅속에 잠입했던 이들이 하나같이 검은 무복을 한 것이 무영과 비슷하다고 생각한 혁련휘가 물었다.

"조금 전에도 그랬지만 어설퍼. 귀신 놀이를 하자는 것도 아니고 이따위 방법으로 나를 어쩔 수 있다고 생각한 것은 아니겠지? 흑영이 어떻게 육성되었는지를 안다면 이렇듯 한심한 짓은 하지 않을 텐데 말이야. 쿡쿡, 나름대로 지둔술(地遁術)을 펼친다고 노력은 한 것 같지만 지둔술이라면 내 나이 열다섯에 이미 그 끝을 보았다. 지둔술이란 그저 땅속에 몸을 숨기는 것이 아니야. 엄청난 인내력과 집념이 필요하지. 그리고 무엇보다 상대방이 전혀 예상할 수 없는 은밀함이 요구되기도 하고."

"다, 닥쳐랏!!"

그동안 월영대를 육성하며 얼마나 많은 노력을 했던가. 그 어떤 조직보다 뛰어나다고 자부했건만 혁련휘는 단 몇 마디로 그간의 노력을 깔아뭉개는 것이었다.

"죽여라! 당장 저놈을 죽여 버렷!!"

무영이 발작하듯 소리쳤다. 어차피 뒤로 물러나는 것은 있을 수 없는 일이었다. 혁련휘의 능력이 두렵기는 했지만 무영의 명령이 떨어지자 혁련휘의 주변을 포위하던 이들이 서서히 살기를 드러내며 접근하기 시작했다. 그러나 혁련휘는 여유가 있었다.

"하도 한심한 꼴을 보니 속이 역겹군. 해서 내 지둔술이란 어떤 것인지를 보여주지. 제대로만 쓸 줄 알면 얼마나 무서운 것인지를 말이야."

말이 끝남과 동시에 혁련휘의 몸이 회전을 했다. 그의 손에는 어느새 죽은 월영대원으로부터 취한 단검이 들려 있었다.

파파파팍!

단숨에 몸의 윤곽을 파악하지 못할 정도로 무섭게 회전하던 혁련휘의 몸이 땅속을 파고들었다. 그리고 그의 목을 노리며 날아든 검이 도착했을 때 그의 몸은 지상에서 완전히 사라져 버린 상태였다.

"이, 이런!"

"조심해라! 땅속으로 숨었다!"

"어, 어디냐!!"

혁련휘가 자리하고 있던 곳에 도착한 이들은 순식간에 몸을 감춰 버린 혁련휘를 찾지 못해 황당해했다. 그리고 그것은 곧바로 위기감으로 밀려들었다.

"당황하지 마라! 어차피 땅속에서 오래 머물 수는 없다! 반드시 기어 나오게 되어 있다. 놈이 있던 곳을 주의 깊게 살피되 포위망을 보다 철저히 해라!"

화급히 다가온 무영이 소리쳤다. 하지만 그의 명에 화답을 한 것은 갑자기 들려온 비명 소리였다.

"크악!"

혁련휘가 몸을 숨긴 곳에서 무려 오 장이나 떨어진 곳에서 포위망을 구축하고 있던 한 사내가 다리를 부여잡고 털썩 주저앉았다. 그의 양쪽 발의 발목은 이미 깨끗하게 절단된 상태였다.

"아아아!"

잘려진 자신의 발목을 확인한 사내는 고안 분타가 떠나가라 소리를 질렀다. 바로 그 순간, 또 다른 비명성이 터져 나왔다.

"아악!"

이번엔 처음 당한 사내와 정반대에 위치한 사내였다. 비명성을 듣는 순간 재빨리 고개를 돌린 무영은 회음부(會陰部)를 시작으로 단전까지 꿰뚫고 천천히 땅속으로 사라지는 단검을 볼 수 있었다.

"저곳이다!"

몸을 날린 무영이 사내의 주변을 향해 인정사정없이 검을 휘둘렀다. 동시에 엄청난 검기가 쏟아져 나가며 땅을 갈랐다. 무영에 이어 무수한 공격이 사내를 향해 쏟아졌다. 비록 치명상을 당해 목숨이 얼마 남지 않은 사내였지만 무차별적으로 쏟아진 무영의 공격과 동료들의 공격에 의해 그는 비명도 지르지 못하고 목숨을 잃었다.

하늘로 치솟았던 먼지가 가라앉자 완전히 걸레처럼 변해 버린 사내의 모습이 드러났다. 하지만 조심스레 다가간 무영과 무인들이 완전히 초토화된 땅을 살폈지만 그 어디에도 혁련휘의 흔적은 남아 있지 않았다.

그때 혁련휘의 낭랑한 웃음소리가 연무장에 울려 퍼졌다.

[하하하하! 느리기가 굼벵이보다 더하군. 그래서야 어디 그림자라도 잡을 수 있을까?]

목소리의 근원지를 알려고 귀를 기울였지만 무영은 물론이고 그 누구도 혁련휘의 목소리가 어디서 들려오는지 알 수 없었다. 그것은 아직까지 싸움에 참여는 하지 않고 있었지만 심각한 표정을 짓고 있는 웅비보의 식객들도 마찬가지였다.

"비, 빌어먹을!! 육합전성(六合轉聲)이로군."

뜻이 있으면 곧바로 상대의 뇌리에 말소리처럼 각인된다는 소림의 체광심어(慧光心語)에 이어 최고의 전음술이라는 육합전성. 혁련휘가 육합전성을 쓰고 있다는 것을 간파한 무영은 얼굴을 일그러뜨리며 내뱉듯 말했다. 그러는 동안에도 혁련휘의 말은 계속해서 들려왔다.

[이제 알았나? 지둔술이라는 것이 얼마나 뛰어난 것인지. 고작 흉내

만 낸다고 되는 것이 아니야. 말 그대로 땅속을 자유자재로 움직일 수 있는 것이 바로 지둔술.]

불가능하다는 것을 알면서도 무영은 소리의 근원지를 찾기 위해 귀를 기울였다. 그런 그의 발 밑, 마구 헤쳐진 흙더미 속에서 미미한 움직임이 있었다. 이미 한참 전에 접근한 혁련휘가 살짝 검을 움직인 것이다. 엷은 달빛을 받으며 그 은빛 모습을 드러낸 단검은 때마침 발걸음을 떼던 무영의 왼쪽 발바닥을 관통했다.

"윽!"

혁련휘의 단검은 정확히 용천혈(湧泉穴)을 관통하여 무영에게 엄청난 고통을 맛보게 하였다. 하나 무영도 가만히 당하고 있지는 않았다. 발에서 고통이 느껴지는 순간 왼손으론 장력을 쏟아내고 들고 있던 검을 역으로 잡고 땅속을 찔렀다.

꽝!

장력에 의해 땅이 파헤쳐지고 검이 땅속으로 손잡이까지 깊이 박혀들었지만 혁련휘는 물론이고 발을 관통했던 단검마저 사라지고 난 뒤였다.

"함부로 움직이지 마라. 발자국 소리도 내지 마라. 놈에게 당하더라도 비명은 지르지 마라! 자신의 희생으로 동료의 목숨을 구할 수 있다고 생각해라. 절대 그 어떤 소리도 내서는 안 된다!"

무려 열세 명. 순식간에 열세 명이나 되는 인원을 잃고 나서야 혁련휘가 어떤 식으로 움직이는지 파악한 무영이 소리쳤다.

원인은 바로 소리였다.

"소리만 내지 않으면 놈도 더 이상 날뛰지 못한다."

혁련휘는 바로 자신들이 움직이며 내는 소리, 부상을 당하거나 목숨을 잃으며 지르는 비명 소리를 등에 업고 마음껏 활개 치는 것이었다. 아무리 은밀히 움직인다 하더라도 부자연스러울 수밖에 없는 땅속에서, 그것도 수십 명의 이목을 속여가며 움직일 수 있었던 것은 지상에 있는 사람들이 내는 소리에 혁련휘의 움직임이 가려졌기 때문이었다.

"으윽!"

무영이 소리치는 사이에도 또 한 명이 목숨을 잃었다. 하지만 무영의 외침이 효과가 있던 것일까? 목숨을 잃는 자는 어쩔 수 없다지만 그 밖의 사람들은 동요하지 않았다. 심지어 동료가 죽임을 당하는 것을 바로 옆에서 지켜본 자들도 그 어떤 움직임도 보여주지 않았다. 어쩌면 자신이 당할 수 있음에도 그들은 움직이지 않았다. 대신 모든 이목을 집중하여 혁련휘의 움직임을 살폈다.

[후후, 제법이로군.]

예외없이 울려 퍼지는 혁련휘의 전음. 하지만 그 도발에 넘어가는 사람은 아무도 없었다.

'흠, 여기까지인가.'

거의 모든 사람들의 동작이 멈춘 가운데 자신을 향해 아주 천천히, 그러나 몹시 조심스럽게 다가오는 기척을 느낀 혁련휘는 잠시 고민을 해야 했다. 더 이상 몸을 숨겨가며 공격을 하는 것이 통하지 않을 것 같았고, 특히 은밀히 지둔술을 펼치기 위해 소모한 내공이 상당했다. 그나마 월영대를 제거하기 위해 땅에 준 충격으로 단단히 결집되었던 흙이 분쇄되고 또 이곳저곳이 갈라지고 패어 있었기에 망정이지 그렇지 않았다면 지금과 같은 지둔술을 사용할 수도 없었을 것이다. 하지만 이제는 정말 한계였다. 그리고 언제까지 이렇게 싸울 수는 없었다.

'그렇지만 이대로 물러설 수는 없겠지.'

자신을 향해 다가오는 자들의 기척이 거의 지척에 이르자 혁련휘는 들고 있던 단검에 한껏 내공을 불어넣고 앞으로 밀쳤다. 단검은 지면 바로 아래를 거침없이 헤치며 쏘아져 나갔다.

"놈이다!"

"절대 놓치지 마라!"

단검의 움직임을 제일 먼저 파악한 무영이 단검을 따라 몸을 날리며 검을 휘둘렀다. 이에 발 맞추어 지금껏 죽음의 공포를 느꼈던 것에 대한 분풀이라도 하듯 숨죽이며 지켜보던 이들의 무차별적인 공격이 이어졌다. 하지만 혁련휘의 기에 의해 조종되는 단검은 마치 생명이라도 있는 듯 이리저리 움직이며 그들을 우롱했다.

'이제 마무리.'

더 이상 그런 장난을 하는 것도 귀찮은 듯 혁련휘는 단검을 지상으로 솟구치게 만들었다. 그때만을 기다렸다는 듯 엄청난 공격이 단검에게 퍼부어졌다. 단검은 무수한 공격을 맞으면서도 크게 회전을 하며 한 사내의 정수리에 박혀 버렸다.

"저, 저건!"

그제야 자신들이 공격했던 것이 혁련휘가 아닌 그저 한 자루 단검에 불과하다는 것을 파악한 자들이 당황해하며 고개를 돌렸다. 그리고 그들은 단검이 처음 모습을 나타낸 자리의 땅거죽이 움직이며 천천히 모습을 드러내는 혁련휘를 볼 수 있었다.

연무장에 짧은 침묵이 찾아왔다.

툭툭!

혁련휘는 옷에 묻은 흙을 털어내느라 입을 다물고 있었지만 무영을 비롯하여 단검의 움직임에 농락당한 이들은 수치심과 자괴감에 할 말을 잃어버린 것이다.

혁련휘가 침묵을 깨뜨리고 입을 열었다.

"언제까지 그렇게 멍하니 있을 것인가?"

싱글거리며 웃는 혁련휘에게 무영은 아무런 말도 하지 못했다. 그저 분노로 이글거리는 눈빛으로 쏘아볼 뿐이었다. 더 이상 말이 필요없었다. 무영이 별다른 명령을 내리지 않았음에도 살아남은 모든 이들이 혁련휘를 향해 미친 듯이 달려들었다. 이미 두려움은 천 리 밖으로 사라진 지 오래였다. 아니, 사라진 것은 아니었다. 다만 두려움보다는 훼손당한 무인의 명예, 자존심을 찾아야 한다는 신념이 조금 강했을 뿐이었다.

"물러서면 그만두었을 것을."

혁련휘는 부나비처럼 달려드는 무인들을 보며 혀를 찼다. 싸우지 않았다면 모르되 싸움에 있어서는 인정사정없는 것이 혁련휘였다.

스르룽.

땅속에서 움직이기 편하게 등 뒤에 매달아놓았던 검집에서 검이 뽑히며 날아올랐다. 그리고 혁련휘의 의지에 의해 정면으로 달려들던 사내를 향해 빛과 같은 속도로 날아갔다. 깜짝 놀란 사내가 검을 후려쳤지만 산산이 조각나며 부서지는 것은 그의 검이었다. 혁련휘의 검은 조금도 영향을 받지 않고 사내의 가슴을 관통하더니 그 뒤에 따라오는 자의 숨통도 끊어놓았다. 그리곤 우아한 호선을 그리며 혁련휘의 손으로 되돌아 갔다.

"저, 저것이 도대체……."

"이, 이기어검이다!"

'됐군.'

혁련휘는 개인적으로 지금과 같은 무공, 사람들은 이기어검이니 어쩌니 하며 광분하였지만, 그다지 마음에 들어 하지 않았다. 그저 하수나 상대로 하여 쓰는 눈요기감으로 적당한 무공이란 생각을 늘 하고 있었다. 그럼에도 일부러 검을 던진 것은 말 그대로 상대로 하여금 전의를 상실케 하려는 의도에서였다. 그리고 그 효과는 탁월했다. 혁련휘가 사용한 무공이 검을 익히는 자라면 꿈에서라도 그리워한다는 이기어검임을 알아본 무인들이 일시에 움직임을 멈추고 그 자리에서 얼어붙고 만 것이다. 하지만 그것은 시작에 불과했다.

단번에 두 명의 목숨을 앗아간 검이 둥지 떠난 어린 새가 어미를 찾듯 혁련휘에게 돌아오고 혁련휘가 그 검을 쥔 순간 그들은 또 한 번의 충격을 감당해야 했다. 기선을 제압하려면 확실히 해야 하는 법. 이기어검을 통해 적의 움직임을 제어한 혁련휘는 아예 끝장을 보려는 듯했다.

"물러나는 자는 베지 않는다."

검을 치켜세운 혁련휘의 입에서 낭랑한 음성이 흘러나오고 동시에 달빛을 받아 은은히 빛나던 검에서 투명한 빛이 흘러나오기 시작했다. 그리고 그 빛이 모이고 모여 또 하나의 검을 만들어냈다.

"거, 검강이다!"

그것이 무엇인지 알아본 이들이 절망감에 휩싸여 소리쳤다.

검강이라니!

이기어검도 모자라 무형의 검기들을 하나로 응집하여 극강의 힘을 만들어낸다는 검강. 과연 무림에 그만한 경지를 이룬 사람이 몇이나 될까. 평생 익혀도 도달하기 힘든 경지는 물론이고 그만한 사람을 보기도 힘들었다.

"검강이라니……."

사태의 심각성을 파악한 무영이 어쩔 줄 몰라 하며 유형화된 검의 기운을 쳐다보았다. 혁련휘의 무공이 어떻다는 것은 익히 알고 있었지만 막상 검강을 보니 듣는 것과는 또 다른 경외감이 엄습했다. 더구나 유형화된 기운은 이제 갓 검강의 단계에 대해 가닥을 잡아가는 자신으로선 상상도 할 수 없는 경지였다.

"피, 피해라. 모두 피해!!"

하지만 그의 외침은 너무 늦은 감이 있었다.

혁련휘의 검이 움직이는 순간 지금껏 만천하에 자신의 위용을 드러내던 기운들이 사방으로 뻗쳐 나갔다.

꽈과과과광!!

무영을 제외하고는 그나마 검기를 뿜어낼 수 있는 고수는 열 손가락에 꼽을 정도였다. 하지만 검기와 검강은 그 경지와 위력 면에서 차원을 달리했다. 혁련휘의 공격을 막을 사람은 아무도 없었다.

"으아악!"

"크아아아아!!"

혁련휘의 공격을 정면에서 감당한 이들은 그 형체도 알아보지 못할 정도로 무참히 쓰러졌다. 다행히 그들 몇 명을 제외하고는 더 이상의 큰 피해를 입은 것 같지는 않았다. 물론 단 한 번의 공격으로 삼 분의 일이 넘는 인원이 목숨을 잃었지만 그나마 무영의 외침을 듣고 혼신의 힘을 다해 도망친 결과였다.

"으으으……."

무영은 자신의 눈앞에서 벌어진 참상에 몸을 떨었다. 그 자신도 이미 한쪽 손이 완전히 걸레쪽이 돼버린 상태였다. 검을 아래로 늘어뜨린 혁련휘가 무영을 향해 걸어왔다. 아무도 그의 앞을 막지 못했다. 무영 또한 피할 생각을 못했다.

혁련휘가 검을 들어 무영의 목에 갖다 댔다. 그 순간 무영은 죽음을 생각했다.

"앞으로 일어날 일은 나도 모른다고 했지. 어때, 이것으로 증명되었나?"

"……."

"하지만 이것은 시작에 불과해. 관정의 안위, 그리고 그를 되찾을 때까지 협맹의 악몽(惡夢)은 계속될 것이다. 그것을 길몽(吉夢)으로 바꾸는 것은 내가 아니라 그대들의 결심이다. 가서 내 말을 꼭 전하도록."

"……."

"더 하겠나?"

전력을 다해 검강에 맞서보았지만 돌아온 것은 처참한 패배뿐이었다. 어차피 더 이상 싸워봤자 감당할 수 있는 상대가 아니었다. 괜한 고집으로 애꿏은 수하들만 개죽음을 당하게 할 수는 없었다. 물론 명령을 내린다 하더라도 혁련휘에게 덤빌 수 있는 사람은 아무도 없었지만. 결국 무영은 고개를 좌우로 흔들었다.

"하지만 저들은 아직 나를 보낼 생각이 없는 모양이군."

무영의 목에서 검을 내린 혁련휘가 검을 들어 가리킨 사람은 지금껏 관망만 한 웅비보의 식객들이었다. 무영이 항복을 하는 순간 그들이 움직인 것이다.

제25장
양의합벽검진(兩儀合璧劍陣)

양의합벽검진

'빌어먹을 놈들!'

혁련휘와 마찬가지로 고개를 들어 그들을 응시한 무영은 치밀어 오르는 욕지거리를 참아야 했다. 힘의 열세를 느껴 도와달라는 자신의 요청에도 그들은 움직이지 않았다. 거듭 도와달라고 했지만 그들은 그때마다 도움을 청하는 자신의 말을 간단히 묵살해 버렸다. 미리 움직였다면, 최소한 힘을 합쳐 혁련휘를 쳤다면 이런 결과는 오지 않았을지도 몰랐다. 혁련휘에게 쏠렸던 분노가 고스란히 그들에게 향했다.

혁련휘는 또다시 시작될 싸움을 위해 호흡을 가다듬었다. 그리고 자신을 향해 천천히 걸어오는 상대의 모습을 주의 깊게 살피기 시작했다.

상대는 정확히 여덟이었다.

나이를 추측하기 힘든 노인이 두 명, 그보다는 약간 연배가 낮아 보이는 노인이 또 두 명, 그리고 나머지 네 명은 그들보다는 상대적으로 비교적 젊은 오십 전후의 중년인들이었다.

'쉽지 않겠는데.'

혁련휘는 제법 떨어진 거리임에도 상당한 힘으로 압박해 들어오는 기운을 느끼며 지금부터가 진짜 싸움이란 생각을 했다. 특히 나이를 추측하기 힘들어 보이는 두 명의 노인에게선 이상한 동질감과 이질감, 그리고 깊이를 알 수 없는 힘이 느껴졌다.

"어린놈이 대단하구나!"

혁련휘를 향해 가장 먼저 포문을 연 사람은 호리호리한 체구에 옆으로 째진 눈이 대단히 날카로워 보이는 노인이었다. 발목엔 각반(脚絆)을 차고 있었는데 가만히 서서 말을 할 때에도 발목 아래는 계속해서 움직이고 있었다.

'권각술(拳脚術)의 고수로군.'

저렇듯 계속해서 발목을 움직이고 있는 것은 언제 어느 상황에서라도 빠른 몸놀림을 보여줄 수 있도록 미리 준비하는 것이 틀림없었다.

"대단한지는 모르겠지만 나이라면 먹을 만큼 먹었소."

마치 어린아이를 대하듯 하는 노인의 어투에 혁련휘의 대꾸 역시 심드렁했다.

"건방지군. 하긴, 그만한 실력을 지녔으면 충분히 건방질 만하다. 검강이라니… 내 평생 검강을 본 것은 손가락으로 꼽을 만했다. 하지만 검강이 최강의 무공은 아니다."

"최강이라 생각하지 않소."

혁련휘가 순순히 인정하자 노인은 약간은 의외라는 듯 두 눈에 이채를 띠었다.

"나는 검강을 쓰지 못한다. 애당초 검을 쓰지도 않지만. 하나 너를

죽일 수는 있다. 너는 내가 누구인 줄 아느냐?'

갑자기 자신의 존재를 부각시키려는 노인의 태도에 혁련휘는 피식 웃음을 터뜨리고 말았다.

"눈앞의 적을 보고 도망치는 놈들이 흔히 '나중에 보자'라는 말을 쓰오. 노인장의 어투가 어째 그런 기분을 들게 하는구려. 혹여 대단한 뒷배라도 지닌 모양이오만, 내가 노인의 정체를 아는 것과 모르는 것이 이 상황과 나에게 어떤 영향을 준다고 생각하시오?"

혁련휘의 말에 노인의 안색이 살짝 달아올랐다.

"나는 선풍각(旋風脚) 이귀(李鬼)라고 한다."

평생 등룡곡에 갇혀 무공을 익히고 출도 후 대부분의 시간을 혈성과 싸운 혁련휘는 강호 인물에 대한 사정이 비교적 어두웠다. 더구나 무림에서 물러난 이후에도 무당산에서 오랜 시간을 보냈기에 이귀라는 이름은 생소함 그 자체였다.

하지만 선풍각 이귀라는 이름은 그렇게 간단히 무시하고 넘어갈 만큼 만만한 이름은 아니었다.

강소성을 주 무대로 활동하는 이귀는 각법(脚法) 하나로 그 무명을 천하에 알린 자였다. 번거로운 것을 싫어하는 성격 탓에 특정한 문파에 얽매이지도, 또 어떤 단체에 소속되어 있지도 않은 채 그저 몇몇 고관대작(高官大爵)이나 부호들의 무사부로 전전했지만 무공이라는 것은 감춘다고 감춰지는 것이 아니었다. 특히 남경제일검(南京第一劍)이라 추앙받던 무정검(無情劍) 고숙현(高夙懸)을 단 한 번의 발길질로 절명시킨 뒤 그는 일약 강소성 최고의 고수로 떠올랐다. 그런 그를 웅비보의 보주 염파가 삼고초려의 예를 다해 초빙한 것이었다.

하나 혁련휘는 이귀를 알아보지 못했다.

"알지도 못하고 알고 싶지도 않소."

혁련휘는 간단히 대꾸했다. 순간 이귀의 얼굴이 일그러졌다. 그래도 자신이 누구인지 알게 되면 어느 정도 동요할 줄 알았건만 이건 아예 무시하는 듯한 태도가 아닌가.

"네놈의 실력이 입담만큼 대단한지 보겠다."

이귀의 몸이 움직였다 싶을 때 이미 그는 혁련휘의 면전에 다가들고 있었다.

"어딜!"

이귀의 움직임을 예상하고 있던 혁련휘가 재빨리 검을 휘둘렀다. 그러나 바로 앞에 있던 이귀는 어느새 방향을 바꿔 혁련휘의 좌측으로 돌고 있었고 혁련휘가 나아가던 검을 재빨리 틀어 이귀를 쫓았을 땐 그는 이미 혁련휘의 뒤로 돌아간 상태였다.

혁련휘는 몸을 틀 여유도 없이 역으로 검을 잡고 뒤를 찔렀다.

"늦어!"

여유있는 이귀의 음성은 아래서 들려왔다. 손바닥으로 땅을 짚고 바닥에 주저앉은 이귀가 몸을 회전시키며 지금의 그를 만든 선풍각을 선보였다.

맹렬히 회전하는 몸에서 뿜어져 나오는 다리의 힘은 상상을 초월할 정도로 빠르고 강맹했다. 무방비로 노출된 상황에서 공격을 허용했다간 그대로 다리가 부러져 나갈 것 같았다. 다급해진 혁련휘가 검을 수직으로 세워 공격을 막아보려 했지만 회심의 미소를 지은 이귀는 검을 피하기는커녕 도리어 정면으로 맞서왔다.

캉!

자신의 검과 이귀의 다리가 충돌하는 순간 혁련휘는 이미 뭔가가 잘못되었다는 것을 알 수 있었다. 강렬한 금속성은 둘째 치고 잠시 멈칫했던 이귀의 다리는 잘려 나가는 것은 고사하고라도 최소한 살과 뼈로 이루어진 인간의 다리라면 의당 피라도 나고 상처를 입었어야 했다. 그러나 전보다 더욱 강해 보이는 이귀의 공세에선 그런 기색을 전혀 찾아볼 수 없었다.

'흠, 평범한 물건이 아니군.'

자신의 검이 이귀의 각반에 의해 튕겨졌다는 것을 깨달은 혁련휘가 재빨리 몸을 움직였다.

"타핫!"

혁련휘는 감히 대적하지 못하고 검에 밀려오는 충격에 몸을 실어 뒤로 물러섰다. 하지만 너무 급하게 몸을 움직이는 바람에 미처 중심을 잡지 못하고 두어 번 몸을 휘청거린 다음에야 제대로 설 수 있었다.

"제법이다. 하지만 그런 행운이 언제까지 계속될 것 같으냐?"

멋모르고 날뛰는 애송이에게 호된 맛을 보여줬다는 만족감인지 아니면 혁련휘 정도면 언제라도 요리할 수 있다는 자신감 때문인지 천천히 몸을 세우는 이귀의 얼굴엔 강한 자부심이 깃들어 있었다.

잠시 흩어진 호흡을 고른 혁련휘가 담담하게 말했다.

"대단했소, 내가 깜짝 놀랄 정도로. 하지만 그런 기회는 자주 오는 것이 아니외다."

"훗, 마음대로 지껄이거라. 어차피 네놈은 이곳에서 뼈를 묻게 되어 있으니."

멈춰 있던 이귀의 몸이 다시 움직이기 시작했다. 아예 끝장을 내겠다는 듯 이귀의 발놀림은 조금 전보다 배는 빨라 보였다.

좌측으로 다가오는 듯하다가 어느새 우측으로 돌고 있었고 정면에 있는가 하면 어느새 뒤로 돌아가 있었다. 마치 순간 이동이라도 하는 듯 현란하게 움직이는 이귀의 신형은 사람의 눈으론 도저히 따라잡을 수 없어 보였다. 특히 허공에서 자유자재로 방향을 바꾸며 혁련휘를 향해 선풍각을 날릴 때면 경이로움 그 자체였다. 웅비보에서 지금껏 그와 함께 생활해 온 다른 식객들마저 그 모습을 보고 절로 감탄의 탄성을 지를 정도였다.

하지만 모든 사람이 그런 것은 아니었다. 단 한 사람, 처음부터 끝까지 혁련휘만을 응시하고 있던 경대신만은 심각하게 얼굴을 굳히고 있었다.

'이상한데……'

혁련휘가 아무리 뛰어난 무공, 검강이라는 절세의 무공을 시전할 수 있다지만 그것도 상대 나름이었다. 천하를 진동시킬 무공이라도 상대에게 피해를 줄 수 있을 때 비로소 가치를 인정받는 법. 하지만 그 빠름을 도저히 가늠할 수 없는 이귀의 몸놀림이라면 검강이 아니라 그 이상의 공격이라도 통하지 않을 것 같았다. 그리고 그것을 증명이라도 하듯 정신없이 몰아치는 이귀의 공격에 혁련휘는 공격다운 공격은커녕 방어를 하느라 자리에서 한 발자국도 움직일 생각을 못했다.

그럼에도 경대신은 마음 한구석에서 치밀어 오르는 꺼림칙한 느낌이 왠지 마음에 걸렸다.

'뭔가 이상해, 뭔가……'

지금 혁련휘가 처한 상황은 거의 절망적이었다. 마치 도살장에 끌려와 생명이 경각에 달린 짐승처럼.

하나 경대신이 보고 있는 혁련휘는 목숨이 경각에 달린 사람이 절대로 보여줄 수 없는 눈빛을 하고 있었다. 반짝거리며 빛을 뿜어내는 두 눈은 두려움보다는 흥미로움, 오히려 그런 상황을 즐기기라도 하는 듯 여유로움이 묻어 나왔다.

'어쩌면… 아니야, 그런 말도 안 되는!'

설마 하는 마음에 자신도 모르게 뭔가를 떠올린 경대신은 자신이 상상을 하고서도 그것은 있을 수 없는 일이라 여기며 세차게 고개를 흔들었다.

그런데 바로 그 순간, 지금껏 그의 시야에서 사라지지 않았던 혁련휘의 모습이 거짓말처럼 사라지고 말았다.

"네, 네놈!"

당황한 경대신이 고개를 돌리며 혁련휘를 찾으려는 순간 격노한 이귀의 음성이 들려왔다. 이귀는 더 이상 커질 수 없는 눈을 치켜뜨며 자신의 정면에서 미소를 짓고 있는 혁련휘를 쳐다보고 있었다.

"지금껏 실력을 숨기고 있었느냐?"

이귀의 물음에 혁련휘는 어깨를 한 번 들썩이며 대꾸했다.

"실력을 숨길 게 뭐 있겠소. 예상외로 빠른 움직임에 잠시 당황했을 뿐. 하지만 거기까지요. 어차피 그런 공격으론 나를 어쩔 수 없소. 조금 놀라게 할 순 있겠지만."

"그렇다면 왜 지금껏 당하고만 있었느냐?"

"착각하고 계시는구려. 당한 것으로 보이오? 난 그저 위협을 느끼지 않았기에 움직이지 않았을 뿐이오. 그리고 그 지둔술이라는 것이 은근히 내공을 많이 필요로 하는 것이라……."

"뭣이! 그, 그렇다면 나와 상대하면서 내력을 되찾고 있었단 말이냐!!"

이귀의 목소리는 이미 쉰소리를 내고 있었다.

"꼭 그렇지는 않소. 그냥 힘을 비축했다고 보면 될 것이오. 뒷일을 위해 말이오."

대답을 하며 혁련휘가 시선을 던진 곳은 두 노인, 무심한 표정으로 지켜보고 있는 그들이 있는 곳이었다.

"다, 닥쳐라!!"

애송이 주제에 의외로 단단한 방어를 하고 있다고 여기고 내심 감탄을 했던 터였다. 그 재주를 아까워해 가능하면 목숨은 살려주고자 했었다. 한데 상대는 휴식을 취하고 있는 것이라 했다. 망신도 이런 망신이 없었고 모욕도 이런 모욕이 없었다. 막 폭발하는 화산처럼 몸과 마음을 하얗게 태우는 분노를 가라앉히는 방법은 오직 하나뿐이었다.

"이놈!!"

분노는 했으되 냉정함까지 잃지는 않았다. 상대가 결코 만만치 않다는 것은 이미 몸이 느끼고 있는 바 좌우로 낮게 움직이며 다가가는 이귀는 혁련휘의 움직임을 예의주시했다. 그리고 혁련휘가 미처 생각하지 못하는 방향으로 몸을 움직이며 틈을 노렸다. 하나 계속해서 수세에 몰렸던, 아니, 그렇게 보였던 혁련휘가 몸을 움직이는 순간 사람들은 이귀만이 독보적인 빠름을 지닌 것은 결코 아니라는 것을 깨닫게 되었다.

천하제일 살수의 독문보법, 운연과안은 도저히 인간의 움직임이라 믿을 수 없는 이귀의 발놀림을 따라잡았다. 비록 그 빠름에선 조금 뒤졌지만 전후좌우로 크게 움직이는 이귀와는 다르게 혁련휘는 최단거리의 동선을 잡고 이귀의 움직임을 봉쇄했다.

이귀는 당황할 수밖에 없었다. 그는 혁련휘가 자신만큼이나 빠른 몸놀림을 보여주고 또 그 차이도 거의 없다는 것을 믿을 수 없었다. 그러나 그것은 엄연한 사실이었다. 이귀는 이를 악물고 이리저리 몸을 움직이며 혁련휘와 거리를 두려 했다. 하지만 그는 순식간에 거리를 좁히고 따라붙는 혁련휘를 도저히 떼어놓지 못했다.

"죽어라!!"

더 이상 약점을 노리는 것을 포기한 이귀가 돌연 발걸음을 멈추고 몸을 회전시켰다. 그리고 혁련휘가 그의 지척에 이르렀을 땐 그의 모습이 회전을 하며 시전한 선풍각의 무수한 발 그림자에 묻힌 상태였다.

혁련휘는 공세가 시작도 되기 전 전신에 밀려오는 힘, 눈도 뜨지 못하게 하고 숨을 쉰다는 것이 불가능할 정도로 강맹한 풍압(風壓)을 느끼며 천천히 검을 들었다. 그리고 이귀의 발 그림자가 막 그를 덮치려는 순간 검을 움직였다.

사람들은 혁련휘의 어깨가 단지 움찔한다는 느낌만을 받았다. 그것의 결과를 예상한 사람은 아무도 없었다. 그들은 천지를 뒤덮은 이귀의 발 그림자에 뒤덮여 처참히 무너질 혁련휘의 모습만을 생각했다. 하지만 그들이 볼 수 있었던 것은 처참하게 무너지는 혁련휘도 혁련휘를 쓰러뜨리고 명예를 회복하는 이귀의 모습도 아니었다. 오직 무섭게 회전하는 몸을 따라 사방으로 흩날리는 핏줄기, 회전의 속도가 점점 느려짐에 따라 뻗어 나가는 힘을 잃고 점점이 흘러내리는 핏줄기였다.

털썩!

마침내 완전히 회전을 멈춘 이귀가 힘없이 땅에 쓰러졌다. 쓰러지기도 전에 이미 절명한 이귀는 온몸의 피를 쏟아내서인지 아니면 생명력을 잃어서인지 낯빛이 너무나 창백했다. 그의 목줄기에 난 하나의 상흔(傷痕), 혁련휘의 검끝과 너무나 일치하는 상흔이 그의 사인(死因)을 말해 줬다.

사람들은 절로 소름이 돋는 것을 느꼈다.

어찌 인간의 몸으로 그토록 맹렬히 회전을 하는, 육안으로 따라잡기도 힘들 뿐더러 천지사방을 뒤덮은 발 그림자와 그것이 일으키는 압력에 움직이는 것도 불가능한 상황을 뚫고 들어가 저토록 정확하고도 선명한 상처를 입힐 수 있단 말인가!

그러나 그들의 놀람과는 달리 얼굴에 묻은 피를 닦아내며 내뱉는 혁련휘의 말투는 당연한 결과라는 듯 담담하기만 했다.

"일점홍(一點紅)이라는 것이오, 살수라면 누구나 익히고 있는."

"닥쳐라! 이놈!"

혁련휘의 말이 끝나기도 전에 허연 수염을 휘날리며 검기를 뿌리는 노인이 있었다. 조금 전까지만 해도 이귀와 혁련휘의 무위가 어떠니 하며 대화를 나누던 팔검유영(八劍有影) 상관척(上官斥)이었다.

파스스슷!

상관척의 분노가 절로 느껴지는 검기는 무심한 표정으로 쳐다보는 혁련휘를 갈가리 찢어버리겠다는 듯 날카롭고 위력적이었다. 하지만 그것은 검기를 뿌리는 상관척이나 이를 지켜보는 사람들의 관점이었고 정작 혁련휘에겐 그다지 대수롭지 않아 보일 뿐이었다.

상관척이 발출한 무수한 검기는 가슴께로 검을 끌어 올린 혁련휘의 단순한 동작, 그저 검을 두어 번 회전시킴으로써 무위로 돌아갔다.

"검막(劍幕)이로구나!"

자신의 공격을 막은 기운, 검에서 뿜어져 나와 혁련휘의 몸 전체를 감싸고 도는 기이한 막이 무엇인지 알아본 상관척이 이를 갈며 소리쳤다.

"네놈이 밑천을 드러내게 하는구나!"

상관척의 발이 묘하게 움직이기 시작했다.

'응?'

혁련휘는 고개를 갸웃거렸다. 빠른 것은 아니었다. 아니, 꼭 느리다고 말할 수도 없었다. 다만 극한의 빠름을 보여주었던 이귀에 비해 느리게 보이는 것뿐이었다. 하지만 혁련휘가 놀란 것은 상관척의 몸에 일어나는 갑작스런 변화 때문이었다.

잠시 흐릿한가 싶더니 혁련휘의 앞에는 두 명의 상관척이 서 있었다. 그리고 혁련휘가 숨을 한 번 더 내쉬었을 때 두 명은 네 명으로 늘어나 있었다.

'분신술(分身術)이로군. 그런데…….'

그런데 분신술이라 보기엔 어딘가 이상했다. 하지만 상관척은 혁련휘로 하여금 생각할 여유를 주지 않았다.

"타핫!"

네 명의 상관척은 전후좌우에서 동시에 공격을 시작했다.

"흥!"

냉소를 내뱉은 혁련휘는 정신없이 밀려오는 검을 향해 일일이 대응했다. 공격이 거의 동시에 다가와 위협을 했지만 운연과안이라는 절세의 보법은 그로 하여금 상관척의 공세 속에서도 여유로움을 유지시켜 줬다. 하지만 그것은 시작에 불과했다.

"분신술 따위로는……."

상관척의 공격을 간단히 막아낸 혁련휘는 엷은 미소를 지으며 말을 하다가 곧 심각한 표정으로 입을 닫고 말았다. 네 명이었던 것이 여덟으로, 그리고 다시 그 배인 열여섯으로 불어나고 있었기 때문이다. 그리고 열여섯 명의 상관척이 공격을 시작했을 때 혁련휘의 입가에선 더 이상 미소를 찾아볼 수 없었다.

'진짜를 찾아야 한다.'

분신술은 허(虛)로써 상대의 눈을 속이고 그 틈을 노려 실(實)로써 공격을 하는 무공이었다.

여러 명의 분신을 만들어내어 상대를 혼란케 하는 것이 허, 그리고 상대가 그 허상을 쫓고 있을 때 비로소 제대로 된 공격을 하니 그것이 실이었다. 비록 분신술을 익힌 것은 아니었지만 혁련휘도 그 원리는 잘 알고 있었다.

혁련휘는 진짜 상관척을 찾기 위해 정신을 집중했다. 희미한 달빛과 주변을 밝히는 횃불의 힘을 빌려 그림자를 뒤쫓기도 했다. 하지만 열여섯의 상관척에게서 똑같은 기운이 느껴졌고 그림자 또한 너무나 선명하게 드리워져 있었다. 그리고 무엇보다 그를 당황케 한 것은 각각의 상관척이 시전하는 무공과 초식이 하나같이 다르다는 것이었다. 누구도 같은 공격을 하는 이가 없었다. 표정 또한 저마다 달랐다. 마치 전혀 다른 무공을 익힌 열여섯 명의 무인에게 공격을 받는 것과 같은.

"윽!"

잠시 혼란에 빠져 있던 혁련휘에게 약점이 생긴 것인지 좌측에서 날아온 검이 그의 뺨에 가벼운 상처를 남겼다. 상처에서 흘러나온 핏줄기가 볼을 타고 입술로 흘러들었다.

찝찔하면서도 역겨운 혈향(血香).

피라는 것엔 묘한 마력이 있었다. 특히 그것이 다른 사람의 피가 아니라 자신의 피였을 경우 더욱 무섭게 타오르는 법이었다.

혁련휘의 표정에 살짝 변화가 왔다. 그리고 얼굴에 무섭게 피어나는 것은 바로 끈적한 살기였다.

열여섯 명의 상관척 또한 혁련휘의 기세가 변한 것을 느꼈는지 매섭게 몰아치면서도 한층 신중한 모습이었다. 그리고 또 한 번의 공격이 혁련휘의 등에 작렬했다.

"크윽!"

보지 않아도 등이 갈라졌다는 것을 느낄 수 있었다. 그나마 다행이라면 상처가 그다지 깊지 않다는 것이었다. 바로 그 순간, 뭔가를 느낀 것일까? 혁련휘의 입에서 기괴한 살소가 피어올랐다.

"크크크, 좋아, 좋아. 정신이 번쩍 나는군."

"정신이 난다면 어디 한번 막아보아라!"

열여섯 명의 상관척이 동시에 외치며 달려들었다. 혁련휘의 미소가 더욱 짙어졌다.

"진짜는 열여섯, 모두 진짜라는 말이지."

혁련휘의 검에서 기가 뿜어져 나왔다. 그리고 그것은 하나의 환(丸)을 만들어냈다.

"검강이다!"

한곳에 모여 있던 중년 식객들 중 한 명이 소리쳤다.

"아니, 검환(劍丸)이네!"

나이를 추측하기 힘든 노인 중 한 명이 말했다. 상당히 놀랐는지 몹시 상기된 음성이었다.

"무형의 기를 유형화시킨 검강을 시전할 때 예상은 했지만 검환이라니!"

"어차피 검강과 검환은 비슷한 것이 아닙니까?"

중년인의 질문에 입을 연 노인이 고개를 가로저었다.

"무형의 기운을 유형화시킨다는 원리는 같지만 위력 면에서 차이가 있네. 검강은 보다 넓은 범위에 그 힘을 발휘할 수 있지만 검환은 모든 힘을 한곳, 저 자그마하게 보이는 고리에 모든 힘을 집중시키는 것이라네. 파괴력만 따진다면 실로 천양지차(天壤之差), 검강은 상대조차 되지 않네. 그런데 검환이라면 검강을 자유자재로 다룰 수 있는 자만이 보여줄 수 있는 최고의 경지, 다시 말해 저 젊은이의 검술이 얼마나 심오한지 단적으로 보여주는 것이야. 실로 대단한 젊은이네. 더 이상 버티지 못하겠군."

노인은 혁련휘의 검끝에 매달린 자그마한 구슬 하나를 보며 연신 감탄을 하고 있었다. 노인은 상관척의 패배를 기정사실로 여기는 듯했다. 그리고 그것은 사실로 드러났다.

검을 떠나 혁련휘가 이끄는 대로 움직이기 시작한 검환은 정면에서 덤벼들던 상관척의 검을 단숨에 가루로 만들고 가슴을 관통했다. 그리고 크게 회전을 하며 다른 방향에서 공격을 하던 상관척을 노리며 날아갔다. 검환을 날린 혁련휘는 운연과안을 극성으로 펼치며 일시에 포위망에서 벗어났다. 동시에 무섭게 검을 움직였다. 이귀를 절명시킨 예의 그 일점홍이었다.

"크악!"

"컥!"

검환에 적중당한 상관척은 커다란 비명을, 그리고 혁련휘의 일점홍에 당한 상관척은 비명조차 제대로 지르지 못하고 쓰러졌다. 한데 묘한 것이 목숨을 잃기 전까지는 그 진위를 파악할 수 없었던 그들이 막상 목숨을 잃고 쓰러지자마자 순식간에 연기가 되어 사라지는 것이었다.

그리고 마침내 진짜 상관척이 누군지 드러났다. 일점홍에 당하면서도 필사적으로 고개를 돌린, 왼쪽 목에 커다란 상처를 당하는 것으로 목숨을 구한 상관척이 혁련휘가 그토록 찾고자 했던 진짜 상관척이었다. 그가 쓰러지자 살아 있던 나머지 상관척이 모조리 사라졌다.

자신에게 벌어진 일이 도저히 믿기지 않는다는 듯 상관척은 폭포수처럼 뿜어져 나오는 피를 막을 생각도 없이 망연히 혁련휘를 쳐다보았다.

상관척은 지금의 상황을 도저히 이해할 수가 없었다. 그는 지금까지 열여섯 개의 분신을 만들어본 적이 없었다. 능력도 안 됐거니와 통상 여덟 개의 분신만으로도 충분했기 때문이었다. 비록 한번 펼칠 때마다 막강한 내공이 필요하여 오랫동안 유지할 수 없다는 치명적 약점 때문에 승부를 내지 못한 적이 두어 번 있기는 했어도 이렇게 처참하게 패한 적은 없었다. 하물며 열여섯이었다. 생명의 위험을 무릅쓰고 열여섯의 분신을 동원하고 패한다는 것은 상상도 못했던 일이었다.

"어, 어떻게?!"

몸을 일으킬 생각도 없이 묻는 상관척의 말에 살기를 거둔 혁련휘가 말했다.

"노인의 분신술은 훌륭했소. 그저 단순한 환상에 불과한 여타의 분신술과는 차원이 다른."

"하… 하지만 너… 는 너무도… 간단히 물… 리쳤다……."

숨 쉬기가 힘든지 상관척은 간신히 말을 이었다.

"노인의 분신엔 하나하나에 생명력이 깃들어 있었소. 실로 대단한 분신술이오. 처음엔 진신(眞身)을 찾으려고 고생깨나 했소. 덕분에 이렇게 상처도 얻었고. 하지만 나는 진신을 찾지 못했소. 모두 진신이니 당연한 일이었지만. 그런데 오히려 그것이 나를 편하게 했소."

"펴, 편하… 게 하다니……?"

"애써 진신을 찾느라 정신을 흐트러뜨리지 않아도 되었기 때문이오. 진신을 찾기 위해 헤매는 것보다 모두다 진짜로 생각하고 상대하는 것이 몇 배나 편했소이다. 또한 노인의 분신술엔 치명적인 약점이 있었소. 열여섯으로 몸이 나뉘고 각자의 공격이 독립적인 것은 훌륭했지만 유기적이질 못했소. 제각기 따로 놀았단 말이오. 만약 그 열여섯 명이 제대로 된 합공을 했다면 누워 있는 것은 바로 나일 것이오. 처음이야 난생처음 겪는 무공에 당황하고 사방에서 각기 다른 초식으로 밀려오는 공격에 정신이 분산되어 눈치 채지 못했지만 그것도 잠시였소. 나는 그저 겉모습만 화려하고 협력은 전혀 되지 않는 공격에 당하고 싶은 마음은 없소. 또 당할 정도로 약하지도 않소."

"그… 그랬군. 그랬… 어. 그런 간단한 이치를… 허허……."

노인은 평생을 바쳐 이룩한 무공이 너무도 허망하게 무너지자 일순간 수십 년은 더 나이를 먹은 사람처럼 초라하게 늙어버렸다. 그리곤 힘없이 눈을 감고 말았다. 그럼에도 무척이나 훌륭한 무공이었다는 혁련휘의 말을 미처 듣지 못한 채.

"도대체 언제까지 그렇게 방관만 하고 계실 것입니까?"

"……."

"노선배들께서 수수방관하는 사이 벌써 수십 명이 목숨을 잃었소이다!"

무영은 치열한 혈전을 벌이고 있는 연무장을 가리키며 피를 토하듯 소리쳤다.

싸움은 이미 막바지로 치닫고 있었다.

이귀에 이어 상관척마저 무너지자 차례는 자연 중년의 식객들, 산동사걸(山東四桀)에게 돌아왔다.

그들은 나이도 각기 다르고 성(姓)도, 문파도 달랐지만 이십여 년 전 혈성에 대항해 싸우다 뜻이 맞아 결의형제(結義兄弟)를 맺은 사이였다. 산동에서 상당한 무명을 쌓고 나름대로 협행을 하다가 거액을 들인 염파에 의해 포섭된 그들은 그 명성만큼이나 화려한 무공 실력을 자랑했다.

싸움에 나선 산동사걸은 처음부터 합공을 했다.

이미 개개인의 실력으론 혁련휘의 십 초도 받아내지 못한다는 것은 그들보다 능력이 뛰어난 이귀와 상관척의 죽음이 증명해 주었다. 체면을 차릴 계제가 아니었다. 체면보다는 승리를, 그리고 무엇보다 살아남아야 했다. 다행히 그들은 개개인의 능력도 능력이었지만 합공에서 실로 완벽한 호흡을 보여주었다.

산동사걸은 대형인 고숙(孤肅)을 중심으로 제대로 이가 맞아 돌아가는 톱니바퀴처럼 조금의 허점도 보이지 않고 무섭게 혁련휘를 압박했다. 각기 익힌 무공도 상이했다. 혁련휘를 중앙에 포위하고 주변을 빙글빙글 돌면서 보여주는 도법과 검법, 그리고 간간이 선보이는 비도술까지, 그들의 공격력은 홀로 싸우다 목숨을 잃은 이귀와 상관척에 비할 바가 아니었다. 서로에 대한 믿음 없이는 나올 수 없는 그런 움직임이었다.

그러나 그들의 합공이 그토록 뛰어나고 절로 감탄을 터뜨리게 만들 정도라지만 상대는 다름 아닌 혁련휘였다.

산동사걸이 아무리 빠르게 움직여도 혁련휘는 그들의 움직임보다 거의 배는 빠른 몸놀림을 보였고 압도적인 속력을 바탕으로 눈으로 따라잡기 힘든 쾌검을 날렸다. 더구나 쾌검에 이어지는 화산파의 환검이 그들의 시야를 어지럽혔고 장중하면서도 힘있는 무당파의 검법은 그들로 하여금 목숨을 걱정하게 만들었다. 뿐만 아니라 그 뒤로 계속 이어지는 수많은 검법들 역시 처음부터 하나의 무공인 듯 서로 연결되며 산동사걸을 핍박했다.

초반 잠시 보여주었던 선전은 이미 사라지고 산동사걸은 혁련휘의 공격을 막기 위해 전전긍긍할 수밖에 없었다. 그나마 일종의 검진을 만들어 힘을 하나로 모으고 서로의 약점을 필사적으로 보호하고 있었기에 망정이지 그렇지 않았다면 그들 역시 이귀, 상관척과 마찬가지로 싸늘한 시신이 되어 땅에 누워도 한참 전에 누웠을 것이다. 하지만 그들이 쓰러지는 것은 시간문제였다.

결국 무영은 겁을 집어먹고 움직이지 못하는 무인들에게 악을 쓰며 명을 내리고 지금껏 아무런 움직임도 보이지 않고 있는 경대신에게도 협맹 맹주를 대신하는 자격으로 공격 명령을 내렸다.

무영의 명령이 내키지는 않았으나 그 이후에 있을 엄중한 문책, 어차피 홀홀 단신인 자신이야 문제될 것도 없었지만 지금껏 자신을 돌봐준 사부와 사문인 황룡검파(黃龍劍派)가 입게 될 피해를 생각한 경대신은 어쩔 수 없이 고안 분타에 소속된 수하들에게 명을 내려야만 했다. 하나 아무리 사문을 위해 어쩔 수 없는 선택을 한다 해도 수하들을 무작정 개죽음으로 몰 수는 없는 일이었다. 명령을 내리되 강요는 하지 않았다. 그것은 제아무리 무영이라도 뭐라 할 수 없는 일이었다.

수하들에게 명령을 내린 경대신은 가장 앞서 싸움에 뛰어들었다. 그리고 혼신의 힘을 다한 검기, 검기를 뛰어넘어 거의 검강의 단계에 이른 공격으로 막 위급한 지경에 처한 산동사걸을 도울 수 있었다.

경대신이 나서자 그를 충심을 믿고 따르던 상당수의 무인들 또한 싸움에 뛰어들었다.

무영이 데리고 온 무인들과 경대신, 그리고 그의 수하들이 산동사걸을 도와 본격적으로 싸움에 뛰어들자 여유롭게 산동사걸을 상대하던 혁련휘도 긴장하지 않을 수 없었다. 아무리 보잘것없은 무공을 지닌 자가 휘두른 검이라도 몸에 닿으면 치명적인 상처가 될 수 있었다. 더구나 희생을 감수하면서도 많은 인원으로 주변을 포위하고 있어 조금 전과 같이 빠른 움직임을 보여주기란 사실상 불가능했다.

그러나 그들의 힘으로도 혁련휘를 잡기란 사실상 불가능했다.

가장 큰 문제는 산동사걸과 경대신, 그리고 무영이 데리고 온 몇몇을 제외하고는 실력 차가 너무 크게 난다는 데 있었다. 대규모의 인원에 잠시 주춤했던 혁련휘는 단 한 번의 충돌로 그들이 지닌 약점을 간파했고 그 즉시 싸움 방법을 달리했다.

강력한 공격을 자랑하는 산동사걸과 경대신과의 충돌은 가능한 한 피하고 힘이 약한, 협맹이 아닌 오직 경대신에 대한 충성으로 위험을 알면서도 싸움에 나선 하급 무인들을 닥치는 대로 주살하기 시작한 것이다.

자칫 잘못하면 낭패에 빠질 수 있다고 생각한 혁련휘는 손속에 인정을 두지 않았다. 한껏 내공이 실린 혁련휘의 검을 견딜 수 있는 이는 사실상 전무했다. 간혹 검을 들어 막는 자도 있었으나 결과는 마찬가지였다. 순식간에 검과 함께 몸뚱이가 산산조각이 나며 연무장을 피로 물들였다.

부하가 아닌 한 명의 동료와 같이 수하들을 아끼고 예의로써 대했던 경대신은 그들의 죽음에 거의 제정신이 아니었다. 그는 혁련휘를 쫓아

미친 듯이 움직이며 검을 휘둘렀다. 그것은 경대신 등의 도움으로 위기를 넘기고 어느 정도 힘을 회복한 산동사걸 역시 마찬가지였다.

하지만 손바닥도 마주쳐야 소리가 나는 법이었고 상대를 해주어야 싸움도 할 수 있는 법이었다. 혁련휘는 그들과의 충돌은 철저하게 피했다. 경대신이나 산동사걸의 공격을 받게 되면 얄미울 정도로 몸을 피한 후 도리어 그 힘을 탄력 삼아 다른 무인들을 쓰러뜨렸다.

그 모든 것이 가능할 수 있었던 것은 오직 운연과안, 그 절세 보법의 움직임을 아무도 따라잡지 못했다는 데 있었다.

그렇게 한 시진이 조금 못 되는 시간이 흐르고 온통 피비린내로 뒤덮인 연무장엔 이십 명도 안 되는 사람들만이 지면을 밟고 서 있었다.

고안 분타의 무인들은 이미 전멸을 한 상태고 산동사걸과 경대신, 그리고 무영을 따라나선 몇몇 무인들만이 간신히 버티고 있을 뿐이었다. 그들의 표정엔 오직 절망과 두려움만이 차지하고 있었다. 하지만 이전처럼 겁을 집어먹고 도망치진 않았다. 절망과 두려움이 그들 내면에 숨어 있는 원초적인 분노와 함께 결합하여 무서운 투지로 발산되고 있었다.

"크아악!"

또 한 명의 무인이 혁련휘의 공격을 견디지 못하고 쓰러지고 말았다. 온몸이 피로 뒤덮인 혁련휘는 조금의 틈도 주지 않고 계속해서 공격을 퍼붓고 있었다.

비명 소리에 이가 부서지도록 입을 앙다문 무영이 소리쳤다.

"저들이 다 죽어야 나서시려는 것입니까?"

"……."

그러나 무거운 표정으로 무영과 싸움이 벌어지는 곳을 살피는 노인들의 입에선 아무런 말도 흘러나오지 않았다. 그것이 더 사람을 미치게 만들었다.

"나는 선배들이 누구인지 모르오. 하나 염 보주께서 선배들을 극진히 대접한다고 들었소. 또한 웅비보의 식객들 중 최고의 고수라는 말도 들었소. 설마 자존심 때문이오? 정말 그런 이유요? 그깟 자존심을 지키기 위해 저토록 많은 이들이 죽어가는데 나 몰라라 하고자 하는 것이오? 그것이 소위 말하는 고수들의 체면이라는 것이오? 그런 체면, 개에게나 줘버리시구려!"

무영은 이미 제정신이 아니었다.

"다들 죽어도 당신들 체면만 살리면 된다는 말이오? 정말 그런 것이오? 잘났소. 참으로 잘났소! 그렇게 잘났으면 천하를 호령할 것이지 웅비보의 식객 노릇은 왜 하는 것이오? 그리고 이곳까지는 무엇 때문에 납신 것이오! 그냥 고고히 아래나 굽어보며 살 것이지!!"

"크아악!"

무영이 두 노인에게 악을 쓰고 있을 때에도 계속되는 비명이 들려왔다.

"우라질!! 그 따위로 득도(得道)한 표정이나 짓고 있으면 만사가 다 끝나는 줄 아는 모양이구려. 빌어먹을!!"

무영은 더 이상 소리 지를 기운도 없는지 입을 다물고 몸을 돌렸다. 두 노인은 나서지 않을 모양이었고 어찌 되었든 싸움은 끝까지 해야 했다.

어차피 죽을 목숨이었다. 물러설 곳은 그 어디에도 없었다.

무영은 부러진 팔이 방해가 되지 않도록 몸과 밀착시켜 묶고 반대편 손으로 검을 잡았다. 그리고 조금의 미련도 없다는 듯 뒤도 돌아보지 않고 달려갔다.

"어쩌려는가?"

무영이 떠나자 두 노인 중 조금 더 키가 큰 노인이 말했다.

"……."

"저자의 말이 틀린 것은 없는 듯하이. 어차피 우리는 웅비보에 몸을 의탁하고 있고……."

"우리까지 나서서 합공을 하자는 말인가?"

침묵을 지키던 노인이 대꾸했다.

"어쩔 수 없지 않은가? 몇 명이라도 살려야지."

"그렇다면 지금까지 기다릴 필요도 없었네."

"하지만 어쩌겠는가? 우리의 욕심을 차리자고 저렇듯 죽어 나가는 데… 염 보주가 상당히 곤란을 겪게 될 것이야."

"음."

키가 큰 노인의 말에도 일리가 있었기에 지금껏 반대를 하던 노인이 짧은 침음성을 내뱉었다.

"알았네. 그렇게 하지. 하나 아쉬워. 하필 만나도 이런 곳에서 만나 다니. 실로 저만한 고수를 찾아보기 힘든데. 이럴 줄 알았으면 처음부터 우리가 나설 것을 그랬어."

"어쩔 수 없는 노릇 아닌가. 제법 실력이 있는 줄은 알고 있었지만 설마 우리가 나서야 할 줄은 생각도 못했지. 그래, 그러고 보니 저 아이가 혈성의 성주를 꺾었다는 소문이 있었군. 꺾이진 않았지만 우리도 꺾지 못했던 그를 말이야."

"한낱 소문으로 생각했는데 그 소문이 사실이었던 모양이네. 어쨌든 우리도 늙었어. 이제야 저 아이의 진가를 알아보다니."

"지금이라도 저 아이와 한번 겨루어보세. 더 힘을 빼기 전에 말이야."

"가지."

두 노인이 약속이라도 한 듯 동시에 발을 움직였다. 그때부터 그들은 두 사람이 아니라 한 사람이 되어버렸다. 키 차이가 있었음에도 두 노인은 보폭과 걸음걸이의 속도, 그리고 앞뒤로 조금씩 움직이는 팔의 흔들림까지도 단 한 치의 오차 없이 똑같았다. 그리고 그들이 한 손을 내밀었을 때 등에서 뽑아져 손아귀에 동시에 쥐어지는 검 또한 색에서 크기, 모양 등이 완전히 일치했다.

일심동체(一心同體), 두 노인에게 진정 어울리는 말이었다.

'드디어 납시었군.'

독이 오를 대로 오른 경대신의 공격을 한쪽으로 흘려 버린 혁련휘가 슬쩍 고개를 돌려 천천히 자신에게 다가오는 노인들을 바라보았다. 지금껏 신경을 건드리던 신비의 노인들이 마침내 등장한 것이었다.

'흠, 합격술(合擊術)인가?'

걸어오는 노인은 두 명이었지만 기세는 이미 하나였다. 더구나 마치 거울을 보듯 똑같기만 한 자세. 혁련휘는 자신에게 밀려오는 노인들의 기세를 감지하며 생각보다는 일이 심각하다는 것을 느끼고 있었다.

두 노인의 기세를 감지한 것은 비단 혁련휘뿐만이 아니었다. 산동사걸이 뒤로 물러나고 경대신 또한 잠시 호흡을 골랐다. 못마땅한 표정을 짓고는 있었지만 무영은 내심 안도의 한숨을 내쉬고 있었다.

"훌륭한 무공을 지니고 있구나."

혁련휘의 앞에 선 두 노인은 대뜸 하대를 했다. 일부러 그런 것인지 아니면 자연스레 그리되는 것인지 몰랐지만 혁련휘는 노인들의 말이 이상하게도 거슬리거나 기분이 나쁘지 않았다.

"그럭저럭 쓸 만은 합니다."

"허, 그 정도의 무공이 그럭저럭이라… 욕심이 많은 아이구나."

두 노인이 동시에 너털웃음을 터뜨렸다.

"명호(名號)를 여쭤도 되겠습니까?"

혁련휘의 질문에 두 노인의 얼굴이 살짝 어두워졌다. 그리고는 곧 고개를 가로저었다.

"오래전에 잊었다. 그냥 치(癡)와 광(狂)이라 부른다. 한데 그것은 왜 묻느냐?"

"별건 아닙니다. 그냥 이상하게 어디선가 뵌 듯한 분들 같아서……."

혁련휘는 두 노인을 처음 보았을 때부터 뭔가는 모르겠지만 은근한 동질감을 느끼고 있었다. 그리고 그것은 몽연적과 같은 살수에게서 느끼는 동질감은 분명 아니었다. 해서 물은 것인데 노인들은 자신들의 정체를 알리고 싶어하지 않는 것 같았다.

"두 분이 나서신다면 그냥 이대로 떠나겠습니다."

혁련휘의 말에 노인들은 물론이고 옆에서 지켜보고 있던 모든 이들이 두 눈을 휘둥그레 떴다. 자신이 어째서 이런 말을 하는지 혁련휘조차도 의아스럽게 생각하고 있었으니 그들의 놀람은 당연한 것이었다. 하지만 혁련휘의 제안은 노인들의 대답을 가로챈 무영에 의해 거절되었다.

"닥쳐랏! 네놈이 해논 짓을 보고도 그 따위 말이 나오느냐! 두 분 선배께선 무엇을 망설이시는 겁니까? 저자는 지금 자신의 처지를 걱정하여 간교한 헛바닥을 놀리는 겁니다. 저런 살인마를 살려두면 장차 웅비보와 협맹에 크나큰 우환거리가 될 것입니다."

혁련휘를 향해 한껏 악담을 퍼붓던 무영은 노인들을 보며 유난히 웅비보란 말에 강조를 했다. 그것만이 노인들을 움직이는 유일한 수단인 것을 알고 있었기 때문이다.

무영의 말에 혁련휘가 피식 웃음을 터뜨렸다. 그리고 움직였다. 눈에서 시작한 그 웃음이 입가에 전달되기도 전에 무영 앞에 이른 혁련휘는 단숨에 무영의 목을 날려 버리려 하였다.

"헉!"

무영은 너무나 빠른 혁련휘의 출수에 그 어떤 반응도 하지 못하고 단지 목만을 움츠렸다. 하지만 혁련휘는 무영의 목을 취하지 못했다. 막 무영의 목을 베어가던 혁련휘는 그 짧은 찰나 되려 자신의 목을 향해 날아오는 두 개의 검을 느꼈다. 헛바람을 삼키며 재빨리 몸을 뺄 수밖에 없었다. 조금 무리를 하면 무영의 목을 벨 수도 있을 것 같았지만 자신의 안전을 장담할 수 없었기 때문이다. 그만큼 좌우에서 날아오는 검은 위협적이었다.

"다른 자리에서 만났으면 좋았을 것을. 하나 지금은 상황이 여의치 않구나."

혁련휘의 검을 막은 노인들의 말이었다. 다른 말은 필요없었다. 그것이 치와 광이라 불리는 노인들과 혁련휘의 싸움을 알리는 신호였다.

노인들이 좌우로 갈라졌다. 치 노인이 좌측으로, 광이라 칭했던 노인이 우측으로 돌았다. 그리고 혁련휘는 그들에게 앞뒤를 내주고 말았다. 하지만 혁련휘에게 중요한 것은 무한한 힘으로 자신을 짓누르는 노인들의 압력도 또 검에서 흘러나오는 날카로운 예기도 아니었다. 오로지 그들이 움직이면서 보여주었던 기묘한 보법(步法), 혁련휘의 모든 신경은 노인들이 보여주는 보법에 쏠려 있었다.

두 노인은 계속해서 그의 주변을 돌며 묘하게 다리를 움직이고 있었다.

느릿느릿 보이면서도 결코 느리지 않은, 발이 지면에서 떨어지는 것처럼 보이나 또 그렇지 않은, 그리고 앞으로 세 번, 뒤로 네 번, 그리고 칠보 후에 이어지는 발자국은 이전과 동일이었다.

'이건!'

수백 수천 가지의 보법 중 이런 식으로 움직이고 특징이 나타나는 보법은 오직 하나뿐이었다.

무당파의 칠성둔형(七星遁形)!!

개인이 아닌 두 사람, 혹은 그 이상의 검진만을 위해 존재해 온 무당의 비전 보법이었다.

'무당파의 사람이었던가? 그렇다면 저 검진(劍陣)은?'

알고는 있었지만 자신도 익히지 못했던 무당파의 비전 보법을 두 노인이 익히고 있다는 것을 확인한 혁련휘는 보다 신중하게 자신을 에워싼 검진이 무엇인지를 살피기 시작했다. 그리고 그는 곧 그 옛날 자신에게만 태극혜검을 전수해 주던 운학 진인의 말을 떠올렸다.

"태극혜검이 무당검법의 최고봉임은 그 누구도 부인하지 못한다. 하나 위력만을 따진다면 최고라고 말할 수는 없다. 최강의 무공은 따로 있다. 흠, 무공이라 하기엔 또 그렇구나. 허허, 그렇게 쳐다보지 말거라. 욕심 낸다고 되는 것이 아니다. 그것은 혼자서 익히는 것이 아니다. 그것을 익히기 위해선 두 사람의 피와 땀이 필요하다. 어려서부터 함께 생활하고 또 평생을 함께해야 하는… 실로 어렵고도 힘든 무공이니……."

"양의합벽검진(兩儀合壁劍陣)!!"

혁련휘의 외침에 노인들도 깜짝 놀랐다.

"허! 무당파의 무공을 알고 있다고는 들었지만 이것마저 알고 있을 줄은 몰랐구나. 하나 안다면 그 무서움 또한 알고 있을 터."

혁련휘는 노인들의 말이 끝나기가 무섭게 두 가지의 상반된 힘이 서서히 다가오는 것을 느낄 수 있었다. 좌측에선 실로 무지막지하게 강맹한 기운이, 그리고 우측에선 마치 봄바람같이 유연한 기운이었다. 아직 직접적인 위협으로 다가오지는 않았지만 혁련휘는 감히 경시하지 못했다. 한껏 긴장된 마음으로 자세를 가다듬었다.

'무당의 무공을 상대하게 되었으니 나 또한 무당파의 무공으로 상대하는 것이 좋겠군.'

혁련휘의 발이 칠성둔형을 시전하는 노인들과는 조금 다른 형태로 움직이기 시작했다. 몇 걸음 움직이는가 싶더니 그의 몸이 순식간에 흐릿한 형태로 흔들리기 시작했다. 그리곤 마치 물이 모래에 스며들 듯 그렇게 자연스럽게 노인들의 공세를 피해 나갔다. 노인들과 마찬가지로 혁련휘 역시 무당파의 독문신법, 절정의 유운신법(流雲身法)을 선보인 것이었다.

다른 사람들은 몰라도 치, 광 노인은 혁련휘의 신법을 알아보았다. 눈가에 엷은 미소가 비치는 것으로 보아 오랜만에 보게 된 사문의 신법에 감회가 새로운 모양이었다. 하나 감상은 감상일 뿐 그것이 싸움에 영향을 미치지는 않았다.

혁련휘가 극성의 유운신법으로 앞뒤에서 밀려온 공격을 피하기는 했지만 그것으로 두 노인의 포위망을 빠져나왔다고 볼 수는 없었다. 그가 몸을 움직이는 사이 치, 광 노인도 칠성둔형을 이용하여 혁련휘의 움직임을 따라잡았다. 공격은 피했으되 혁련휘는 두 노인의 시야에서 벗어나지는 못했다.

일순 치, 광 두 노인의 눈빛이 허공에서 얽혔다. 혁련휘가 결코 만만치 않은 상대라는 것, 그리고 그들이 무려 사십여 년 동안 익혀왔던, 그리고 최근에 와서야 비로소 그 끝에 이르렀다고 자부하는 양의합벽검진의 진정한 위력을 시험해 볼 수 있는 상대라는 데 동의하는 눈빛이었다. 두 노인의 입가에 실로 해맑은 미소가 지어졌다.

'위기다.'

혁련휘는 변화하는 노인들이 기운 속에서 심각한 위기를 느꼈다.

'기선을 제압해야 한다.'

가만히 기다리다가는 기세에 눌려 속수무책으로 당할 수 있다는 생각에 다급해졌다.

혁련휘가 연속적으로 검을 휘둘렀다. 순식간에 검기의 해일이 일었다. 하나가, 하나가 아니고 둘이, 둘이 아니었다. 처음 하나로 시작한 검기는 유운신법을 극성으로 펼치며 현란하게 움직이는 혁련휘의 이동 경로를 따라 하나가 둘이 되고 둘이 넷이 되어 종내엔 수십에서 수백의 검기로 화해 온 연무장을 뒤덮어 버렸다.

파스스스!

후우우웅!

검기의 바다가 땅을 가르고 대기를 가르며 두 노인을 향해 쏟아졌다. 하지만 좌우로 나뉘어 있다가 어느새 함께 모인 치, 광 노인은 그다지 두려운 기색이 없었다.

치 노인의 검끝에서 희뿌연 기운이 흘러나오기 시작한 것은 혁련휘의 공격이 막 시작될 때였다. 혁련휘의 검기와 마찬가지로 시작은 미미했다. 하나 혁련휘의 검기가 해일이 되어 노인들을 덮칠 때 치 노인이 일으킨 자그마한 기운 역시 거대한 검막을 만들며 만반의 준비를 하고 있었다. 그리고 검막은 혁련휘가 일으킨 검기들을 완벽하게 흡수, 튕겨 버렸다.

"성막밀밀(星幕密密)!!"

치 노인이 쓴 무공이 바로 태극혜검의 한 초식인 성막밀밀임을 알아본 혁련휘가 탄성을 내뱉었다. 하나 감탄성을 지를 여유도 그에겐 주어지지 않았다. 치 노인이 그의 공격을 완벽하게 막아내는 사이 광 노인의 공격이 벼락치듯 밀려왔기 때문이었다. 그리고 그 공격 역시 혁련휘는 잘 알고 있었다. 바로 자신도 익힌 태극혜검의 절초 일검경천(一劍莖天)이었다.

일검경천은 극강(極剛)을 추구하는 초식이었다.

세상에서 그 짝을 찾아볼 수 없을 정도로 강맹한 공격이었다. 그리고 그 위력은 양의합벽검진에 비해 몇 배의 위력을 발휘하고 있었다.

시전자가 완벽한 동일체(同一體)가 되어야만 진정한 위력을 발휘한다는 양의합벽검진은 단순히 두 사람이 서로의 단점을 보안해 주고 그저 공수를 따로 책임진다는 식의 검진이 아니었다. 그들은 심적으로도 연결되어 있었고 지금과 같이 함께 무공을 펼칠 땐 서로의 내공이 합쳐져 둘이 아닌 셋 그 이상의 힘을 낼 수도 있었다. 모르긴 몰라도 지금 광 노인이 펼치는 무공엔 광 노인뿐만 아니라 치 노인의 내공 또한 한데 섞여 있음이 분명했다. 혁련휘가 제아무리 천하제일의 내공을 지니고 있다손 치더라도 정면으로 막기에 분명히 무리가 있었다.

하지만 혁련휘는 피하지 않았다. 그는 광 노인의 무공이 무엇인지 알아보는 그 즉시 그에 대항할 수 있는 초식을 머리 속에 떠올렸다. 유(柔)는 능히 강(剛)을 제압한다던가. 하지만 웬만한 유로는 지금과 같은 절대의 극강을 견뎌내기 힘들다. 극강을 견디기 위해선 극유(極柔)의 힘을 담은 무공이 필요했다.

혁련휘는 온 세상을 파괴할 것처럼 밀려오는 공격을 막기 위해 검을 크게 회전시켰다. 강맹한 공격이 다급히 밀려옴에도 전혀 서두르지 않는 부드러운 움직임, 최초 정면에 하나의 원이 만들어지고 두 번째 움직임에 의해 만들어진 원은 첫 번째 원의 울타리 안에 자리를 잡았다.

혁련휘의 검이 움직일 때마다 동심원은 커지고 그 수 또한 하나둘 늘어나게 되었다. 그리고 마침내 극강과 극유의 기운이 허공에서 충돌했다.

꽈과과광!

세상의 종말이 오고 천지가 무너진다면 마치 이런 소리가 나리라.

"쿠아악!"

"크허억!"

멍하니 넋을 잃고 싸움을 구경하던 무인들이 가공할 충격파에 칠공에서 피를 흘리며 쓰러졌다. 더러 강한 내공을 지닌 자들은 재빨리 가부좌를 틀고 앉아 운기조식을 했다. 그나마 영향을 덜 받은 산동사걸과 경대신 등이 생존자들을 구하기 위해 발 벗고 나섰다.

한차례 태풍이 지나가고 완전히 그 형태를 알아볼 수 없는 폐허로 변한 연무장에도 잠시 동안의 평화가 찾아왔다.

"도대체 이것을 믿어야 한단 말인가?"

무영은 텅 빈 동공으로 혁련휘를 바라보았다. 아니, 엄밀히 말하면 혁련휘 주변을 강타하고 지나간 무시무시한 힘의 위력을 보고 있었다.

혁련휘를 중심으로 그 좌우엔 그 어떤 것도 남아 있는 것이 없었다. 밑으로 한 자 이상의 흙이 휩쓸려 사라진 것 같았고 몇몇 돌로 만들어놓았던 장식은 아예 흔적이 없었다. 그리고 그 뒤에 자리 잡고 있던 고안 분타의 전각, 완전히 초토화된 연무장은 둘째 치고 높이가 칠 장에 이르고 길이는 무려 이십여 장에 이르던 건물이 완전히 폭삭 내려앉아 버렸다. 마치 수십 년을 돌보지 않아 세월의 풍상(風霜)을 견디지 못하고 쓰러진 고택(古宅)처럼.

어찌 인간의 힘으로 이러한 일을 만들어낼 수 있단 말인가!

한데 무영을 더욱 놀라게 한 것은 그런 힘의 중심에 있던 혁련휘가 아무런 일도 없었다는 듯 미소 짓고 있는 데 있었다.

"괴, 괴물이로군."

그에게 혁련휘란 위인은 더 이상 인간일 수 없었다.

"태극혜검이로구나!"

자신의 공격을 정면으로 맞서기보다는 자연스럽게 흘려 버린 혁련휘의 무공을 생각하며 광 노인이 황당하다는 듯 소리쳤다.

"그렇습니다. 초식명은 태극무변(太極無變)이지요."

"하나 그 무변(無變)에 천변만화(千變萬化)하는 진정한 변이 있음이니."

치 노인이 입을 열었다.

"극강의 무공을 극유의 무공으로 막았구나. 훌륭했다. 한데 어찌하여 네가 태극혜검을 익히고 있는 것이더냐? 그것은 오직 장문제자에게만 내려오는 것이거늘."

혁련휘는 치 노인의 물음에 웃음 띤 얼굴로 되물었다.

"그렇다면 두 분께서는 어찌하여 태극혜검을 알고 계신 것입니까?"

"우리에겐 그만한 이유가 있다."

광 노인이 약간은 신경질적으로 대꾸했다. 하지만 혁련휘는 웃음을 잃지 않았다.

"저 또한 그럴 사정이 있습니다."

혁련휘가 그렇게 대답할지는 생각하지 않았는지 두 노인은 다소 맥이 빠진 표정을 지었다. 하나 잠시뿐이었다.

"어쨌든 좋구나, 너와 같은 아이를 만날 수 있어서."

두 노인이 또다시 검을 들었다.

"저 또한 마찬가지입니다."

혁련휘 역시 마주 보며 검을 들었다.

"세인들은 잘 모르고 있지만 양의합벽검진이 무당에서 최고의 무공으로 손꼽는 이유는 바로 그 진을 이루는 이들의 무공이 바로 장문인만이 익힌다는 태극혜검을 기초로 하고 있기 때문이다. 최강의 무공을 익힌 두 명이 한 몸이 된다고 생각해 보거라. 거기에 칠성둔형이라는 절세의 보법이 더해져 그 위력을 한층 배가시킨 것이지. 하지만 그 끝이 어디인지 본 사람은 아무도 없었다."

"제 앞에 계시지 않습니까?"

혁련휘가 그렇지 않느냐는 듯 의미심장하게 되물었다. 순간, 두 노인의 얼굴에 깃든 것은 바로 자부심이었다.

"그렇다. 그것이 진정 끝인지는 잘 모르나 우리는 분명 어떤 한계를 넘어섰다. 그리고 그것을 네게 펼쳐 보려 한다."

"겁나는군요. 하나 한 명의 무인으로서 그만한 무공을 견식할 수 있다면 그 또한 영광이겠지요. 기대하겠습니다."

혁련휘에게 만족한 미소를 보낸 두 노인은 순식간에 미소를 지우고 경건한 몸가짐으로 검을 움직였다. 두 개의 검이 동시에 하늘과 땅을 가리켰다. 그들의 자세가 무엇을 의미하는지는 몰랐지만 혁련휘는 긴장을 늦추지 않았다.

땅으로 향한 치 노인의 검과 하늘을 향한 광 노인의 검에서 희뿌연 광채가 치솟았다. 그리고 그것은 점점 유형화되어 갔다. 잠시 후 희미했던 기운이 그 모습을 드러냈다. 너무나 선명해 마치 유리 조각을 보는 것과 같은 검강이 두 노인의 검에서 모습을 드러낸 것이다. 각각 들고 있는 검과 그 위로 치솟아오른 검강, 더 이상 태극혜검으론 두 노인이 펼치는 무공을 감당하기 어렵다고 생각한 혁련휘는 가능하면 쓰지 않으려고 했던 무공을 준비했다.

검강을 상대하려면 최소한 검강, 그리고 그 이상의 무언가로 상대를 해야 한다. 더구나 두 노인이 만들어낸 검강은 이미 극고의 경지에 이른 것이었다. 마지막 승부가 될지도 모른다는 생각에 혁련휘는 온몸의 내공을 끌어 모았다. 그리고 과거 단 한 번의 사용으로 몇 달간 폐인처럼 지내야만 했던 무공을 운용하기 시작했다.

'과거엔 어땠는지 몰라도 지금은 그다지 무리라곤 생각하지 않는다. 태청단의 도움으로 내공도 늘었고 또 많은 깨달음이 있었으니.'

그럼에도 마음 한 켠 불안한 마음이 없지는 않았다. 그러나 피할 수는 없었다.

혁련휘가 검을 가슴께로 끌어 올렸다. 순간 난데없는 광풍이 연무장을 휩쓸며 혁련휘게 모여들었다. 온갖 이물질과 뒤엉킨 광풍은 그 모습만으로도 무시무시했다. 혁련휘는 그 광풍에 몸을 맡기며 동화되어 갔다.

"저, 저게 도대체……!"

사람들은 눈앞에서 벌어지는 상황을 이해하지 못하고 있었다. 두 노인의 자세도 그렇고 하늘 높이 치솟은 광풍에 몸을 숨긴 혁련휘도 이상했다. 하지만 곧 엄청난 일이 일어날 것이라는 것은 다들 직감하고 있었다. 그들은 숨조차 제대로 쉬지 못했다. 어쩌면 평생 가도 이런 대결은 다시 볼 수 없을 터, 무인으로서 이와 같은 장면을 볼 수 있다는 것 자체로 영광이요, 행복이었다.

파파팍!

혁련휘를 휘감고 있던 온갖 이물질이 암기처럼 쏟아져 나왔다. 손톱만한 돌 조각에 커다란 아름드리 나무가 휘청거리고 미세한 흙 알갱이는 그나마 버티고 있던 전각들을 모조리 부숴 버렸다. 그리고 드러난 혁련휘의 모습.

"아!"

연신 날아오는 돌 조각들을 피하던 경대신의 입에서 탄성이 흘러나왔다. 그를 따라 모든 이들의 시선이 혁련휘에게 향했다. 그리고 그들의 반응 역시 경대신 못지않았다.

거기에 혁련휘는 이미 존재하지 않았다. 두 노인이 검강을 만들어냈다면 혁련휘는 자신의 몸을 거대한 기의 응집체에 동화시켰다. 기가 곧 혁련휘요, 혁련휘가 곧 기였다. 분명 검강으로도 설명이 되지 않는 경지였다. 하지만 검강을 뛰어넘는 경지가 있다는 것은 알아도 실제로 그럴 수 있다는 것을 그 누가 상상이라도 할 수 있을까?

그 누구도 혁련휘의 무공을 짐작하지 못했다. 지금껏 이 무공을 알아본 사람은 직접 대결한 전대 혈성의 성주인 백무극과 혁련휘가 대파산에서 당가칠걸을 상대하는 것을 지켜본 운무뿐이었다.

하지만 이미 완벽한 검강을 시전하고 있는 치, 광 두 노인은 확실히 알고 있었다. 그리고 지금과 같은 자리를 만들어준 하늘에 감사하며 지금껏 그들이 추구해 온 궁극의 양의합벽검진의 무공을 시전했다.

"천하에 부수지 못할 것이 없다. 일검경천!!"

광 노인의 검이 위에서 아래로 기묘하게 변화하며 내려왔다. 동시에 치 노인의 입에서도 낭랑한 음성이 터져 나왔다.

"천하에 포용하지 못할 것이 없다. 일망무애(一望無涯)!!"

치 노인의 검은 아래에서 위로 기묘한 변화를 보였다.

광 노인의 검과 치 노인의 검이 교차하며 하나의 선명한 글자, 바로 만(卍) 자를 만들어냈다.

"만자일검(卍字一劍)!"

두 노인의 입에서 동시에 터져 나온 음성. 극강의 힘을 담은 일검경천과 극유의 힘을 지닌 태극무변과 성격은 같아도 공격력에선 더욱 뛰어난 힘을 지닌 일망무애였다. 그리고 그 둘이 만나 또 하나의 초식을 만들어내니 바로 만자일검, 한쪽은 바로 극강의 힘을, 또 한쪽은 극유의 힘을 지닌 것이었다.

두 노인이 만들어낸 거대한 기의 글자는 무섭게 회전을 하더니 혁련휘, 아니, 혁련휘라 여겨지는 기의 덩어리를 향해 폭사되었다.

쿠쿠쿠쿵!

주변의 모든 사물을 초토화시키며 날아가던 만(卍) 자는 혁련휘의 지척에 이르러서는 더 이상 가늠하기 힘들 정도로 거대해졌다. 하지만 혁련휘가 만들어낸 기의 응집체는 조금도 밀리지 않고 당당하게 맞부딪쳤다.

휘유유융융!!

꽈과과과꽝!!

한 치의 양보도 없는 기의 격돌에 피해를 입는 것은 다른 생존자들이었다. 그들은 자신들을 향해 날아오는 충격파와 온갖 이물질 등을 피해 필사적으로 달아났다. 이미 주변의 모든 것은 철저하게 파괴된 상태라 더 이상 파괴될 것도 없었다.

혁련휘와 노인들의 격돌은 한 치의 양보도 없이 팽팽하게 이어졌다.

두 노인은 극강과 극유의 힘을 하나로 합일해 궁극적으로 더 이상 완벽할 수 없는 초식을 만들어냈으나 그것 역시 검강의 단계를 벗어나진 못하고 있었다.

혁련휘가 현재 사용하고 있는 것은 검강의 단계를 벗어난 신검합일의 수준이었다. 그러나 혁련휘는 노인들을 압도하지 못했다. 이유는 바로 내공, 내공이 현격히 달렸기 때문이었다.

사실 혁련휘가 아무리 내공이 높다 해도 세월의 힘을 이길 수는 없는 법이었다. 치와 광 노인이 합친 내공은 혁련휘를 훨씬 능가하고 있었다. 하지만 무공에 대한 깨달음에선 혁련휘가 훨씬 더 앞서고 있기에 당당히 맞서고 있는 것이었다.

그렇게 아무런 변화도 없이 일 다경이 흘렀다.

무영 등이 초조한 낯빛으로 싸움의 결과를 주시할 때 마침내 싸움의 우위가 드러나기 시작했다.

처음 기세 좋게 밀어붙인 것은 분명 두 노인이었다. 하나 깨달음의 힘이란 진정 무서운 것이었다. 혁련휘는 실로 견디기 힘든 압박 속에서도 정신을 흐트러뜨리지 않았다. 도리어 기를 모아 힘차게 대응했다.

결국 싸움은 느리지만 서서히 혁련휘의 우위로 양상이 변해갔고 시간이 지나면 지날수록 그 차이는 벌어져만 갔다.

치 노인과 광 노인은 이미 입가에 피를 흘리고 있었다. 또한 더 이상 견디기가 힘든지 전신을 부들부들 떨고 있었다. 그에 반해 혁련휘는 그를 감싸고 있는 광휘가 다소 약해졌을 뿐 그다지 큰 문제는 없어 보였다. 이대로 조금의 시간만 더 지난다면 승리가 혁련휘에게 돌아갈 것은 기정사실이었다.

'안 돼! 절대로 안 돼!'

무영은 혁련휘 쪽으로 승리의 추가 기울자 가슴이 답답해졌다. 그것만큼은 어떻게든 막아야 했다. 결국 그는 참지 못하고 움직이기 시작했다.

"분타주는 즉시 나머지 무인들을 수습하시오."

"무슨 말씀이신지?"

경대신이 영문을 몰라 했지만 무영은 대꾸조차 하지 않았다. 그리고 시종일관 굳은 얼굴로 싸움을 지켜보는 산동사걸에게 다가갔다.

"송구한 말이지만 웅비보의 보주님께서 이번 싸움에 참여하신 분들의 지휘권을 제게 주셨습니다."

"그래서?"

고숙이 퉁명스레 대꾸했다. 무영이 굳은 표정으로 말을 이었다.

"외람되지만 그 권한으로 요구하겠습니다. 지금 당장 격체전공(隔體傳功)을 시전해 주십시오."

"……?"

순간 무영의 말을 이해하지 못한 고숙이 멍한 표정으로 쳐다보았다.

"노선배들께 격체전공을 펼쳐 주십시오."

"그게 무슨 말인가? 격체전공이라니!"

그제야 무영의 요구가 어떤 것인지를 깨달은 고숙이 냉기를 풀풀 풍기며 소리쳤다. 하나 무영은 안색 하나 변하지 않았다.

"합공을 했던 것만으로도 부끄러운 일이거늘. 어찌 지금과 같은 공전절후(空前絶後)의 싸움에 함부로 끼어들 수 있단 말인가! 이렇게 지켜보는 것만으로도 가슴이 벅차거늘!! 당치도 않은 소리!"

고숙의 음성은 점점 커져 갔다. 그의 옆에 서 있던 나머지 의형제들 또한 가히 좋은 표정은 아니었다. 그러나 무영은 물러서지 않았다.

"이번 싸움은 반드시 이겨야 합니다. 저자가 이곳을 벗어나 협맹을 적대시한다면 그만한 우환거리가 없습니다. 해서 이토록 많은 인원이 동원되고 또 희생된 것이 아니겠습니까? 저 두 분, 노선배들과 목숨을 잃은 이귀, 상관척 선배들은 물론이고 산동사걸 선배들께서 웅비보를 떠나 이곳으로 온 이유가 무엇입니까? 바로 저자를 제거하기 위해서가 아니었습니까?"

"그렇지만 그런 비겁한 짓은 안 되네."

"그렇지 않으면 다 죽습니다. 저 두 분도, 그리고 여기 남아 있는 우리들도. 또한 장차 무림을 이끌어갈 협맹, 아니, 웅비보라 하지요. 웅비보에도 크나큰 해가 될 것입니다. 그런 존재를 그냥 두고 보시겠다는 말씀입니까? 단순히 비겁하긴 싫다는 이유만으로!"

"……."

"시간이 없습니다. 어쩌면 이미 늦었을지도 모릅니다. 빨리 움직여 주십시오. 다시 한 번 말씀드리지만 저는 웅비보의 보주님으로부터 전권을 위임받았습니다."

"하지만……."

"보주님께서 제게 전권을 주셨다고 말씀드렸습니다. 그리고 그렇게 해주시기를 요구합니다."

"정녕 그래야 하는가?"

무영의 말을 충분히 이해했고 상황이 어떠하다는 것을 알지 못하는 고숙이 아니었다. 하지만 그런 것을 떠나 이건 무림인으로서의 자존심이 걸린 문제였다. 고숙은 못내 내키지 않는 음성으로 물었다. 그러나 무영은 단호하게 말을 잘랐다.

"어쩔 수 없습니다. 지금 즉시 움직여 주십시오."

"……."

"시간이 없습니다."

"알… 았네."

"형님!"

분노의 눈빛으로 대형을 지켜보던 형제들이 분연히 소리쳤다. 그러나 얼굴을 일그러뜨린 고숙은 천천히 고개를 가로저었다.

"그만 하게. 말이 좋아 식객이지 우리도 엄연히 웅비보의 일원이 아닌가. 그리고 보주님의 특별한 부탁이 있었지 않은가. 이자가 하는 그 어떤 말이라도 믿고 따라달라고 하시는. 어쩔 수 없지. 내키지 않더라도 이번 한 번만 이 못난 우형의 판단을 따라주게."

고숙은 거세게 반발하는 의형제를 다독이며 걸음을 옮겼다. 그사이 두 노인이 발출한 기운은 형편없이 밀려 혁련휘의 접근을 오 장까지 허용한 상태였다. 고숙이 움직이자 나머지 형제들도 어쩔 수 없다는 듯 어깨를 축 늘어뜨리며 따랐다.

무영은 산동사걸이 치 노인과 광 노인에게 다가가는 동안 두 노인에게 전음을 날렸다. 그는 혁련휘는 반드시 없애야 하는 존재라는 것을 거듭 강조하며 만약 격체전공을 거부하면 여기 있는 모든 사람들이 목숨을 잃을 것이라는 은근한 협박도 잊지 않았다. 말도 안 되는 무영의 요구에 두 노인은 대꾸할 힘도 가지고 있지 못했다. 그렇다고 산동사걸의 도움을 거부한 것도 아니었다.

산동사걸이 두 노인에게 각각 두 명씩 달라붙는 것을 확인한 무영은 못마땅한 표정을 짓고 있는 경대신에게 쓴웃음을 흘렸다.

"내가 비겁해 보이나 보군. 하지만 싸움은 일단 이기고 봐야 하는 것이네. 그 후의 일은 차후의 일이고. 어쨌든 자네는 저들을 데리고 만반의 준비를 해주게. 행여 놈이 도주를 꿈꿀 수도 있어."

"도주를 꿈꾼다면 누가 막을 수 있겠소이까? 저런 능력을 지닌 자를!"

경대신의 음성은 다분히 도전적이었다.

"모르는 소리. 지금 이런 상황에서 산동사걸의 힘이 보태지면 저놈은 치명적인 부상을 입을 수밖에 없어. 또한 내가 그리 만들 것이고."

"예?"

"그렇게만 알고 있게."

무영은 대답하기도 귀찮다는 듯 손을 휘휘 내젓고는 산동사걸의 곁으로 다가갔다.

산동사걸의 가세로 싸움의 향방은 다시 안개 속으로 빠져들었다. 하지만 양측 모두 미세한 틈이라도 생긴다면 그 즉시 끝장이라는 것을 너무나 잘 알고 있었다.

'쳐 죽일 놈!'

당장에라도 달려들어 혁련휘의 목을 따버리고 싶은 마음이 간절했지만 무영은 그런 생각은 꿈도 꾸지 않았다. 암습은커녕 행여나 저 기의 소용돌이에 스치기라도 하는 날이면 몸이 열 개라도 견디지 못한다는 것을 알기 때문이다. 대신 그는 다른 방법으로 혁련휘를 상대하고자 했다.

[관정이 어찌 지내고 있는지 궁금하지 않느냐?]

[…….]

[놈은 지금 형산파에 있다, 무림맹과 싸움을 하기 위해서.]

하지만 혁련휘에게선 아무런 반응도 없었다.

[그자가 왜 무림맹과 싸우냐고 물었지? 흐흐흐, 싸워야 할 이유가 있다면? 암, 있고말고. 그자는 우리의 말을 들어야 하는 처지다. 왜 그런지 궁금하지 않은가?]

[…….]

[궁금하지 않은 모양이군. 하지만 나는 말해 주고 싶으니 어쩌지? 혹여 극락초라고 들어보았는지 모르겠군. 극락초 말이야.]

순간 혁련휘를 감싸고 있는 기의 움직임에 미세한 흔들림이 있는 것을 무영은 놓치지 않았다.

'됐다!'

자신의 술책이 제대로 먹히고 있다는 생각에 무영은 쾌재를 불렀다.

[극락초… 무서운 것이지. 한 사람의 몸과 마음을 그토록 순식간에 파괴하는 것은 내 평생 처음이었어. 하지만 그것을 사용하는 입장에서야 얼마나 요긴한지… 크크크, 네 친구 관정은 이제 우리의 충실한 개가 되었다. 짖으라면 짖고, 싸우라면 싸우고, 핥으라면 핥는 그런 개 말이다. 아마 너를 죽이라는 명령을 내려도 얼씨구나 하며 칼을 들이댈 것이다. 극락초만 조금 쥐어주면 말이야. 하하하하!!]

[닥… 쳐!!]

처음으로 혁련휘의 전음성이 들려왔다. 순간 무영은 화들짝 놀라지 않을 수 없었다. 어찌 저만한 기운을 끌어올려 필사적으로 싸움을 하면서도 전음성을 보낼 수 있단 말인가. 알면 알수록 더욱 두려운 존재였다.

'반드시 죽여야 한다. 반드시!'

무영은 마음속으로 또 한 번 필살의 다짐을 하고 전음을 이었다.

[듣기 싫은 모양이군. 하지만 사실인 걸 나보고 어쩌라는 것인가. 아, 그리고 하나 더 말해 주지. 그자는 형산에서 목숨을 잃게 될 것이다. 극락초에 중독되면 상처에도 둔감해지고 피로감도 느끼지 못하지. 아마 죽을 때까지 싸움만 하다가 일순간 기운이 달려 쓰러질 것이다. 하지만 그자를 구할 사람은 아무도 없어. 사실 우리도 이제는 그가 슬슬 귀찮아지기 시작했거든. 버리고는 싶은데 명분이 없어서 말이야. 죽도록 싸우다 알아서 죽어주면 그보다 좋은 일이…….]

[닥치라고 했… 크헉!]

혁련휘를 감싸고 있던 기가 크게 흔들렸다. 그리고 팽팽히 대치하고 있던 힘의 균형이 급격하게 무너졌다.

[빌… 어먹을!]

신검합일과 같은 깨달음의 무공에서 가장 중요시되는 것은 시전자의 부동심과 강인한 정신력, 의지였다. 혁련휘 또한 그것을 잘 알고 있었기에 무영의 간교한 말에 마음을 다잡으려고 노력했다. 하나 무영의 간교한 혓바닥은 계속해서 그의 정신을 혼란케 했다. 결국 관정이 죽임을 당할 것이라는 말에 혁련휘는 마음의 동요를 일으키고 말았다.

그 결과는 참담했다. 흐트러진 마음은 좀처럼 수습되지 않았다. 상대의 공격이 혁련휘가 일으킨 기운을 뚫고 들어오기 시작했다. 기혈이 마구 들끓고 칠공에선 피가 흘러나왔다. 한번 무너지기 시작한 둑을 막기란 힘든 법이었다. 혁련휘를 감싸고 있던 광휘는 어느새 사라지고 없었다.

"크하하하하!"

자신의 의도가 제대로 먹혀들었음을 확인한 무영의 만족에 찬 웃음소리가 사방이 떠나가라 울려 퍼졌다.

"지옥에 가서 기다리고 있으면 네놈 친구들까지 하나둘 곁으로 보내주마. 하하하하!"

바로 그 순간, 무영의 조소에 찬 외침이 혁련휘에게 전달되는 순간 그토록 강맹한 강기의 공격을 우직스럽게 막아내던 혁련휘의 모습이 순식간에 사라졌다.

"저, 저……."

예기치 못한 갑작스런 상황에 공격을 하던 노인들과 산동사걸의 얼굴에 당황의 빛이 떠올랐다. 그리고 그것은 승리감에 도취되었던 무영이라고 다르지 않았다. 하지만 그의 얼굴은 얼마 떨어지지 않은 곳에서 휘청거리고 있는 혁련휘를 보며 혈색을 되찾았다.

"크크크, 아직 살아 있었느냐?"

무영은 거친 호흡을 진정시키느라 애쓰는 혁련휘를 바라보며 비웃음을 흘렸다. 그리고 자신의 명을 기다리고 있는 경대신과 무인들에게 최후의 명령을 내렸다.

"놈의……."

휘유우웅!

무영의 명이 떨어지기도 전에 혁련휘의 신형이 먼저 움직였다. 사라졌던 광휘가 다시 그의 몸을 휘감았다. 하지만 무영의 눈엔 그것이 사그라지기 전 마지막으로 반짝이는 등잔의 불빛으로밖에는 보이지 않았다.

"놈의 목숨을 취하라!"

무영은 단호하게 소리쳤다. 하나 자만심에 빠진 무영과는 달리 치,

광 노인과 산동사걸, 경대신은 잔뜩 긴장한 표정으로 검을 치켜세웠다. 혁련휘의 모습에서 뭔가 예사롭지 않은 기운을 느꼈기 때문이었다. 그리고 그것은 곧 현실로 다가왔다.

혁련휘의 몸이 삼 장 정도 허공으로 부양했다. 그리고 이어지는 검무.

파스스슷!

혁련휘의 검에서 이전과는 확연히 구별되는 빛이 주변을 밝혔다.

"크아악!"

"컥!"

무영의 명에 따라 앞서 혁련휘에게 달려들던 세 명의 무인들 몸이 순식간에 사분오열되며 분쇄되었다. 혁련휘의 움직임은 거기에서 멈추지 않았다. 순식간에 세 명의 무인들을 잠재운 기운은 깜짝 놀라 주춤거리고 있는 나머지 무인들에게도 쏟아졌다.

"물러서지 마라! 공격해라!"

무영이 목이 터져라 소리쳤다. 하지만 아무도 움직이는 사람은 없었다. 그저 멍한 눈으로 자신들을 향해 밀려오는 빛줄기를 쳐다볼 뿐이었다.

이번엔 비명도 없었다. 일검에 무려 십여 명의 목숨이 날아갔는데도 비명 하나가 들리지 않았다. 처음부터 그렇게 누워 있었다는 듯 빛이 지나간 자리에 남은 것은 아무렇게나 쓰러져 있는 시신들뿐이었다.

빛줄기가 다음 목표를 향해 움직였다.

"만자일검!"

위기를 직감한 두 노인의 검에서 또다시 검강의 기운이 뻗쳐 나갔다. 산동사걸은 물론이고 경대신과 무영 또한 격체전공을 통해 두 노인에게 힘을 실었다. 이미 주변에 살아 있는 사람은 아무도 없었다. 오직 무시무시한 검강을 쏟아내는 치, 광 노인과 그들 뒤에서 필사적으로 내력을 불어넣는 산동사걸과 무영, 그리고 경대신만이 두 눈을 감고 휘적휘적 춤을 추고 있는 혁련휘에게 대응할 뿐이었다.

여덟 명의 절대고수들이 합친 힘은 상상을 초월했다. 만자일검의 초식에서 뿜어져 나온 기운은 세상의 그 어떤 것보다 빠르고 강맹했으며 파괴력이 있었다. 그것은 맹렬히 회전을 하며 주변의 모든 것을 삼키고 힘을 키워 혁련휘에게 다가갔다. 하지만 혁련휘는 조금도 개의치 않는 모습이었다. 그는 여전히 춤을 추고 있었다. 아니, 그런 것처럼 보였다. 마치 생명을 포기한 사람처럼.

그들은 볼 수 있었다. 아무렇게나 휘두르는 검에서 생성되는 수많은 변화를.

하나하나 파생된 변화에선 또다시 무수히 많은 변화가 일어나고 있었다. 그리고 그 기운들이 얽히고설켜 삼라만상(森羅萬象)이 온통 혁련휘가 일으킨 빛의 기운으로 뒤덮여 버렸다. 그토록 강맹했던 만자일검의 공격은 그 빛에 힘없이 무너지더니 종내엔 그것의 일부인 양 흡수되고 말았다.

"오! 오!"

자신들의 공격이 헛되이 된 것은 아무런 상관이 없다는 듯 검을 늘어뜨린 두 노인은 감격의 눈물을 흘렸다.

다른 사람들은 몰라도 두 노인은 알 수 있었다. 아무렇게나 휘두르는 혁련휘의 검에 태극혜검은 물론이고 대환검, 소청검, 대청검, 유운검… 무당의 모든 검법이 망라되어 깃들어 있다는 것, 더구나 그 모든 것들이 일검에 녹아들어 단 한 번의 끊어짐도 없이 도도히 이어지며 펼쳐졌다는 것을.

연무장을 완전히 휘감은 빛의 기운이 나머지 생존자들까지 휩쓸고 지나갔다. 더 이상 대항한다는 것이 얼마나 부질없는 짓인지 알고 있었지만 그래도 그들은 마지막까지 생존을 위해 싸웠다.

그리고 마침내 혁련휘가 검을 멈추고 땅에 내려섰을 땐 지면에 두 다리를 딛고 서 있는 사람은 아무도 없었다. 끝까지 대항했던 산동사걸은 그 자리에서 즉사를 했고 초연히 죽음을 받아들인 경대신 역시 그들 옆에 쓰러져 있었다. 다만 그들을 방패 삼아 몸을 피한 무영은 사지가 절단되는 부상을 입고도 살아남아 여전히 꿈틀거렸다.

"광검… 조사님의 무공인가?"

양 다리와 한쪽 팔, 두 눈을 잃고 가쁜 숨을 내쉬는 치 노인이 천천히 다가오는 혁련휘의 기척을 느끼며 물었다. 혁련휘는 치 노인의 품에 안겨 이미 숨을 거둔 광 노인을 안타깝게 쳐다보며 대답했다.

"그렇습니다."

"진작 쓰지 않고서……."

"익혔으되 제 것이 아닙니다. 또한 함부로 써서는 안 되는 무공이기에……."

"그래, 그렇겠지."

허탈한 음성으로 대꾸한 치 노인이 고개를 돌려 품에 안겨 있는 광 노인의 얼굴을 부드럽게 쓰다듬었다.

"이보게, 운곡(雲鵠). 우리가 원한 것은 결국 꿈인 모양이었네. 한낱 미몽(迷夢)에 불과한 꿈 말이야. 어쩌면 우리가 너무 욕심을 부린 것인지도… 차라리 보지 않았다면 좋았을 것을… 그냥 잊었으면 좋았을 것을……."

치 노인의 음성이 점점 작아졌다.

"무당··· 무당산이······."

그리곤 더 이상 들려오지 않았다. 치 노인이 마지막까지 찾은 것은 무당이란 단어였다. 그것이 못내 혁련휘의 가슴을 아프게 했다.

사정은 알 수 없었지만 두 노인은 틀림없는 무당파의 도인, 적어도 운학 진인과 비슷한 연배의 도인이었다. 혁련휘가 처음부터 광검 진인의 무공을 쓰지 않은 것도 그런 이유였다. 이유야 어찌 되었든 광검 진인의 무공으로 무당파의 제자를 쓰러뜨리고 싶진 않았다. 물론 거기엔 광검 진인의 무공을 쓰지 않아도 충분히 이길 수 있다는 자신감도 있었기 때문이다. 그리고 모든 것이 그의 의도대로 되는 듯했다. 무영이 나서기 전까진.

"그런데 결국 이렇게 되고 말았다, 바로 네놈 때문에."

혁련휘의 고개가 무영에게 향했다. 자신의 처지가 어떻다는 것을 알고 있는 무영은 이미 그 목숨을 포기하고 있었다. 무영은 혁련휘의 매서운 눈길을 받으며 피식 웃고 말았다.

"죽여라. 더 이상 네놈 쌍판을 보고 싶지 않다. 정말 지긋지긋하다. 네놈도, 쌍살귀도, 관정이란 놈도. 모두 하나같······."

픽!

무영의 말은 더 이상 이어지지 못했다. 혁련휘가 발을 들어 그의 머리를 밟아버렸기 때문이다. 무영은 비명도 지르지 못하고 순식간에 머리가 터지며 목숨을 잃고 말았다.

"지겨운 것이 무엇인지 모르는군, 정말 지겨운 것을."

혁련휘는 허연 뇌수가 땅에 완전히 스며들 때까지 발에 힘을 주다가 천천히 몸을 돌렸다.

비록 싸움엔 이겼지만 혁련휘가 입은 부상도 만만치 않았다. 특히 무영의 전음으로 마음의 평정심을 잃고 공격을 허용한 것이 치명적이었다. 지금 생각해 보면 그 정도의 부상을 입고도 광검 진인의 무공을 쓸 수 있었다는 것은 한마디로 천운이었다.

'최소한 닷새는 꼼짝없이 치료에만 전념해야겠군.'

발걸음을 떼어놓을 때마다 전신에 참을 수 없는 고통이 밀려왔다. 하지만 이곳에 머물 수는 없었다. 혁련휘는 느릿느릿한 걸음으로 폐허가 된 고안 분타를 빠져나왔다.

밤이 지나고 여명이 막 밝을 때였다.

제26장

서전(緒戰)

서전

밤새 천막 안을 비추던 횃불과는 본질적으로 다른 밝음이 찾아왔다.

'여명… 인가……'

밤새 한숨도 자지 않고 술잔을 기울이던 영호용은 그 밝음과 주변의 웅성거림을 느끼며 때가 되었음을 알았다.

"시간이 된 것 같습니다."

염파가 잔을 내려놓으며 말했다. 영호용이 고개를 끄덕였다.

"그런 것 같습니다."

"시작… 해야 하지 않겠습니까?"

"그래야지요."

하지만 대답을 한 영호용은 쉽게 몸을 움직이지 않았다.

모든 준비는 끝난 상태였다. 자신의 말 한마디면 무림의 역사가 바뀌게 될 것이라는 생각에 가벼운 떨림과 흥분, 그리고 두려움 등 여러 감정들이 교차하며 영호용의 가슴을 뛰게 만들었다.

전사림은 그런 영호용의 마음을 이해하겠다는 듯 살며시 미소를 지으며 말했다.

"수하들이 맹주의 명을 기다리고 있습니다. 어서 일어나 출정의 명을 내리시지요."

"암요, 일어나셔야지요. 그리고 명을 내리셔야 합니다. 무림의 판도를 뒤집을 그런 명을 말입니다. 허허허!"

염파가 기분 좋게 웃으며 말을 받았다. 영호용의 입가에도 미소가 번져 있었다.

"허허, 부끄러운 모습을 보였습니다. 솔직히 조금 떨리는군요."

"왜 아니 그렇겠습니까? 저 또한 억지로 참고 있습니다."

"하지만 더 이상 저들을 기다리게 할 수야 없겠지요."

염파와 전사림이 고개를 끄덕여 호응했다.

"알고 있습니다."

영호용이 자리에서 벌떡 일어났다. 영호용과 동시에 염파와 전사림 또한 의자를 박차고 일어났다.

"자, 그럼 시작해 볼까요?"

환한 미소와 함께 영호용과 염파, 전사림은 자신들을 기다리는 수하들을 향해 힘찬 걸음을 내디뎠다.

"긴장을 풀어서는 안 될 것이다. 놈들이 언제 쳐들어올지 모른다."

탁전맹(卓展萌)은 힘들어하는 기색이 역력한 어린 제자들을 열심히 독려했다. 그와 형산파의 제자들이 매복지를 지킨 지도 벌써 수일째, 상황이 워낙 급박하게 돌아가는지라 그들은 휴식은 물론이고 잠도 제대로 자지 못하고 있었다.

형산파의 이대제자로 주로 삼대, 사대제자들의 무공을 가르치다 자신이 가르치던 제자 열둘을 데리고 매복을 하고 있는 탁전맹. 땀에 전 옷은 흙먼지로 뒤덮여 지저분했고 헝클어진 머리카락 때문에 행색은 초라해 보였지만 형형하게 빛나는 눈빛과 단정한 몸가짐은 그가 실로 만만치 않은 무공을 지닌 고수라는 것을 보여주고 있었다.

'공기가 좋지 않아.'

탁전맹은 자욱하게 깔린 안개에 실려 다가오는 음습한 기운을 감지하며 얼굴을 굳혔다. 밤이 가고 새벽이 찾아오는 시간, 이 시간이 지키는 자에겐 가장 힘들고 위험한 시간이라는 것을 그는 알고 있었다.

밤새 어둠이라는 천혜의 적과 언제 숨어들지 모르는 상대를 의식하다가 피곤해질 대로 피곤해진 몸은 새벽에 이르러 그 절정을 이룬다. 어둠이 물러가는 순간, 자신도 모르게 방심이라는 새로운 적이 찾아들게 되고 꾸준히 유지했던 정신력은 급격히 해이해진다. 바로 그 순간이 기습을 노리는 자들에겐 가장 좋은 기회였고 실제로 거의 모든 기습 공격은 이렇게 여명이 밝아오는 새벽에 이루어진다는 것이 정설(定說)이었다.

'하필이면 안개가.'

가뜩이나 위험한 데다 안개마저 시야를 어지럽히자 탁전맹은 심각한 위기 의식에 사로잡혔다. 벌써부터 전신의 감각들은 보이지 않는 위험을 경고하고 나섰다.

그 위험이 사실로 나타나게 된 것은 그가 막 졸고 있는 한 제자를 다독이려고 다가가는 순간이었다.

스스슷!

막 걸음을 옮기던 탁전맹은 은밀히 들려오는 미세한 소리를 들으며 걸음을 멈추었다. 그리고 재빨리 귀를 기울였다.

스스스.

나뭇잎이 서로 부대끼며 내는 소리였다. 소리는 이곳저곳에서 동시다발적으로 들려왔다. 하지만 오늘은 유난히 바람이 없는 날이었다. 주변의 무수히 많은 나무들은 미동도 없었다. 연약한 수풀에도 움직임이 없었다. 생각해 볼 여지가 없었다.

'적이다!'

머리에서 시작한 소름이 발끝까지 퍼지는 것은 순식간이었다. 적의 공격을 예상했고 이렇게 며칠을 지키고는 있었지만 막상 싸움이 시작된다고 하니 두려움이 엄습했다. 하지만 그것은 잠깐이었다. 재빨리 정신을 수습한 탁전맹은 우선 가까이 있는 제자들에게 수신호를 보내어 적의 기습을 알렸다. 그들은 또 주변의 동료들에게 신호를 보냈다.

더 이상 졸고 있는 사람은 아무도 없었다. 그저 무거운 책임감과 두려움, 약간의 적의가 뒤섞인 얼굴로 한 치 앞도 보이지 않는 정면과 살짝 몸을 굽히고 있는 탁전맹만을 쳐다볼 뿐이었다.

최초 협맹의 접근을 간파하고 반 각 정도의 시간이 흘렀다. 탁전맹의 귀에만 은밀히 들리던 소리들은 이제 누구라도 들을 수 있을 정도로 커져 있었다.

[멈춰라!]

몇몇 제자들이 암기를 꺼내어 들자 탁전맹이 재빨리 말렸다.

[절대로 경거망동해서는 안 된다. 침착해라. 그리고 나의 신호를 기다려라. 최대한 기다린다. 놈들이 지근거리까지 접근할 때까지 어떤 행동도, 낌새도 드러내지 마라. 놈들이 우리의 기척을 눈치 채면 안 된다.]

바로 그때, 귀를 간질이던 소리가 갑자기 사라졌다.

'들킨 건가?'

탁전맹의 얼굴에 긴장의 빛이 흘렀다. 기습이라는 것은 상대가 모를 때 유용한 것이지 알고 있다면 이미 기습이 아니었다. 실패할 가능성도 그만큼 높았다. 하지만 그가 생각한 것처럼 매복이 드러난 것은 아니었다. 단지 협맹 또한 어떤 위험을 감지하고 일제히 움직임을 멈춘 것뿐이었다.

실체가 보인다면 당장에 갈가리 찢어버리고 싶은 적막감이 주변을 휘감았다. 숨 막히는 긴장감이 탁전맹과 그의 제자들을 짓눌렀다. 그들은 그 적막감과 긴장감에 필사적으로 대항했다.

스스스.

안전하다고 판단한 것일까? 멈추었던 협맹의 움직임이 다시 시작했다. 참을 수 없는 긴장감보다는 적의 출현이 더 낫다는 생각인지 탁전맹과 제자들의 얼굴에 안도의 빛이 흘렀다.

'드디어!'

짙은 안개를 뚫고 언뜻언뜻 보이는 사람들의 모습을 발견한 탁전맹의 손에 힘이 들어갔다.

모습을 드러낸 자들은 정확히 세 명이었다. 그 세 명은 정찰의 임무를 띤 자들이 분명했다. 탁전맹의 목표는 그들이 아니었다. 괜스레 그들을 공격해 타초경사(打草驚蛇)의 우를 범할 수는 없었다. 탁전맹은 제자들에게 재빨리 전음을 보냈다.

[저들은 그냥 보낸다.]

그들이 지나가고 곧 이어 대규모의 인원이 모습을 드러냈다. 잠시 멈추었던 것을 보상이라도 받으려는 듯 좌우를 살피며 전진하는 움직임엔 거침이 없었다.

탁전맹은 생각보다 많은 인원에 놀라면서도 제자들에겐 조금의 동요도 보이지 않았다.

[아직은 아니다. 침착해라.]

'적의 중앙을 잘라야 한다. 그런데……'

하지만 그의 생각은 곧 수정될 수밖에 없었다. 선발대임에도 인원이 너무 많았다. 아무리 기습이라지만 고작 열세 명의 인원으로 수십 명도 넘는 인원을 상대할 수는 없었다. 중앙을 끊어 많은 피해를 주고 도주를 한다 해도 먼저 통과시킨 이들이 퇴로를 끊는다면 대책이 없었다. 자신이야 상관없지만 탁전맹은 어린 제자들의 생명을 생각하지 않을 수 없었다.

[나의 신호에 따라 일제히 공격한다. 공격은 정확히 반 각 동안. 그 시간이 지나면 신호가 없어도 무조건 퇴각해라.]

제자들에게 황급히 전음을 보낸 탁전맹이 품을 뒤져 세 개의 비도를 꺼내 들었다. 그리곤 먼저 통과시킨 협맹의 무인들을 향해 비도를 던졌다.

휘이익!

"컥!"

나직한 소성을 내며 날아간 비도는 한 명의 목숨을 빼앗고 재빨리 몸을 피한 다른 두 명에겐 가벼운 상처를 입혔다. 하지만 그들 역시 갑자기 나타나 검을 휘두르는 탁전맹에게 손도 써보지 못하고 목숨을 잃고 말았다.

탁전맹이 움직이는 것을 필두로 길의 좌측 숲에 잠복해 있던 형산파 제자들의 공격이 시작되었다.

슈슈슉!

파라랏!

가장 앞서 걷던 협맹의 무인들을 반긴 것은 탁전맹이 제자들과 함께 설치한 연노(連弩)였다. 나란히 늘어선 네 대의 연노에서 발사된 화살은 한 번에 백여 개가 넘었다.

"크아악!"

"컥!"

빗발처럼 쏟아지는 화살에 순식간에 너덧 명의 인원이 목숨을 잃었다. 부상을 당해 쓰러지는 이가 그것의 몇 배였다. 그나마 길이 난 곳으로 몰리지 않고 주변으로 분산해 이동을 했고, 또 연노가 한 번에 많은 수의 화살을 쏠 수는 있어도 위력 면에선 그다지 뛰어나지 않았기에 망정이지 그렇지 않았다면 그 몇 배에 달하는 피해를 봤을 것이었다.

"우아아아!!"

커다란 함성과 함께 형산파 제자들이 검을 휘두르며 달려왔다. 화살을 재장전할 인원 둘만 남기고 모조리 달려나온 형산파의 제자들은 탁전맹의 좌우로 달려드는 협맹의 무인들을 상대했다.

챙챙!

싸움은 순식간에 혼전으로 치달았다. 비록 예상치 못한 기습을 당해 전열이 흐트러지긴 했지만 협맹은 그들에 비해 압도적인 수의 우위를 점하고 있었다. 또한 그들을 이끌고 있는 우두머리의 침착한 명령으로 혼란은 곧 수습되었다.

힘없이 쓰러진 동료들의 주검을 밟으며 그들은 형산파의 제자들을 몰아붙였다.

"죽여라!"

초반의 기세는 좋았지만 싸움은 기세만으로 할 수는 없는 것이었다. 그 기세를 계속 유지시켜 줄 무언가가 필요했다. 협맹에선 밀리는 기세를 단번에 뒤집을 전력이 있었지만 고작 십여 명으로 싸우는 형산파의 제자들은 기세를 이어갈 그런 힘이 없었다.

전세는 순식간에 역전되었다.

"크아악!"

산을 울리는 비명 소리가 좌측에서 터져 나왔다. 그것이 연노에 화살을 장전하고 있는 제자의 목소리라는 것을 탁전맹은 보지 않아도 알 수 있었다.

"음."

탁전맹은 지그시 입술을 깨물었다. 한 번만 더 연노를 사용할 수 있었다면 보다 많은 피해를 주는 것은 물론이고 수월하게 몸을 뺄 수도 있었을 것이다. 하지만 적도 그런 것은 예측했던 모양이다.

'하긴 나라도 그런 생각을 했을 테니.'

탁전맹은 머뭇거리지 않았다. 반 각이 되려면 조금의 시간이 더 남았지만 그 시간이면 살아남을 제자가 아무도 없을 듯싶었다. 벌써 목숨을 잃은 제자가 넷이 넘었다.

"퇴각하라! 퇴각하라!"

탁전맹이 발 밑을 노리며 검을 날리던 적의 목을 베며 소리쳤다. 하지만 제자들에게 퇴각의 명을 내린 그는 도리어 적진 한가운데로 뛰어들었다. 그리고 미처 몸을 빼지 못한 제자들을 위해 필사적으로 몸을 움직였다.

"내가 형산의 탁전맹이다!"

검에 화두(話頭)를 던지고 평생 검의 극의를 깨닫기 위해 달려온 탁전맹의 무공은 결코 평범하지 않았다. 비록 절세의 고수 소리는 듣지 못해도 결코 폄하되거나 경시할 것이 아니었다.

"크아!"

이리저리 몸을 움직이며 홀로 검무를 추는 탁전맹의 주변엔 비명 소리가 난무하고 순식간에 많은 시체들이 생겨났다. 하지만 그가 상대하는 사람들은 시골 아낙들이 아니었다. 하나같이 무시무시한 무기를 들고 또 저마다 갈고닦은 무공을 자랑하는 이들이었다.

시간이 지나면서 탁전맹의 몸엔 하나둘 깊은 상처가 만들어졌다. 매섭기만 했던 공격도 무뎌져 갔다. 그리고 그가 목숨으로 구하고자 했던 제자들, 비록 전부는 아니더라도 몇몇이 빠져나가는 것을 확인하며 안도의 한숨을 내쉬는 순간 그의 목을 가르고 지나가는 검 하나가 있었다.

"윽!"

탁전맹은 짧은 비명과 함께 땅에 몸을 뉘었다.

"몇 명이냐?"

탁전맹의 목숨을 취한 중년 사내가 소리쳤다.

"넷이 빠져나갔습니다."

"쫓지 마라. 어떤 함정이 있을지 모른다. 시체와 부상자는 뒤따르는 사람들이 수습할 것이다. 우리는 이대로 전진한다."

간단히 명을 내린 중년인은 두 눈을 부릅뜨고 절명한 탁전맹을 쳐다보며 나직이 한숨을 내쉬었다.

'쉽지 않겠어, 결코……'

"목적지가 지척이다. 절대로 소리를 내서는 안 돼."

앞서 가던 지혼(地魂)이 정면에 돌출된 바위를 가리키며 말했다. 하지만 그런 말이 없더라도 그가 이끌고 있는 지자조(地字組)의 조원들은 은밀히 접근하는 데 소리 같은 걸 낼 이들이 아니었다. 당장 반박의 소리가 터져 나왔다.

"쯧쯧, 조장이 그렇게 겁이 많아서야……."

"그러게. 그러니까 우리가 천자조(天字組)에게 밀린다는 소리를 듣는 거야."

"시끄럿! 어느 놈이 그래, 우리가 천자조 놈들에게 밀린다고!"

지혼이 두 눈을 부라리며 말했다. 발끈하는 지혼의 모습이 즐거운지 그를 따르는 지자조의 조원들의 입가에 미소가 번져 갔다.

영호세가에 월영대가 있다면 은성장에는 암혼대(暗魂隊)가 있었다. 하지만 성격 면에선 상당한 차이가 있었다.

월영대가 암살, 첩보 등 전천후 기능을 가지고 있다면 암혼대는 은성장에 대항하는 세력이나 인물을 은밀히 제거하기 위해 만든 해결사들. 과거 혈성을 상대하기 위해 육성된 흑영과 그 궤를 같이 한다고 볼 수 있었다.

암혼대는 천(天), 지(地), 현(玄), 황(黃)의 네 개 조로 이루어졌는데 각 조는 일곱 명의 살수들로 이루어져 있었다. 조를 이끄는 조장들은 조의 이름에 빗대어 각각 천혼(天魂), 지혼(地魂), 현혼(玄魂), 황혼(黃魂)이라 불렸다.

"크크, 알았으니까 그렇게 쌍심지를 켤 건 없어. 자, 이제 공격을 해야지?"

"흥, 아예 네놈이 조장을 해라."

지혼이 싱글거리며 웃는 사내를 쏘아보며 퉁명스레 대꾸했다. 하나 그런 표정도 잠시였다.

"각자 흩어져서 준비들 해. 최대한 신속히, 그러면서도 은밀히 끝낸다."

지혼의 음성이 묵직하게 깔리자 지자조 조원들의 얼굴에서도 웃음이 사라졌다. 대신 자리를 잡은 것은 진득한 살기였다. 물론 겉으로 드러나지 않고 안으로 갈무리된.

전음으로 보다 상세한 명을 내린 지혼이 움직였다. 그가 걸음을 옮기자 좌우의 방향으로 각각 짝을 이뤄 두 명씩 은밀히 이동을 시작했다. 목표는 삼십 장 전방에 위치한 돌출된 바위 밑, 무림맹의 매복이 있는 곳이었다.

삼십 장이라는 거리는 무인에게 있어 그다지 먼 거리는 아니었다. 하지만 혹시 적이 올까 눈을 부라리며 감시하고 있는 눈을 피해 기척을 내지 않고 접근해야 한다는 것을 감안하면 또한 가까운 거리도 아니었다.

그러나 지혼의 명을 받아 목표를 향해 다가가는 지자조의 조원들에겐 그런 상식이 통하지 않았다. 먹이를 노리는 맹수가 사냥물에 접근하듯 순식간에 거리를 좁히면서도 그들에게선 그 어떤 소리도 발생하지 않았다.

반 각도 되지 않아서 그들은 돌출된 바위 아래, 무성하게 자란 풀과 나무로 몸을 가리고 적이 오기만을 기다리는 무림맹의 매복지에 도착할 수 있었다.

뾰로로롱.

가장 먼저 도착한 지혼이 입술을 오므리고 바람을 토해냈다. 그의 입에서 흘러나온 것은 이름 모를 새소리였다. 동시에 이곳저곳에서 그와 비슷한 소리가 약간의 시간 차를 두고 들려왔다.

매복하고 있는 무림맹의 무인들은 그 소리가 어떤 의미인지 전혀 알지 못했다. 이미 날이 밝은 지금 숲에선 온갖 산짐승과 새들이 울고 있었고 지혼과 지자조의 조원들이 서로 주고받는 신호가 여느 새소리와 비교해 차이점이 없었기 때문이다. 하나 그것을 알아채지 못한 대가는 참혹했다.

[최대한 빨리. 그러나 확실하게!]

지혼의 명이 떨어졌다. 은밀히 접근한 조원들이 일제히 모습을 드러냈다. 그들은 무림맹의 무인들이 어떤 대응을 하기도 전에 코앞까지 육박했다. 그리고 닥치는 대로 살수를 휘둘렀다.

"저, 적… 크악!"

"막아랏!!"

기습의 시간만을 기다리다 도리어 예상치 못한 공격을 받은 무림맹의 무인들은 속수무책으로 쓰러졌다. 재빨리 정신을 수습하고 대항했지만 순식간에 열여섯 명의 인원 중 아홉이 쓰러졌다. 그나마 나머지 무인들도 절대적인 위기에 처해 있었다.

좁은 지형, 움직일 때마다 치이는 장애물, 밀착해서 공격하는 적, 더구나 적은 전문적인 살수였다. 살수에게 접근을 허락했다는 것은 곧 죽음을 의미했다.

정확히 세 번의 호흡을 끝으로 더 이상 숨을 쉬고 있는 무림맹의 무인들은 존재하지 않았다. 다만 그들을 이끌고 매복을 진두지휘했던 중년의 무인만이 가슴을 들썩이며 간신히 맥을 유지하고 있었다. 하나 그 또한 살아도 살아 있는 것이 아니었다. 양다리와 한쪽 팔이 깨끗하게 절단되어 붉은 피를 콸콸 쏟고 있었다. 피로 얼룩진 가슴엔 부러진 검날이 박혀 있었다.

"이런 고수가 있을 줄은 꿈에도 몰랐다. 큰일 날 뻔했어."

합공을 했음에도 쉽게 쓰러뜨리지 못한 상대였다. 다리가 잘리는 순간에도 그는 검을 놓지 않았고, 결국 지혼 또한 허벅지에 제법 깊은 상처를 입었다. 지혼은 자신의 허벅지에 난 상처와 어깨에서 허리까지 깊은 검상을 입고 비틀거리는 동료를 바라보며 혀를 내둘렀다. 자신이 끼어들지 않았다면 쓰러진 것은 바로 그였으리라.

"후~ 어쨌든 끝났군."

하지만 아직 끝난 것은 아니었다. 매복했던 무림맹의 무인들을 모조리 주살한 지자조의 조원들이 지혼에게 다가오는 순간 치명적인 부상을 당하고 간신히 숨을 내쉬던 중년 무인이 눈을 떴다. 그리고 흘러나오는 음성.

"크크크, 끝… 났다고? 아직은… 아니다!"

지자조의 모든 살수의 눈이 중년인에게 향했다. 그리고 그들은 흐트러지는 정신을 억지로 부여잡고 고통을 참느라 입술을 깨무는 중년인의 손에 하나의 물건이 들려 있는 것을 볼 수 있었다.

주먹보다 조금 커 보이는 쇠 구슬, 거무튀튀한 것이 영 기분 나빴다.

츠츠츠츠.

그 쇠 구슬의 중앙에 삐쭉 솟아 나온 것이 천천히 불타며 소리를 냈다.

"진천뢰(震天雷)!!"

"피해!!"

누구의 입에서 나온 것인지 모를 외침이 터져 나오고 지자조의 조원들이 필사적으로 몸을 날렸다.

꽝!

그들이 몸을 날리는 것과 동시에 커다란 폭발음이 터져 나왔다. 폭발음과 함께 엄청난 충격파와 잘게 잘라진 쇳조각이 치명적인 암기가 되어 주변을 휩쓸었다.

"크헉!"

필사적으로 몸을 날렸음에도 미처 피하지 못한 몇몇 조원의 입에서 비명이 흘러나왔다. 지혼 또한 인두로 몸을 지지는 듯한 고통을 느끼며 신음성을 내뱉었다.

폭발이 일으킨 충격은 금방 가라앉았다. 그러나 그것이 준 충격은 쉽사리 가시지 않았다.

하늘로 치솟았던 먼지가 가라앉고 주변의 상황이 일목요연(一目瞭然)하게 드러났다. 진천뢰가 터진 자리는 반경 일 장에 달하는 커다란 구덩이가 생겨났다. 진천뢰를 터뜨린 중년인의 모습은 아예 흔적도 없었다.

"빌어먹을!!"

지혼의 입에서 절로 욕지거리가 튀어나왔다. 한 사람의 피해 없이, 물론 부상자는 있었지만, 완벽한 기습으로 끝났다고 생각했는데 진천뢰 하나로 인해 모든 것이 무위로 돌아가고 말았다. 자신을 포함 일곱 명의 조원 중 목숨을 건진 사람은 고작 셋이었다. 피해가 너무 컸다.

애당초 부상을 당해 움직임이 굼떴던 조원이야 어쩔 수 없다지만 몸을 피하던 인원 중 세 명이나 목숨을 잃었다는 것은 그야말로 충격이었다. 비록 매복의 위험은 제거했으나 그 대가가 너무나 쓰라렸다.

"내 잘못이다. 너무 방심했어."

"아니, 누구의 잘못도 아니야. 저놈이 지독한 것이었지."

"그래, 그건 조장뿐 아니라 지금의 상황은 그 누구라도 예측하지 못할 일이었다."

하지만 지혼은 고개를 흔들었다.

"아니, 놈의 죽음을 확실히 확인했어야 했는데……."

"조장의 잘못이 아니라니까. 그나저나 저들도 필사적이군. 절대 금기시하는 진천뢰까지 동원한 것을 보면 말이야. 소위 백도의 중심이라는 자들이."

"그만큼 위기 의식이 크다는 것이겠지. 빨리 알리는 게 좋겠어."

지혼이 힘없이 고개를 끄덕였다.

"그래야겠지. 모르고 있다간 상당한 피해를 입겠어. 아니, 안다고 해도 막을 수 있는 것은 아니지만."

지혼은 초토화된 주변을 살피며 탄식했다.

"진천뢰라니……."

*　　　　*　　　　*

덜컹.

문소리에 모든 이들의 시선이 한곳으로 쏠렸다. 문이 열리며 들어온 사람은 급한 전갈을 받고 밖으로 나갔던 고역사였다.

"시작되었소?"

모용현이 심각한 표정으로 들어오는 고역사에게 물었다. 장자이자 신임 가주였던 모용강을 잃고 다시 무림에 나선 모용현은 그사이 십년은 더 늙은 듯했다.

"그렇습니다. 날이 밝는 것과 동시에 거의 모든 곳에서 일제히 공격이 시작되었다고 합니다."

"상황은 어떻습니까?"

조공루가 물었다.

"아직은 잘 모르겠습니다. 효과적으로 매복이 성공하는 곳도 있고 실패하는 곳도 있어서… 조금 더 기다려 봐야겠습니다."

"적의 규모는 어떻습니까?"

대파산의 싸움에서 한 팔을 잃고 복수의 칼을 갈고 있는 위호가 물었다.

"예상했던 대로입니다. 우리보다 적어도 두세 배 정도……."

고역사가 다소 침울한 표정으로 대답했다.

"흠, 힘든 싸움이 되겠군요. 하지만 이길 수 있습니다. 아니, 꼭 이겨야겠지요."

조공루가 벌떡 일어나며 소리쳤다.

"결코 쉽게 뚫리지는 않을 것입니다! 모두들 죽기를 각오하고 있습니다. 지형적인 이점도 있고… 반드시 지켜낼 것입니다!"

"아미타불! 물론 그래야겠지요. 하지만 쉽지는 않을 것 같습니다. 자칫 모든 매복과 기습이 물거품으로 변하는 것은 아닌지……."

"그렇지는 않습니다. 이미 상당한 전과를 올리고 있다고 합니다."

고역사가 재빨리 반박했다.

"그렇게 된다면야 더 이상 바랄 것은 없겠지요. 후~ 또 얼마나 많은 생명이 헛되이 사라질 것인가… 아미타불."

광료 대사의 나직한 불호에 좌중의 분위기가 숙연해졌다. 그들 또한 이번 싸움에 얼마나 많은 목숨들이 쓰러질지 짐작하고 있었다. 그들 모두가 자신들의 제자요, 사손들이었다.

"자, 이럴 것이 아니라 우리도 나가봐야 되지 않겠소? 직접 나서서 제자들을 격려하고 싸움을 이끌어야 한다고 보오."

"노선배님의 말씀이 맞습니다. 당장 나서야 할 것입니다."

고역사가 모용현의 말을 거들고 나섰다. 반대가 있을 수 없었다. 무림맹의 수뇌들은 누가 뭐라 할 것도 없이 서둘러 자리에서 일어났다. 그리고 협맹의 무인들과 치열한 싸움을 하고 있을 각자의 제자들을 찾아 나섰다. 순식간에 모든 이들이 빠져나가고 회의실에는 조공루만이 홀로 남았다.

"그래, 결국 이렇게 시작되었구나. 이렇게!!"

"장칠(張七)이 죽었습니다."

화악산은 별다른 말 없이 고개를 끄덕였다.

"그리고……."

조금 전 떨어진 사내가 장칠임을 알리고자 화악산을 찾았던 초정(焦晶)의 표정에 다소 긴장감이 맴돌았다.

"시작된 것 같습니다."

"뭐가?"

장칠의 죽음을 애도하며 거푸 술을 들이키던 화악산이 물었다.

"싸움 말입니다. 온 산에서 싸우는 소리가 들려오고 있습니다. 무림맹에 대한 공격이 시작된 것이 아니겠습니까?"

초정이 먼 산에서 들려오는 소리를 한데 모으고자 귀에 손을 가져가며 대답했다. 하지만 이미 새벽에 공격이 있을 것이란 전갈을 받은 화악산은 초정의 말에 놀라지도, 또 별다른 반응을 보이지도 않았다. 그저 심드렁히 대꾸했을 뿐이다.

"우리와 상관없는 일이다."

"하지만……."

"시끄럽다. 지금 우리에겐 그 어떤 일보다 중요한 임무가 있다. 다른 곳엔 신경 쓸 필요도 없어. 우린 그저 임무만 완성하면 돼. 그리되면 네놈이 좋아하는 싸움, 그래, 지겹도록 싸우게 될 테니까 그렇게 싸우고 싶어 안달난 표정은 짓지 마라."

"제, 제가 언제 싸우고 싶어서……."

"에라이!"

초정이 무안한 표정을 짓자 화악산이 냅다 술병을 집어 던졌다. 초정의 얼굴을 향해 정확하게 날아가던 술병은 그가 슬쩍 발을 움직이는 것과 동시에 목표를 잃고 엉뚱한 곳에 떨어졌다.

"흥, 그 딴 잔재주는 어디서 배워가지고."

"단주님께서 전수해 주신 것 아닙니까?"

초정이 불만이 가득한 얼굴로 대꾸했다.

"말이나 못하면… 어쨌든 무림맹에 대한 전면적인 공격이 시작되었으니 우리도 서둘러야겠구나. 얼마나 남았느냐?"

"거의 다 끝났습니다."

"거의 다라면 얼마나 남았다는 말이냐?"

화악산의 음성에 조금 짜증이 묻어 나왔다.

"날이 밝아 철수한 대원들에 의하면 앞으로 두 시진 정도의 시간이면 어떻게 끝은 낼 수 있을 것이라 말했습니다."

"두 시진이라… 아주 늦지는 않았군."

"그렇습니다."

"흠."

화악산이 잠시 눈을 감고 잠시 생각에 잠겼다.

"밤이면 길이 열린다? 좋아. 지원 요청해."

"지원이라 하시면……."

"이번 임무를 위해 반이 넘는 대원이 목숨을 잃었다. 그만한 인원으로 기습을 감행한다면 고작 소란을 피우는 것에 불과해. 하려면 아예 박살을 내버려야지."

말을 하는 화악산에게선 그동안 수하들의 희생을 보며 참았던 분노가 고스란히 녹아 있었다.

"알겠습니다. 즉시 지원 요청하겠습니다."

초정이 재빨리 허리를 굽혀 대답했다.

"지금 당장!"

"존명!"

힘찬 대답과 함께 초정이 자리에서 물러났다. 화악산은 급하게 달리는 그의 뒷모습을 보며 또다시 술병을 찾았다. 단숨에 병을 비우는 화악산은 주먹을 불끈 쥐며 지금까지 목숨을 잃은, 너무도 허망하게 쓰러진 대원들의 모습을 하나둘 떠올리고 있었다.

"오늘 밤이다, 오늘 밤!"

형산파를 향해 움직이는 일단의 무리들이 있었다.

적어도 오십은 넘어 보이는 인원에 하나같이 가벼운 몸놀림. 개중엔 약간의 부상을 당한 사람도 있었고 옷이 피로 물든 사람도 있었지만 주변을 살피며 일사불란하게 움직이는 그들, 벌써 네 차례의 매복을 뚫고 산 중턱에 이른 천룡문과 여러 군소문파의 무인들의 모습엔 자신감이 가득했다.

형산파로 통하는 네 개의 주요 길목 중 가장 우측에 있는 길을 통해 형산파를 공략하는 책임을 맡게 된 사람은 천룡문의 문주 나관목과 삼문방의 방주 한위였다. 물론 그 외에도 많은 군소문파의 무인들과 각 문파의 주인들이 수하들을 이끌고 참여했지만 협맹의 수뇌부는 가장 세력이 큰 이들 둘에게 전권을 주었다. 그리고 이들은 다시 천룡문을 주축으로 하여 나관목이 선봉을, 그리고 삼문방의 한위가 후위를 책임 지며 공격하기로 결정하였다.

"정지시키시오."

무리의 중앙에서 이들을 이끌던 나관목이 지도를 살피며 성제문(成齊門)의 문주 은효연(殷曉燃)에게 말했다. 은효연 역시 엄연히 한 문파의 문주였지만 협맹의 일원으로 싸움에 참여한 지금 나관목의 지휘를 받고 있었다.

"알겠습니다."

간단히 대꾸한 은효연이 나지막이 말했다.

"정지. 모두 발걸음을 멈추어라."

은효연의 정지 명령에 발걸음을 멈춘 무인들은 각기 자신의 자리를 지키며 혹여 있을지 모를 기습에 경계를 늦추지 않았다. 발걸음은 멈추어졌어도 극도로 끌어올린 주의력까지 멈추어진 것은 아니었다.

"어째서 멈추신 것이오?"

가장 선봉에서 걷고 있던 노방(勞枋)이 달려와 물었다. 그 역시 한 문파의 장로라는 신분을 지니고 있었지만 지금은 은효연과 마찬가지로 나관목의 지휘를 받는 위치였다.

"위험 지역에 가까워졌소."

나관목이 지도에 표시되어 있는 푸른 점을 가리키며 대꾸했다.

"음."

은효연과 노방이 동시에 침음성을 터뜨렸다.

지도에는 매복 지점과 매복 예상 지점에 대해 각기 다른 색으로 표시가 되어 있었다. 그리고 그것은 한 치의 어긋남도 없이 들어맞았다.

지금까지 네 번의 공격을 받는 동안 세 번이 매복지였고 다른 하나는 매복 예상 지역이었다. 특히 세 번째로 공격받은 지역은 만약 지도가 아니었다면 결코 매복을 예상하지 못할 그런 곳이었다.

"아직 거리는 남았지만 조심해서 나쁠 것은 없다고 보오."

나관목이 지도를 접어 품에 넣으며 말했다. 이미 지도의 정확성에 대해 확고한 믿음을 가지고 있는 은효연과 노방이 두말없이 고개를 끄덕였다.

"물론입니다."

"주의해서 이동을 하겠소이다."

대답과 함께 노방이 자신의 위치로 돌아가려 하자 나관목이 그를 불러 세웠다.

"잠시 멈추시오, 노 방주."

막 걸음을 옮기려던 노방이 고개를 돌렸다.

"짧은 시간 동안 벌써 네 번의 전투가 있었고 많은 사상자가 났소. 잠시 휴식을 취하는 것도 좋을 것이라 생각하는데, 어떻소?"

"하긴, 내색은 하지 않지만 많이들 지친 것 같소. 난 찬성이외다."

나관목이 은효연에게 시선을 던졌다.

"반대할 이유가 없지요."

노방과 은효연의 동의를 얻어낸 나관목은 잠깐 동안의 휴식을 명했다. 물론 휴식하는 동안 이루어질 기습에 대비해 경계를 철저히 하라는 명을 내리는 것도 잊지는 않았다.

무인들은 서로의 문파 또는 안면이 있는 사람들끼리 모여 휴식을 취했다. 그중 가장 눈에 띄는 이들은 단연 천룡문의 사람들이었다. 비록 지난 네 번의 격전에서 그 수가 이십여 명으로 줄었지만 문주인 나관목을 따라 가장 용맹히 싸운 이들은 다름 아닌 바로 천룡문의 제자들이었다. 한가로이 휴식을 취하는 그들에게선 다른 문파의 제자들에겐 찾아볼 수 없는 여유가 있었다.

"어디 가냐?"

녹무수(祿霧綏)가 허리춤을 부여잡고 몸을 일으키는 손척(孫斥)에게 물었다.

"둘째 사형은 알 것 없소."

손척(孫斥)이 퉁명스레 대꾸했다.

"이런, 조금 전 놀린 것 때문에 그리 퉁명스러운 게로구나? 하지만 그때 네 얼굴은 정말 가관이었단 말이다."

"정말 그러기요!!"

싱글거리는 녹무수의 말에 손척은 눈에 쌍심지를 켜며 달려들었다.

"아이구, 우리 막내 사제가 정말 화났나 보네. 대사형, 막내 좀 보시오. 하늘 같은 사형을 잡아먹으려고 하오."

녹무수는 벌컥 화를 내는 손척의 모습에 엄살을 피우며 천룡문의 장문제자 추소림(秋銷臨)의 등 뒤로 숨었다. 그 모습이 얼마나 익살스러운지 저마다 입가에 미소를 띠었다.

"하하하! 그만 해라. 사람을 상하게 해본 적도 없는 아이 아니더냐. 그런 막내가 살인을 했으니 당황하는 것도 무리는 아니지. 그리고 아직 싸움이 끝난 것은 아니다. 소란을 피워선 안 돼."

하지만 이런 여유로움이 천룡문, 나아가 선봉에서 목숨을 걸고 싸우고 있는 이들 모두의 긴장을 풀어주는 의미가 있었기에 나관목은 주의를 주는 대신 그냥 모른 체하고 있었다.

"아아! 아이고!"

추소림이 등 뒤에 숨어서 계속해서 장난을 치고 있는 녹무수의 귀를 잡아 끌어냈다. 그리곤 씩씩거리고 있는 손척에게 웃음을 보였다.

"둘째는 내가 혼을 내주마. 그건 그렇고 아까부터 우거지상을 하더라니… 그래, 소변이 급한 거지?"

"예, 대사형."

손척이 다소 풀어진 안색으로 대답했다.

"멀리까지 가진 말고 그냥 가까운 곳에서 해결해라. 언제 출발할지 몰라."

"예."

손척이 대답을 하고 몸을 돌렸다. 바로 그 순간 추소림에게 귀를 잡힌 녹무수가 재빨리 끼어들었다.

"흐흐흐, 아까처럼 떨었다간 바지 다 버린다. 조심해야 할걸."

"이구, 네 녀석이나 조심해라. 이렇게 매를 벌자나 말고."

추소림이 녹무수의 귀를 더욱 잡아당기며 손척에게 눈짓을 했다. 어이없어 고개를 흔든 손척은 지척에 있는 숲을 향해 발걸음을 움직였다.

"후~"

소변을 보기도 전에 손척의 입에선 한숨이 흘러나왔다. 자신의 검에 목이 날아가는 사내의 얼굴, 그 사내의 몸에서 뿌려진 붉은 피, 그리고 처절한 비명. 아무리 잊으려고 해도 좀처럼 잊혀지지 않았다.

'살인이라… 둘째 사형의 말대로라면 진정한 무인이 되기 위한 통과 의례라 했거늘… 왜 이렇게 마음이 무겁단 말인가.'

생각하면 생각할수록 머리가 아파왔다. 속이 울렁거리고 속이 뒤집어지는 것 같았다.

'젠장, 모르겠다. 어떻게든 되겠지.'

더 이상 생각하다간 정말 아무것도 못할 것 같았다. 사내의 잔상을 지우고자 애써 고개를 흔든 손척은 몸속의 노폐물과 함께 마음속의 번 뇌도 씻어내려는 듯 힘차게 소변을 보았다.

쏴아아아!

소변이 땅을 파며 요란한 소리를 냈다. 이를 듣지 못할 녹무수가 아 니었다. 장난기 섞인 목소리로 재빨리 한소리 했다.

"어이구! 힘도 좋아. 이러다 홍수 나는 것 아닌지 몰라."

고개를 돌린 손척도 지지 않고 대답했다.

"아무렴. 힘없이 늘어지는 사형 같기야 하겠소."

"억!"

예상치 못한 반격에 녹무수가 말을 잃고 그 모습을 보는 사형제들이 파안대소(破顔大笑)했다.

"하하하!"

"크하하하!"

하지만 바로 그 순간, 그들의 막내 사제 손척에게 커다란 위험이 닥 친 것을 알아챈 사람은 아무도 없었다.

자꾸만 자신을 놀리는 녹무수에게 멋지게 복수를 했다는 것에 만족 해하며 고개를 돌린 손척은 갑자기 느껴지는 이상한 기운을 감지하고 본능적으로 검에 손을 가져갔다. 조심스레 고개를 숙여 기운이 느껴지 는 곳, 자신의 발 아래를 보았다. 그리고 그는 한 사람의 얼굴을 볼 수 있었다. 전신을 땅속에 묻고 자신의 소변으로 인해 얼굴만 노출된 사 내. 사내의 눈동자에 어린 것은 자신에 대한 비웃음이었다. 기겁을 한 손척이 뭔가를 해보려고 했지만 이미 모든 것이 늦고 말았다.

"저……."

손척의 다음 말은 이어지지 못했다. 땅을 뚫고 나와 사타구니를 파고든 검이 단숨에 그의 목숨을 끊어버렸기 때문이다.

"잘 가라."

검의 주인, 땅속에 몸을 숨기고 있던 청성파의 제자가 흙 속에 파묻혔던 몸을 완전히 드러내며 조용히 읊조렸다.

"막내야!"

손척의 신상에 문제가 생겼음을 눈치 챈 녹무수가 득달같이 달려왔다. 하지만 그를 반긴 것은 막내 사제 손척의 퉁명스런 목소리가 아니라 날이 시퍼렇게 선 비도였다.

그것이 신호였을까? 도처에서 비명성이 터져 나왔다.

"크악!"

"적이다!"

우선 공격을 받은 사람은 숲에 조금이라도 가까이 있던 자들이었다. 땅속에서, 나무 위에서 무수한 인영이 뛰쳐나오며 닥치는 대로 암기를 던지고 검을 휘둘렀다.

"아뿔싸! 당했구나!"

위험 지역과는 어느 정도 거리가 있다는 지도의 표시만을 믿고 너무 안일했다는 후회도 잠시, 뼈아픈 자성을 하며 나관목이 고래고래 소리를 질렀다.

"정신을 차려라! 당황해선 안 된다!"

쉬이익!

그를 향해 한 자루의 유엽비도가 날아들었다. 얼굴을 향해 날아오는 유엽비도를 단숨에 낚아챈 나관목은 그 유엽비도로 도리어 위태로운 지경에 빠진 제자를 구하고자 집어 던졌다. 나관목의 손을 떠난 유엽비도는 천룡문 제자의 목을 취하려던 사내의 가슴에 정확하게 박혔다.

"크헉!"

검을 치켜들었던 사내는 유엽비도에 실린 힘을 이기지 못해 무려 이 장이나 뒤로 날아가 땅에 처박혔다.

"적은 얼마 되지 않는다! 허둥대지 말고 침착해라!"

나관목은 혼란스러움 속에서도 적이 고작 열 명 남짓하다는 것을 파악하고 있었다. 정신만 차리면 더 이상의 피해는 보지 않을 수 있었다. 하지만 너무나 은밀히, 그리고 전격적으로 이루어진 기습은 그들을 정신없이 몰아쳤고 순식간에 십여 명이 넘는 인원이 목숨을 잃었다.

"죽어랏!"

녹무수가 이를 악물고 검을 휘둘렀다. 검보다 먼저 피가 뿌려졌다. 왼쪽 가슴에 입은 상처에선 연신 피가 뿜어져 나왔다. 하지만 그는 지혈할 생각도 하지 않았다. 바로 눈앞에서 손척의 죽음을 목격한 녹무수는 제정신이 아니었다. 가슴을 비롯하여 여러 곳에 치명적인 부상을 입었음에도 그는 조금도 물러서지 않았다. 그러나 애당초 손척의 목숨을 빼앗은 청성파의 제자는 녹무수가 감당할 만한 무인이 아니었다.

"크헉!"

몇 합을 더 나누지 못하고 녹무수가 가슴을 부여잡고 몸을 휘청거렸다. 큰 상처를 입은 가슴에 또다시 치명적인 공격을 허용했기 때문이다.

"이… 이……!"

녹무수는 결과를 인정할 수 없다는 듯 눈을 부릅뜨고 계속해서 검을 움직였다. 하나 그것은 희미해져 가는 의식의 잔영이었을 뿐이다. 녹무수는 상대에게 조그만 상처도 입히지 못하고 목숨을 잃고 말았다.

"지독한."

죽어가면서까지 검을 놓지 않는 녹무수의 끈질김에 몸서리를 친 청성파의 제자는 또 다른 상대를 찾아 고개를 돌렸다. 하지만 찾을 필요도 없었다. 이미 상대가 그를 향해 맹렬히 달려오고 있었기 때문이다.

"빌어먹을!"

청성파의 제자는 자신도 모르게 욕지거리를 하고 말았다. 달려드는 상대가 하필이면 나관목이었다.

채챙!

검과 검이 부딪쳤다.

"큭!"

막기는 했으되 나관목에 비해 내력에서 압도적으로 열세인 청성파의 제자가 비틀거리며 뒷걸음질쳤다.

"제법이구나."

나관목의 눈이 싸늘하게 식었다. 단 한 번의 충돌로 상대의 실력을 가늠한 나관목은 시간을 끄는 것 따위가 수치라는 듯 그의 성명절기인 천룡검법(天龍劍法)을 사용했다. 청성파의 제자는 감히 막지 못하고 몸을 피해 도주를 시도했다. 하나 나관목의 검에서 일렁이는 검기, 마치 살아 있는 용이 천지에 포효하는 듯한 검기는 그가 미처 두어 걸음을 떼어놓기도 전에 다리를 잘라 버렸다. 그리고 또 하나의 검기가 중심을 잃고 쓰러지는 몸을 양단해 버렸다.

"크아악!"

기세 좋게 기습하여 천룡문의 제자 둘을 격살하는 데 성공한 청성파의 제자는 처절한 비명과 함께 목숨을 잃고 말았다.

그것은 시작에 불과했다. 분노한 나관목의 검은 거기서 멈추지 않았다. 그는 합공도 마다치 않았다. 그에겐 한 문파의 문주로서 합공을 했다는 치욕보다는 단 한 사람의 수하라도 더 살리고자 하는 마음과 기습을 하여 심각한 피해를 입힌 암습자들에 대한 분노가 더욱 컸다. 그리고 그것은 가장 많은 제자를 잃은 은효연 역시 마찬가지였다.

싸움은 순식간에 종결되었다. 처음 매복을 하여 시작한 기습은 제대로 먹혔지만 거기까지였다. 그들의 실력으로 나관묵과 은효연의 검을 막아내기란 사실상 불가능이었다. 도주도 할 수 없었다. 싸움이 시작되자마자 노방이 몇몇 제자를 이끌고 퇴로를 차단했기 때문이다. 하지만 그들은 끝까지 저항했다. 그리고 최후의 한 사람, 사제들을 데리고 이번 매복을 주도했던 청성파의 후기지수 우인명(禹仁明)이 진천뢰를 터뜨리며 무려 일곱이나 되는 무인들과 폭사(暴死)하면서 기습 공격은 끝이 났다.

잠깐 동안 이어진 공격과 역습, 기습에 참여했던 청성파의 제자 열네 명 전원이 목숨을 잃었고 협맹에선 도합 이십일 명이 목숨을 잃었다. 하지만 이것은 앞으로 있을 처절한 싸움의 일부분에 불과했다.

"예상보다 시간이 많이 걸렸지만 적의 매복과 기습을 뚫고 1차 교두보는 확보했습니다."

"1차 교두보라면 어디까지를 말함인가? 지난번에 그런 말은 없었던 것으로 기억하는데."

염파가 물었다.

"제가 임의로 설정한 곳입니다. 각 진행하는 방향마다 조금씩 차이가 있지만 바로 이곳, 무림맹의 전력이 집중되어 있는 분지로 통하는 길목의 바로 직전까지를 1차 교두보로 설정했지요. 그리고 조금 전 모든 곳에서 점령에 성공을 했다는 전갈이 왔습니다."

영호무현이 지도를 가리키며 설명을 했다.

여명이 밝아올 무렵 협맹의 전격적인 공격으로 인해 시작된 싸움은 쌍방이 엄청난 피해를 입으면서도 한 치의 양보 없이 계속됐다. 특히 교묘한 매복과 기습으로 일관한 무림맹보다는 협맹에서 많은 희생자가 발생했다. 시체가 산을 이루고 피가 내를 이루었다. 하지만 무림맹의 격렬한 저항을 뚫고 협맹의 무인들은 조금씩 형산파를 향해 접근하고 있었다.

"중천에 떴던 해가 이미 지고 있다. 너무 늦은 것이 아니냐?"

질문을 하는 영호용의 음성엔 진격 속도가 느린 것에 대해 다소 불만이 있는 듯했다.

"죄송합니다. 하지만 적 또한 필사적으로 대항하는 통에……."

"되었다. 그래, 피해는 얼마나 되느냐?"

"육백이 넘습니다."

"허!"

전사림과 염파의 입에서 동시에 탄식성이 흘러나왔다. 한나절밖에 안 되는 시간 동안 벌어진 싸움에서 발생한 희생자가 육백이라니… 많아도 너무 많았다. 하나 영호용의 표정엔 별다른 변화가 없었다.

"적은?"

"확실하게 파악은 하지 못했지만 보고된 바를 종합하면 적어도 이백 이상은 된다고 합니다."

"흠, 생각보단 적군. 그만큼 전력이 탄탄하단 말인데……."

"전력이 탄탄한 것도 있지만 소규모로 이루어진 매복과 기습이 매우 치명적이었습니다. 알면서도 당한 경우가 허다하다 합니다."

"하지만 세 배가 넘는 희생자라면 너무 많은 것이 아닌가?"

전사림이 다소 걱정스런 표정으로 물었다. 영호무현의 표정이 살짝 어두워졌다.

"사실 매복도 매복이었지만 그렇게 많은 피해를 보게 만든 것은 한 가지 물건 때문입니다."

"물건이라니?"

"놈들이 진천뢰를 사용하고 있습니다."

염파와 전사림 등은 어이가 없다는 듯 서로의 얼굴을 쳐다보았다.

"진천뢰라니! 어찌 무림맹에서 그런 물건을 사용할 수 있단 말인가!!"

"그래도 명색이 백도의 대표격이라는 사람들이!!"

그들의 노호성이 주변을 쩌렁쩌렁하게 울렸다. 이들과는 다르게 영호용은 너털웃음을 터뜨렸다.

"뭐, 그럴 수도 있겠지요. 급하긴 급했던 모양입니다. 허허!"

"맹주!"

염파가 무슨 소리를 하느냐는 듯 소리쳤다. 하나 영호용은 미소를 지우지 않았다.

"진천뢰라… 세 배나 되는 희생자가 발생했다는 말을 들었을 때 조금 의아하게 생각은 했습니다. 이제 그 의문이 해소되는군요. 진천뢰와 같은 폭약은 과거 혈성과의 싸움에서도 사용한 적이 없다고 들었습니다. 그런 물건을 사용한다는 것 자체가 무림맹의 지금 처한 상황을 말해 주고 있습니다."

"그렇지만 피해가 너무 크지 않습니까?"

"제법 많은 피해를 입겠지요. 하나 그 피해보다 더욱 큰 이득이 돌아오게 되어 있습니다."

"무슨 말씀이신지 이해가 가지 않습니다."

염파가 고개를 갸웃거리며 물었다. 전사림은 어느 정도 감을 잡은 듯했다.

"진천뢰가 아니라 그 이상의 물건을 사용한다 하더라도 어차피 이번 싸움은 우리의 승리로 끝이 나게 되어 있습니다."

"그야 그렇지요."

"그리고 진천뢰는 우리의 승리를 정당화하는 또 하나의 무기가 될 것입니다. 혈성과의 싸움에서도 사용하지 않았던, 사실 그것을 쓰는 것 자체가 금기시되어 있지 않습니까. 진천뢰까지 동원한 것을 세인들이 알게 된다면 흑영의 일로 도덕성에 큰 흠집을 입은 무림맹의 위상에 또 한 번 치명적인 타격이 될 것입니다."

"그랬기에 저희 또한 준비는 했지만 사용하지 않은 것입니다."

영호무현이 덧붙여 설명했다.

"허! 진천뢰까지 준비했었나?"

깜짝 놀란 전사림이 되물었다.

"물론입니다. 만반의 준비를 다 했지요. 하지만 그와 같은 이유로 사용하는 것을 포기했습니다."

"잘했군. 잘한 선택이야."

염파와 전사림이 함께 고개를 끄덕이며 말했다.

"그나저나 저들도 주력은 나오지 않은 것 같은데……."

"예. 간간이 고수들이 눈에 띄기는 했지만 아직 핵심 전력은 보이지 않았습니다."

"소림은 어디에 있느냐?"

영호용의 음성에 살짝 긴장감이 깃들었다. 영호무현 또한 신중해졌다.

"분지에 있습니다."

"흠, 하긴 나한진을 나무와 수풀이 많은 곳에서 펼친다는 것은 불가능할 테니까."

"또한 저들의 거의 모든 전력이 그 분지에 몰려 있습니다. 그곳을 뚫지 않고는 형산파를 점령할 수 없습니다. 네 개의 진입로 중 웅비보가 책임지고 있는 좌측을 제외한 세 곳의 길이 바로 이곳 분지에서 만나게 됩니다."

"음. 가장 중요한 싸움이 되겠군."

염파가 침음성을 내뱉으며 말했다. 전사림이 고개를 끄덕이며 맞장구쳤다.

"지금까지의 싸움은 그야말로 전초전(前哨戰)에 불과한 것이라 보면 맞겠어."

"그렇습니다. 그것을 알기에 저들의 모든 전력이 바로 분지에 몰려 있는 것입니다."

영호무현이 굳은 표정으로 대답했다. 순간 잔잔하기만 했던 영호용의 눈빛에 처음으로 변화가 일었다. 눈빛에 일렁이는 것은 승리에 대한 강한 욕구, 나아가 전 무림을 지배하고자 하는 열망이었다. 그러나 그 빛은 순식간에 사라졌다.

"이기면 되는 것입니다, 이기면."

"하지만 아버님."

영호무현이 조심스레 말문을 열었다. 영호용은 고개를 돌리는 것으로 영호무현의 말을 재촉했다.

"너무 많은 희생자가 발생했고 계속되는 싸움에 지쳤습니다. 잠시 휴식을 취하는 것이 좋을 듯합니다."

"……"

"새벽부터 지금까지 단 한 순간의 휴식도 없는 것으로 알고 있습니다. 이렇게 지친 상태에서 싸움을 벌이다간 낭패를 볼 수 있습니다."

"어차피……."

영호용이 천천히 몸을 일으켰다.

"그들은 소모품이다. 잘 알고 있지 않느냐? 네 말대로 많은 희생자가 났다지만 뒤쪽에 배치된 우리 영호세가나 은성장, 웅비보의 무인들은 그다지 큰 피해가 없는 것으로 알고 있는데……."

"매복을 파훼하기 위해 잠입한 암혼대가 입은 피해가 전부입니다. 하나……."

"그럼 되었다. 협맹의 실질적인 힘은 그대로 유지하고 있는 셈이니 계속 공격을 하도록 해라."

"하지만 아버님, 소모품이라도 그들에게 그런 인상을 심어주어선 안된다고 봅니다. 전체적인 사기에도 문제가 있습니다."

"그 말이 맞는 것 같습니다. 세인들의 눈이 있지 않습니까? 세인들의 눈이."

전사림이 희미하게 웃으며 말했다.

"어차피 다음 싸움에서도 그들이 앞장설 것입니다. 기왕 소모하려면 무림맹에 최대한 피해를 주는 방향으로 소모하는 것이 옳다고 봅니다."

염파 또한 잠시 휴식을 주자는 영호무현의 말에 동의를 했다.

염파와 전사림이 영호무현의 말에 동조를 하자 영호용도 더 이상 반대만을 할 수는 없었다.

"알겠습니다. 두 분께서 그리 말씀하시니 따르도록 하겠습니다."

영호용의 고개가 영호무현에게 돌아갔다.

"연락을 취해 모든 곳에서 싸움을 중지하고 휴식을 취하라 명해라. 물론 놈들이 도발을 한다면 강력하게 응징하라는 말과 함께."

"알겠습니다. 하면 공격은 언제 다시⋯⋯."

"허허, 휴식을 주자는 네 입에서 다시 공격의 시간을 묻다니⋯ 그래, 기왕 멈춘 싸움 놈들에게 최후의 만찬을 즐길 시간은 주도록 하자꾸나. 공격은 날이 어두워지면 다시 시작할 것이다."

"알겠습니다."

"그나저나⋯⋯."

걸음을 옮기려던 영호무현의 몸이 돌려졌다.

"그자는 잘 있느냐?"

헝클어진 머리, 움푹 들어간 눈, 몽롱한 눈동자, 까칠해진 피부, 창백한 얼굴, 야윌 대로 야윈 몸, 툭 튀어나온 광대뼈, 초점을 맞추지 못하고 멍하니 하늘만 바라보는 관정은 분명 정상이 아니었다. 그에게선 조금의 생명력도 느껴지지 않았다. 무릎 위에 올려논 손끝에선 계속해서 경련이 일고 있었고 다리 역시 심하게 떨리고 있었다.

"당주님, 벌써 시간이 많이 흘렀습니다. 저렇게 방치하다가 발작이라도 일으키면⋯⋯."

며칠 전 미친 듯이 발광하는 관정에게 늑골을 얻어맞아 지금까지 고생하고 있는 양만지(羊蠻芝)가 관정의 발 아래에 간단한 음식을 내려놓으며 물었다. 전신을 손가락보다 더 굵어 보이는 쇠사슬로 옭아맸지만 안심이 되지 않는 듯 엉덩이를 빼며 재빨리 접시를 내려놓고 몸을 빼는 그의 얼굴엔 두려움이 가득했다.

"아직은 괜찮아. 시간이 제법 남았어. 하지만 해가 떨어지면 어찌 변할지는 나도 모르겠다."

"하면 지금이라도 극락초를⋯⋯."

극락초라는 말을 듣는 순간 지금껏 멍하니 있던 관정의 얼굴에 처음으로 표정이라는 것이 드러났다. 마치 먹이를 노리는 야수처럼 살기가 번뜩이고 동시에 뭔가를 갈구하는 눈빛, 하나 그 빛은 이내 수그러들었다.

"후~ 나라고 왜 그러고 싶지 않겠느냐? 나 또한 이놈에게 맞아 팔이 부러졌거늘."

급사(急死)한 포대에 이어 새로운 형당의 당주로 임명된 악위(鄂蝟)가 아직도 붕대를 감고 있는 왼쪽 팔을 들어 보이며 얼굴을 찡그렸다.

"하지만 위에서 명이 떨어졌다. 당분간 극락초의 근처도 못 가게 말이다. 후~ 내 어쩌자고 이런 놈을 만나서……."

별 볼일 없는 직책을 전전하다 형당의 당주라는 직책을 맡아 기뻐하고 있는 그에게 처음이자 마지막으로 내려진 명령은 관정을 관리 감독하는 일이었다.

악위는 그것이 자신에게 내려준 하늘의 기회라 여기며 최선을 다했다. 하나 단 하루도 지나지 않아 그 일이 얼마나 골치 아프고 괴로운 일인지 알게 되었다. 그리고 그날 이후 그의 몸은 단 하루도 성할 날이 없었다.

"도대체 무슨 이유로 그런 명령을 내린 거랍니까? 다 죽어가는 폐인을 이런 먼 곳까지 데리고 와서."

양만지의 음성엔 강한 불만이 섞여 있었다. 그렇지만 그에게 돌아온 것은 악위의 핀잔 섞인 호통뿐이었다.

"내가 그것을 어찌 알겠느냐! 그저 시키는 대로 할 뿐이지! 잔소리하지 말고 감시나 잘해. 지난번처럼 쇠사슬을 끊는데도 멍청히 보고 있지만 말고!"

"젠장, 너무 그러지 마십시오. 그렇게 소리치지 않아도 알고 있으니!"

양만지도 지지 않고 소리치며 몸을 돌렸다.

"저, 저놈이!"

양만지의 반응에 분개는 했지만 악위는 더 이상 뭐라 말을 하진 않았다. 그 역시 양만지가 느끼는 불만을 그대로 가지고 있었기 때문이다.

"나라고 알겠느냐. 뭣 때문에 이런 인간을 여기까지 데리고 왔는지 말이야. 싸움을 시킬 것도 아니고……."

악위가 고개를 들었다. 그리고 인간의 다툼으로 몸살을 앓고 있는 형산을 바라보았다. 의문이 좀처럼 가시질 않았다.

산 중턱의 분지에 위치한 무림맹의 집결지에 모여 머리를 맞대고 있는 무림맹의 수뇌들.

심각한 분위기는 싸움이 벌어지기 전이나 지금이나 다름이 없지만 서전(緒戰)을 승리로 장식했기 때문인지 조금은 들뜬 모습이었다. 몇몇 사람을 제외하곤.

그중 한 명인 고역사가 입을 열었다.

"협맹의 움직임이 일제히 멈췄다고 합니다."

더 이상 적의 움직임이 없다는 보고를 접하면서도 고역사는 살짝 한숨을 내쉬었다.

"우선 급한 불은 끈 것 같습니다."

"급한 불을 끄다니요? 이건 대승입니다, 대승!!"

무슨 소리를 하느냐는 듯 위호가 상기된 얼굴로 소리쳤다.

"놈들의 주검이 온 산을 뒤덮고 있습니다. 반면에 우리가 입은 피해는 얼마입니까? 고작 백오십 정도의 인원이 희생되었을 뿐입니다."

"아미타불! 백오십이라는 숫자는 결코 적은 것이 아닙니다."

마치 숫자 놀이를 하듯 따지는 위호의 말에 반박을 하는 광료 대사의 음성엔 약간의 노기가 담겨 있었다. 기세 좋게 말을 하던 위호의 몸이 움찔했다.

"험험, 저는 결코 그들의 목숨을 가벼이 여긴 것은 아닙니다. 그저 적의 피해가 그만큼 크다는 것을 말하고자 함입니다. 고 장문인의 말씀처럼 단순히 불은 끈 것이 아니라 큰 승리를 했다는 것을 강조하기 위해서……."

"아미타불!"

"허허, 광료 대사께서 그것을 왜 모르시겠습니까? 그저 귀한 목숨이 너무 많이 희생되기에 안타까워 그리 말씀하시는 게지요. 아니 그렇습니까?"

"아미타불!"

조공루의 말에 광료 대사는 두 눈을 감고 불호를 외웠다. 재빨리 끼어들어 어색한 분위기를 일신한 조공루가 말을 이었다.

"위 장문께서 말씀하신 대로 승리를 거뒀다면 큰 승리를 거뒀습니다. 그 많은 적을 맞아 세 배도 넘는 전과를 올렸으니까 말입니다. 하지만 싸움은 아직 끝난 것이 아닙니다. 또한 아이에겐 큰 상처가 어른에겐 생채기 정도밖에 안 되는 경우가 있습니다."

"그건 또 무슨 말씀이십니까?"

위호가 고개를 갸웃거리며 물었다.

"많은 피해를 보았겠지만 그 정도의 피해는 협맹에겐 단순한 생채기 정도밖에 되지 않을지도 모른다는 말입니다. 그만큼 저들의 전력은 막강하지요. 우리가 그만한 피해를 입었다면 다시는 회생하지 못하겠지만 말입니다."

"그것뿐만이 아닙니다."

고역사가 거들고 나섰다.

좌중의 시선이 고역사에게 쏠렸다. 천천히 입을 여는 고역사의 얼굴은 가히 좋지 않았다.

"저들이 입은 인명 피해는 물경 육백이 넘는 것으로 추산됩니다. 하지만 그 정도의 피해를 입히기 위해 심혈을 기울여 만든 함정과 매복들이 모두 사용되었습니다. 간신히 구한 진천뢰 역시 모두 소모되었습니다. 물론 몇 개의 함정들이 더 준비되어 있다지만 사실상 그것으로 싸움의 향방을 결정하지는 못합니다. 무엇보다 저는 그 육백이라는 숫자에 만족을 느끼지 못합니다."

"하지만 그 정도로도 대단하다고 생각하오만."

모용현이 나직이 말했다. 하나 고역사는 힘없이 고개를 저었다.

"물론 육백 명이면 협맹이 이번 싸움에 동원된 인원의 약 삼 분지 일에 해당하는 엄청난 숫자입니다. 그러나 그 인원이 협맹의 전력에서 차지하는 비중은 고작 오 분지 일도 되지 않습니다."

"그건 또 무슨 소립니까?"

모용현의 곁을 지키고 있던 모용황(慕容皇)이 물었다.

모용현의 이자(二子)이자 대파산에서 목숨을 잃은 모용강의 동생인 모용황은 모용세가의 신임 가주 자격으로 회의에 참석하고 있었다. 세가 내에서 모용강만큼의 인망은 얻지 못했지만 무공 하나만은 모용현에 필적하는 것으로 알려진 대단한 고수였다.

"간단하네. 우리가 모든 힘을 이곳에 모으고 있는 것과 마찬가지로 놈들 또한 실질적인 힘은 고스란히 보존하고 있다는 것이지. 목숨을 잃은 자들 대부분이 최근에 협맹에 굴복한 문파의 무인들이거나 동조하는 무인들이네. 사실상 협맹의 주축이라 할 수 있는 영호세가나 은성장, 웅비보의 무인들은 그 모습조차 보이지 않았어."

고역사를 대신해 설명을 한 두심언은 잠시 말을 끊고 한 모금의 술을 마셨다. 그리곤 때로 얼룩진 소매를 들어 슥슥 입을 문지르고 말을 이었다.

"한마디로 놈들은 그저 우리의 전력을 조금이나마 약하게 하려는 미끼, 좋게 말해서 희생양이지. 그만한 승리를 거두고도 그저 급한 불을 껐다고 말하는 이유가 바로 여기에 있네. 더욱 거대한 불길이 치솟을 것을 알기에. 내 말이 틀리는가?"

"정확한 지적이십니다."

고역사가 고개를 끄덕였다.

"최소한 놈들의 주력을 이끌어냈어야 했는데 아쉽기 그지없습니다."

침울하게 한숨을 내쉬는 고역사의 말에 좌중의 분위기가 무겁게 가라앉았다. 대승을 거뒀다며 큰소리치던 위호마저 슬그머니 꼬리를 내리고 침묵을 지켰다.

"자자, 너무 그렇게 비관하지 마십시오. 아무리 그래도 큰 승리를 거둔 것 또한 사실입니다. 고 장문인 말씀대로 되었다면 더 바랄 게 없겠지만 최선의 결과였습니다. 그나마도 많은 제자들이 몸을 돌보지 않고 필사적으로 싸웠기에 얻을 수 있었던 승리였습니다. 제자들을 격려하고 독려하지 못할망정 이렇게 풀이 죽어서야 되겠습니까? 가장 중요한 싸움이 남았습니다. 넓은 곳에서의 싸움을 피하기 위해 그토록 매복과 기습에 신경을 쓴 것이지만 이제 어쩔 수 없습니다. 이곳이 뚫리면 곧바로 형산파입니다. 갈래 길이 모이는 이곳 분지만큼은 반드시 지켜야 합니다. 적의 수는 이제 두 배 남짓입니다. 충분히 해볼 만하다고 봅니다."

"물론입니다. 비록 숫자는 열세일지 모르나 전체적인 사기나 전력은 우리들이 놈들보다 한 수 위입니다. 몸이 가루가 되는 한이 있더라도 지켜낼 것입니다."

풀이 죽었던 위호가 가슴을 펴며 소리쳤다.

"허허, 위 장문인의 말을 들으니 한결 기운이 나는구려. 늙은 몸이지만 나 또한 목숨을 돌보지 않을 각오가 되어 있소. 물론 모두들 이 늙은이와 같은 생각이겠지만 말이오."

모용현이 좌중을 둘러보며 말했다. 모용현과 눈을 마주치는 사람들 모두 고개를 끄덕였다. 침울했던 분위기는 어느샌가 사라지고 없었다. 대신 그들 마음속엔 이번 싸움을 꼭 승리로 이끌겠다는 강한 의지가 자리 잡고 있었다.

무림맹 수뇌들의 회의는 끊이지 않고 계속되었다. 그들은 전투에서 일어날 모든 변수들에 대한 세부적인 대처 방안을 세우며 토론을 거듭했다.

시간은 순식간에 흘러갔다. 이미 사위엔 어둠이 깔려 여기저기에서 횃불을 밝히고 있었다.

"와아!!"

산 아래에서 거대한 함성이 울려 퍼졌다.

싸움이 다시 시작됨을 알리는 신호였다.

무림맹의 수뇌들은 벌써 자리를 박차고 있었다. 그리고 누군가의 입에서 흘러나온 단호한 음성.

"또다시 시작되었군."

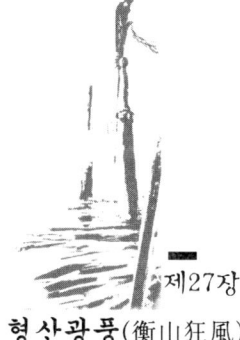

제27장
형산광풍(衡山狂風)

형산광풍

"가라! 놈들에게 천룡문의 힘을 보여줘라!"

나관목이 소리치자 추소림을 비롯한 천룡문의 제자들과 그들과 지금껏 행동을 함께한 무인들이 저마다 함성을 지르며 무림맹을 향해 달려들었다.

"삼문방의 문도들은 나를 따르라!!"

한위 역시 지지 않겠다는 듯 소리쳤다. 한위를 따르는 무인들의 수는 온갖 매복을 뚫으며 이곳까지 도착한 천룡문에 비할 바가 아니었다. 또한 그만큼 편하게 도착했기에 힘이 넘쳤다.

"죽여랏!"

"와아!"

그들을 맞은 것은 형산파의 무인들이었다.

"참아라. 놈들이 무식하게 덤빈다고 그에 휩쓸리지 마라. 대열을 갖추어라. 그리고 놈들이 가까이 오도록 유인하라."

형산파의 장로인 항조(項曳)가 검을 휘두르며 명을 내렸다.

한데 뭉쳐 있던 형산파의 제자들이 순식간에 흩어지더니 좌우로 넓게 포진했다. 그리고 앞에 선 그들 뒤로 모습을 감춘 채 십여 명의 제자들이 활에 화살을 재고 있었다.

협맹의 무인들이 순식간에 거리를 좁혀 달려들었다. 십여 장에 이르던 거리가 칠 장이 되고 오 장이 되는 순간, 항조의 명이 떨어졌다.

"가라! 가서 놈들에게 형산파의 힘을 마음껏 보여줘라!!"

"와아!!"

"공격!"

만반의 준비를 하고 있던 형산파의 제자들이 몸을 날리고 그에 발맞추어 모습을 드러낸 궁수들이 일제히 화살을 날려댔다.

슈슈슉!

피융!

화살은 협맹의 무인들에게 달려가는 형산파의 제자들 사이를 교묘하게 지나쳐 무방비로 노출된 협맹의 무인들을 하나둘 쓰러뜨렸다.

"크악!"

"컥!"

예기치 못한 화살의 공격에 정면에서 달려들던 몇몇이 힘도 써보지 못하고 목숨을 잃고 말았다.

"조심해라! 화살이다!!"

추소림이 무수히 날아오는 화살을 쳐내며 소리쳤다. 하지만 공격은 화살만이 아니었다. 그들이 달려오는 속도보다 더욱 빠르게 다가온 형산파의 제자들의 공격은 화살보다 더욱 강력하고 위험했다.

"아아악!"

"으악!!"

힘을 비축했던 형산파 제자들의 무위는 실로 무시무시했다. 또한 검에는 조금의 인정도 없었다.

"제대로 보여주거라. 칠파일방이 어째서 칠파일방이라 불리는지 말이다!!"

형산파 제자들을 이끌고 있는 항조가 닥치는 대로 검을 휘두르며 소리쳤다.

"앞으로!"

난마(亂麻)처럼 얽힌 상황에서 더 이상 협맹의 무인들만 가려서 공격할 수 없었던 궁수들도 활을 버리고 대신 검을 잡았다.

검과 검, 도와 도, 그리고 각종 무기들이 충돌하며 일으키는 소리와 살의에 찬 함성이 순식간에 분지를 뒤덮어 버렸다.

"크아악!"

이곳저곳에서 비명이 들리고 상대의 공격을 막지 못한 이들이 피를 뿌리며 쓰러졌다.

형산파의 제자들은 그들보다 배는 더 됨 직한 협맹의 무인들을 맞아 압도적인 힘을 보여주고 있었다. 하나 그것은 그리 오래가지 못했다.

무림맹이 진을 치고 있는 분지는 세 갈래의 길이 만나는 곳이었다. 가장 우측을 공략한 천룡문과 삼문방이 다소 일찍 모습을 드러냈지만 곧 이어 중앙에서, 그리고 좌측의 길을 따라 엄청난 수의 무인들이 속속 모습을 드러냈다. 협맹에선 분지로 통하지 않는 한쪽 길은 아예 포기하고 모든 병력을 분지에 집중시키고 있었다.

형산파의 제자들이 순식간에 좌우에서 밀려오는 적을 맞아 압살당할 위기에 처했다. 그 순간 분지에 울려 퍼지는 일성.

"화산파의 제자들은 나를 따르라!"

긴장된 표정으로 싸움을 지켜보던 왕지환이 검을 곧추세웠다. 그의 뒤에 도열했던 화산파 제자들의 입에서 결의를 다지는 함성이 터져 나왔다.

삽시간에 몰려든 협맹의 무인들, 그리고 그에 맞서 검을 빼 든 화산파의 제자들로 인해 전장은 아수라장으로 변해 버렸다. 피아의 구별도 제대로 하지 못하며 서로를 죽이고 죽였다.

"아악!"

"죽여랏!"

서로를 죽이기 위해 외치는 함성이 끊임없이 울려 퍼지고 처절한 비명성이 밤하늘을 갈랐다.

"오행검진을 구축하라!"

누군가의 입에서 명령이 흘러나왔다. 검진을 익힌 화산파의 제자들은 각각 다섯 명씩 짝을 지어 검진을 만들었다. 순식간에 대여섯 개의 검진이 만들어졌다.

"흥, 사상검진(四象劍陣)을 펼쳐라!"

검진은 검진으로 상대한다던가. 화산파에서 오행검진을 펼치자 협맹의 무인들도 사상검진으로 맞서왔다.

검진에서의 주체는 내가 아니라 우리다.

자신이 아무리 뛰어난 실력을 가지고 있다 해도 함께하는 동료를 믿지 못하고 위하지 못하면 절대로 검진이 지닌 본연의 위력을 발휘하지 못하는 법이었다. 설사 위험에 빠진다 하더라도 옆의 동료가 막아줄 것이라 믿고 과감히 공격을 하고 또 동료가 공격을 하면 그 빈자리를 자신이 채워야 한다.

한마디로 제대로 된 검진이란 검진 그 자체에 몸을 맡기고 동료들과 혼연일체(渾然一體)가 되어야 비로소 그 모습을 갖추는 것이었다.

화산파의 제자들은 입문을 하고 어느 정도 무공을 익히면 곧바로 검진에 대한 공부를 한다. 또한 사형제들 간에 오랜 시간 동안 손발을 맞춰왔다. 그러나 협맹의 사상검진은 이번 싸움을 위해 급조한 성격이 짙었다. 숙련도 면에서 많은 차이가 있을 수밖에 없었는데 그것은 단 한 번의 충돌로 극명하게 드러났다.

"크아악!"

"컥!"

물 흐르듯 자연스럽게 공수가 조율되는 오행검진에 비해 사상검진은 겉모습은 그럴듯해도 뭔가 아귀가 맞지 않았다. 정신없이 몰아치는 공격을 맞아 자신의 안위만을 챙기기에 급급한 협맹의 무인들은 처절한 비명과 함께 잔인하게 주살되었다.

서로 간에 절대로 양보할 수 없는 싸움이었다. 무수히 많은 인원이 피를 흘리며 쓰러지면 그만한 인원이 또 보충되었다.

하지만 점점 시간이 흐르면서 싸움의 양상은 확연하게 드러났다. 형산파와 화산파가 주축이 되어 나선 첫 번째 싸움은 치열하게 전개될 것이라는 예상을 깨고 무림맹이 거의 일방적인 우위를 보이며 진행되고 있었다.

*　　　　*　　　　*

"거의 끝나간다 합니다."

"……."

"단주님."

초정이 묵묵히 술병만을 기울이는 화악산을 불렀다. 화악산은 턱을 치켜드는 것으로 초정의 부름에 응했다.

"앞으로 반 시진 정도면 길이 뚫립니다. 어떤 명이라도 내리시는 것이……."

"명령? 필요없다. 이미 다들 알고 있지 않느냐. 길이 확보되면 움직인다. 그리고 그동안 쌓인 분노를 푼다. 그뿐이야."

화악산의 대답은 묻는 초정이 무안해 얼굴을 붉힐 정도로 심드렁하면서도 간단 명료했다.

"아, 알겠습니다."

"아, 미리 말해 둘 것이 있는데 선봉은 절대로 우리 주작대가 맡는다. 이제 와 엉뚱한 놈들에게 선봉을 맡길 수야 없지."

"이미 그렇게 준비하고 있습니다. 제가 앞장설 것입니다. 보충된 병력은 그저 뒤만 따라오라고 일러두었습니다."

초정이 희미하게 웃으며 대꾸했다.

"그럴 줄 알았다. 그래, 네놈이 선봉을 서지 않으면 누가 서겠느냐. 마음껏 날뛰어보거라. 참, 도착한 인원이 몇이나 된다고?"

"한 삼십 명쯤 되는 것 같습니다만……."

"발목이나 잡는 그런 놈들은 아니겠지?"

"그런 것 같지는 않습니다. 은성장의 무인들이라 하는데 모두들 한 가락씩은 하는 듯합니다."

만사가 귀찮다는 듯 술만 들이키는 화악산을 대신해 그들과 간단한 인사를 나눈 초정이 기억을 되살리며 말했다.

사실 한가락 하는 정도가 아니었다. 절도가 배어 있는 몸, 형형한 안광에서 흘러나오는 예기들이 분명 보통은 아니었다. 하나 초정은 구태여 그런 말까지 해서 상대를 높여줄 필요성은 느끼지 못했다.

"그나마 다행이군. 그나저나 반 시진이라면 나도 준비를 해야겠어. 그동안 몸을 너무 놀렸더니만… 초정."

"옛!"

"정확히 한 시진 후에 움직이겠다. 모든 준비를 끝내고 기다려라."

"존명!"

화악산이 눈을 감았다. 더 이상 대화가 힘들다는 것을 느낀 초정이 몸을 돌렸다.

*   *   *

"호오~ 역시 대단하군. 차이가 나도 너무 나."

거의 일방적으로 도살을 당하는 무인들이 바로 협맹의 소속이라는 것을 알면서도 협맹의 맹주로서 영호용이 내뱉는 말은 너무나 한가로운 것이었다.

"그러게 말입니다. 역시 명불허전(名不虛傳)! 대단합니다."

"저들이 어째서 지금껏 백도를 대표했는지 여실히 느껴집니다. 저렇듯 나이 어린 제자들까지 일당백의 기도를 보여주는 문파가 과연 몇이나 있겠습니까?"

맞장구치는 염파와 전사림 역시 무림맹, 특히 선봉에서 싸우고 있는 형산파와 화산파 제자들의 놀라운 투지에 감탄을 거듭하고 있었다.

"하지만 우리 쪽 무인들이 너무 약하기에 상대적으로 강해 보이는 것입니다.”

영호무현이 다소 불만 섞인 음성으로 말했다.

“음, 그도 그렇지만 인정할 것은 인정해야 한다. 저들은 틀림없이 강하다. 하나 더 이상 밀려선 곤란하겠지. 무현아.”

“예.”

“본 가의 제자들을 투입시켜라.”

“알겠습니다.”

영호무현이 힘찬 대답과 함께 뒤로 물러났다.

“웅비보와 은성장의 정예들도 나서야겠습니다.”

“물론이지요. 이미 모든 준비를 끝냈습니다.”

“기다리다 지칠 정도입니다.”

둥둥둥!!

요란한 북소리가 분지에 울려 퍼졌다. 갑자기 들려오는 북소리에 무림맹의 본진이 눈에 띄게 부산해졌다.

“와아!!”

영호무현의 명에 따라 분지에 가장 먼저 모습을 드러낸 이들은 바로 영호세가의 무인들이었다. 하나같이 황색 무복을 입고 머리에 협(俠)이라는 글이 새겨진 띠를 두르고 있었는데 그 수가 물경 백을 헤아렸다.

“영호세가다!!”

형편없이 무너지던 협맹의 무인들이 우렁찬 함성과 함께 나타난 영호세가의 무인들을 보며 환호성을 질렀다.

주작대가 빠진 지금 영호세가의 주력은 백호대였다.

백호대의 대주 조건승이 검을 치켜 올렸다.

"오랫동안 참았다! 마음껏 놀아보도록!"

기세부터가 달랐다.

조건승의 명을 받자마자 전장에 뛰어든 백호대의 대원들은 조금 전 일패도지한 협맹의 무인들과는 차원이 달랐다. 가슴 어귀에 포효하는 백호의 얼굴을 수놓고 일사불란하게 움직이는 그들의 얼굴엔 추호의 동요도, 긴장감도 찾아볼 수 없었다. 오히려 지금껏 참고 또 참으며 억눌렀던 욕구를 단숨에 폭발시키려는 듯 힘이 넘쳤다.

"막아랏! 물러서지 마라!"

백호대의 기세가 심상치 않다고 판단한 왕지환이 제자들을 독려하며 앞장서 달려갔다.

"크아악!"

왕지환의 검에 기세 좋게 달려들던 두 명의 백호대 대원들이 목숨을 잃었다.

"어차피 같은 놈들이다! 단 한 놈도 살려 보내지 마라!"

왕지환은 쓰러지는 적의 몸을 걷어차 날려 보내며 소리쳤다. 왕지환에게 가격당한 사내의 몸은 허공으로 붕 떠올라 무려 칠 장 가까이 비행을 했다.

털썩.

사내의 주검이 떨어진 곳은 바로 조건승의 발 밑이었다.

"음."

조건승이 자신의 발 아래에 처박힌 수하의 주검을 보며 이마를 찌푸렸다. 이것이 자신에 대한 모욕이라 느낀 조건승이 왕지환을 노려보며 걸어왔다. 그를 호위하기 위해 네 명의 대원들이 따라붙었다.

"장로님을 보호해라!"

하지장을 비롯한 몇몇 제자들이 왕지환의 곁으로 달려왔다.

이미 죽은 자의 몸을 함부로 다루었다는 것에 조금 가책을 느꼈지만 왕지환은 그 한 번의 행동으로 얻고자 한 모든 것을 얻었다. 왕지환의 활약에 의해 잠시 움츠렸던 화산파의 제자들이 단숨에 사기를 회복한 것이다.

"나는 영호세가 백호대의 대주 조건승이오."

"왕지환이다."

간단히 자신들을 소개한 조건승과 왕지환이 무표정하게 서로의 얼굴을 응시했다. 무림맹의 무인들과 백호대의 대원들이 한데 뒤엉켜 치열한 접전을 벌이고 있었지만 이들 주변으로 다가오는 사람은 아무도 없었다.

다만 조건승을 따라온 네 명의 대원들과 왕지환을 따라온 화산파의 제자 몇몇이 잡아먹을 듯이 서로를 노려보며 대기하고 있었다. 아마도 조건승과 왕지환의 싸움이 시작되면 이들의 대치 상황도 끝날 것이었다.

"제법 그럴듯한 짓을 하셨구려."

"……."

"수하들이 입은 은혜를 갚아야겠소."

"할 수 있다면야."

"확인해 보겠소?"

"아니, 그냥 그대의 목을 취하겠다."

순간 왕지환의 검이 허공을 갈랐다.

어찌 보면 대화 중 갑자기 공격하는 왕지환의 모습은 비겁한 행동으로 매도될 수 있었다. 하나 정작 상대인 조건승은 감탄사를 터뜨리며 몸을 피했다.

"대단하오!"

이미 싸움은 시작된 상황이었다. 언제 어디서 무슨 공격을 당할지 몰랐다. 당하고 나서 비겁함을 따지는 것처럼 어리석은 짓은 없었다. 왕지환이 공격을 하지 않았다면 되려 조건승이 기습했을 것이다.

사실 조건승이 감탄사를 터뜨린 것은 기습을 하려는 자신의 의도를 미리 감지하고 선수를 친 왕지환의 재빠름에 대한 탄성이었다.

"이번엔 내 차례요."

이번엔 조건승의 검이 왕지환의 목을 노리며 날아들었다. 왕지환은 커다란 덩치에 어울리지 않게 빠른 검을 구사하는 조건승의 능력에 놀람을 표시하며 재빨리 검을 치켜들었다.

채쟁!

검과 검이 부딪치고 부딪쳤다고 생각하는 순간에 떨어졌다.

조건승이 왕지환의 좌측으로 회전을 했다. 왕지환 역시 슬쩍 발을 바꾸며 조건승의 움직임을 놓치지 않았다. 갑자기 몸을 돌려 역으로 방향을 튼 조건승이 검을 찔렀다.

"타핫!"

쉬이익.

공기를 가르는 예리한 소리를 내며 조건승의 검이 왕지환을 향해 쇄도했다. 단 한 번의 공격으로 모든 것을 끝내려는 듯 평범하게 보이는 검에는 전력을 다한 조건승의 강맹한 힘이 실려 있었다. 하지만 다급한 음성을 삼키며 뒤로 물러나는 사람은 왕지환이 아니라 오히려 공격을 했던 조건승이었다.

"크윽!"

재빨리 뒤로 물러난 조건승은 뼛속까지 울리는 고통을 참으며 이를 악물었다. 이미 한 손은 왼쪽 목 언저리를 부여잡고 있었다. 혈도를 점하고 지혈을 시키고자 하였으나 피는 좀처럼 멈추지 않았다. 왕지환의 검이 목에 있는 대동맥(大動脈)을 잘라 버렸기 때문이다.

"아깝군."

왕지환이 상처를 누르고 치솟는 피를 간신히 제어하고 있는 조건승을 스산한 표정으로 바라보았다. 그 역시 좋은 상황은 아니었다. 조건승이 목에 부상을 당했다면 그는 옆구리에 심각한 부상을 당한 상태였다.

'음, 좋지 않아.'

왕지환의 얼굴에 살짝 그늘이 졌다.

낙영검법의 절초 극구광음.

극한의 빠름을 자랑하는 초식으로 왕지환이 최대한 빠른 시간에 승부를 보기 위해 일부러 약점을 노출하고 조건승을 유인하여 펼친 공격이었다.

그러나 왕지환이 생각한 것보다 조건승의 반응은 무척이나 기민한 것이었다. 이미 피하기가 늦었다고 생각한 조건승은 그가 할 수 있는 최대한의 범위에서 몸을 틀고 목을 돌렸다. 하지만 왕지환의 검은 조금의 어긋남도 없이 그의 목줄기로 파고들었고 조건승은 당장 숨이 끊어져도 이상하지 않을 정도의 부상을 당했다. 하나 정신을 아득하게 만들 정도로 끔찍한 고통 속에서도 조건승은 왕지환에게 향하는 공격을 끝까지 멈추지 않았다. 그리고 뒤로 물러날 때엔 왕지환의 옆구리에 큼지막한 상처를 만들어낼 수 있었다.

"사숙!"

자신에게 달려드는 백호대의 대원을 간단히 제압한 하지장이 비틀거리는 왕지환의 곁으로 달려오며 그의 몸을 부축했다.

"괜찮다. 어서 저자를."

왕지환이 애써 하지장을 물리치며 간신히 걸음을 옮기며 도주하는 조건승을 가리켰다. 하나 하지장은 조건승을 쫓지 않았다. 아니, 쫓을 수가 없었다. 영호세가의 뒤에서 물밀듯이 밀려오는 일단의 무인들을 보았기 때문이다.

"웅비보의 웅혼대입니다. 우선 피하는 것이 좋겠습니다."

하지장은 왕지환의 동의도 구하지 않고 왕지환을 들쳐 업었다. 그리고 신속하게 전장을 이탈했다.

영호세가의 무인들이 태풍처럼 몰려왔다면 웅비보의 웅혼대와 은성장의 무인들은 해일처럼 들이닥쳤다. 싸움이 시작된 이래 처음으로 협맹의 주력이 모두 등장한 것이다. 선봉에 나섰던 화산파나 형산파의 제자들이 아무리 일당백의 고수들이라 해도 도저히 감당할 만한 전력이 아니었다.

그들의 등장으로 싸움은 순식간에 종결될 듯싶었다. 그리고 형산파와 화산파의 제자들이 제대로 대항도 하지 못하고 뒤로 물러나면서 그것은 기정사실화되는 듯했다.

하지만 무림맹은 결코 호락호락하게 당하지 않았다. 전력에선 분명 열세였다. 그러나 그들은 이번 싸움에 칠파일방의 명운이 걸려 있다는 것을 너무나 잘 알고 있었다. 처음부터 이곳에서 뼈를 묻을 각오로 싸움에 임하고 있었다. 그들의 이러한 정신력은 단연 협맹을 앞질렀다.

둥둥둥둥.

무림맹에서도 요란한 북소리가 울려 퍼졌다. 북소리에 맞춰 지칠 대로 지친 형산파와 화산파의 제자가 잠시 뒤로 물러났다. 대신 패도적인 기운을 풀풀 풍기며 모습을 드러낸 모용황과 그를 따르는 모용세가, 그동안 복수의 칼을 갈았던 위호와 청성파, 그리고 점창파의 무인들이 쏟아져 나왔다.

순식간에 좁은 분지 안에 수백 명이 넘는 인원이 서로 뒤엉켰다.

"크아악!"

"죽여라!"

비명과 기합성이 난무하고 병장기 부딪치는 소리가 천지를 진동시켰다. 고수들은 저마다의 상대를 찾아 손속을 나누었고 밑의 수하들은 또 그들 나름대로 피 튀는 혈전을 벌였다.

충혈된 눈으로 상대를 노려보고 또 공격하는 이들에게선 더 이상 인간의 모습을 발견할 수 없었다. 상대를 죽이지 못하면 내가 죽는 그런 아비규환 속에서 서로에게 예의를 갖추는 무인들의 멋과 낭만은 찾아볼 수가 없었다. 그저 생존을 위해 꿈틀거리는 본능만이 남아 있을 뿐이었다.

순식간에 수십 명의 목숨이 스러졌다. 하지만 그 누구도 그들에게 관심을 주지 않았다. 싸움을 하는 사람들은 물론이고 초조하게 전황을 살피는 이들 모두 싸움의 성패(成敗)에만 신경을 쓸 뿐이지 그 안에 얼마나 많은 목숨이 헛되이 쓰러지는지는 관심 밖의 일이었다.

그렇게 반 시진이 흘렀다.

서로 간의 주력이 맞붙은 싸움은 좀처럼 그 승패를 가리기 힘들었다. 하지만 시간이 지날수록 미세하나마 싸움의 주도권이 협맹으로 흘러가고 있었다. 뒤로 물러났던 화산파와 형산파는 물론이고 개방의 고수들까지 모조리 동원되었지만 협맹의 기세를 꺾을 수는 없었다. 어느 정도 예상은 했지만 협맹의 전력은 막강 그 자체였다. 끊임없이 충원되는 무인들하며 그 속에 섞여 있는 고수들의 수 또한 무림맹 못지않았다.

하지만 무림맹을 진정 당황하게 한 것은 따로 있었다.

협맹의 무인들이 자신들이 어떤 무공을 사용하는지 너무나 잘 알고 있는 것이 아닌가!

어차피 수백 년간 백도무림의 정신적 지주 역할을 했던 칠파일방의 무공은 세간에 잘 알려진 상태였다. 하지만 그저 겉모습을 알고 있는 것과 무공의 장단점을 속속들이 파악하고 있다는 것이 지닌 의미는 하늘과 땅 차이였다. 어떤 공격을 하더라도 상대는 그에 맞는 대비책을 찾을 수 있었고, 나아가 파해하고 역습을 가할 수 있었다. 아니, 단지 동작만으로도 모든 행동을 예측할 수 있었다.

처음 협맹의 무인들이 자신들의 무공을 안다는 것에 대해 무림맹의 무인들은 당혹감을 감추지 못했다. 하지만 그것도 잠시, 무림맹의 무인들은 적절한 임기응변과 상대가 예상하지 못하게 역으로 의표를 찌르며 공격했다. 덕분에 안심하고 방심하던 협맹의 무인들도 제법 많은 피해를 봤다.

그러나 거기까지였다. 그런 임기응변은 힘이 남아돌고 체력적으로 완전했을 때나 가능한 것이었다. 또한 변칙(變則)은 정석(定石)을 이길 수 없는 법이었다. 시간이 흐르고 조금씩 피로가 찾아오면서 점점 손발은 늦어졌다. 그리고 그들의 공격은 철저하게 읽히기 시작했다. 피해는 기하급수적으로 늘어만 갔다.

"아미타불! 어찌 이런 일이!"

눈앞에 벌어진 상황을 도저히 이해하지 못하겠다는 듯 광료 대사는 고개를 흔들며 연신 불호를 되뇌었다.

"죽일 놈들! 관정일 것입니다. 관정을 통해서 우리의 무공을 알아냈음이 틀림없습니다!"

고역사가 이를 갈며 소리쳤다. 조공루가 무겁게 고개를 끄덕였다.

"아마도 그런 것 같습니다. 비록 웅혼대나 은성장의 무인들이 뛰어난 실력을 지녔다고는 하나 영호세가의 무인들에 비해 전체적으로 조금은 손색이 있습니다. 그럼에도 저리 고전한다는 것, 수적으로도 압도당하는 것도 아니면서 저렇다는 것은 역시 무공을 노출당한 것이 크게 작용한 것 같습니다.

"왜 아니겠습니까? 막말로 상대방이 내가 어떤 무공을 쓰고 있는지 훤히 꿰뚫고 있는데 무슨 수로 상대하겠습니까? 이만큼 버텨준 것만으로도 기적입니다. 내 이놈들을!"

당장에라도 뛰쳐나갈 것 같은 몸짓을 하며 검을 치켜든 고역사를 말린 조공루가 광료 대사를 불렀다.

"대사님."

"말씀하십시오."

조공루가 어째서 자신을 불렀는지 짐작하고 있다는 듯 대답하는 광료 대사의 얼굴엔 그늘이 졌다.

"이대로는 힘듭니다. 아무래도 소림의 힘이 필요할 것 같습니다."

"아미타불! 이미 각오하고 있던 일입니다. 때가 되었다면 나서야겠지요."

"부탁드리겠습니다."

"아미타불!"

공손히 허리를 숙이며 부탁하는 조공루를 향해 광료 대사는 합장으로 응대를 했다. 그리고 천천히 몸을 돌렸다.

중앙에서 격전을 펼치던 무림맹의 무인들은 협맹의 위세를 감당하지 못하고 점점 한쪽으로 밀리고 있었다. 기세를 올리는 협맹의 무인들은 단숨에 승부를 보려는 듯 더욱더 세차게 몰아붙였다.

바로 그때 절체절명의 위기에 빠진 무림맹의 무인들에게 구원의 빛과도 같은 함성이 들려왔다.

"아미타불!!"

피와 살육으로 얼룩진 분지에 장엄한 불호성이 들리며 모습을 드러내는 승인들, 마침내 소림의 무승들이 싸움에 참여한 것이었다.

"오오!"

"드디어 소림이!"

온 산을 울리는 불호 소리와 함께 등장한 무승들을 보며 힘겹게 싸움을 하던 무림맹의 무인들이 함성을 지르며 기세를 올렸다.

"나한진을 펼쳐라."

중후한 광료 대사의 음성이 들리며 무승들이 신속히 움직였다. 그리고 저마다 짝을 이뤄 하나의 원을 만들었다.

"나한진이로구나!"

무승들의 행동이 무엇을 의미하는지 알고 있는 자들의 입에서 절로 탄성이 터져 나왔다.

열여덟 명이 한 조가 되어 만드는 십팔나한진, 그리고 여섯 개의 십팔나한진이 모여 또 하나의 거대한 나한진을 만드니 불패의 신화를 간직하고 있는 백팔나한진(百八羅漢陣)의 현신이었다.

"아미타불! 저들에게 소림의 힘을 보여주어라."

광료 대사의 음성에 맞춰 무승들의 손에 들린 계도(戒刀)가 춤을 추기 시작했다. 평소 사용하던 봉을 버리고 계도를 든 무승들의 전신에선 불자들에게선 찾아볼 수 없는 살기가 피어올랐다. 하지만 그 살기마저 잠재울 서기 또한 나타나고 있었다.

"쳐라!"

나한진의 위세에 굴복하는 것이 싫었는지 협맹의 진영에서 명령이 떨어지고 웅혼대의 대원들이 나한진을 향해 달려들었다. 하지만 열여덟 명이 한 조가 되어 이루는 십팔나한진, 그리고 그것이 모여 이루어진 백팔나한진의 진세가 발동하자 그 속으로 뛰어들었던 웅혼대의 대원들은 아무것도 할 수가 없었다.

동에 번쩍 서에 번쩍 하는 무승들의 모습만을 뒤쫓다 제대로 된 공격은 해보지도 못하고 갑자기 날아온 계도에 몸이 잘리고 팔다리가 잘리며 허망하게 쓰러졌다.

종(縱)으로, 그리고 횡(橫)으로 움직이면서도 거대한 틀을 계속해서 유지하는 나한진은 마치 천지를 삼켜 버리는 태풍과도 같은 힘으로 협맹의 무인들을 쓸어갔다.

"아아악!"

"피해랏!"

거칠 것이 없었다.

광료 대사를 비롯한 장로들로 이루어진 십팔나한진을 중심으로 저마다 비슷한 연배의 무승들끼리 모여 혼연일체가 된 십팔나한진, 나아가 전 분지를 휩쓸며 움직이는 백팔나한진의 위력 앞에 협맹의 무인들은 대응할 방법을 찾지 못했다. 거기에 소림사의 등장으로 위기를 벗어난 무림맹의 무인들이 기세를 올리며 달려들자 전세는 순식간에 역전이 되고 말았다.

"물러서지 마라! 겁 먹을 필요는 없다!"

전장에 나서고 있는 영호무현이 수하들을 독려하며 소리쳤다. 그리고 지친 영호세가, 웅비보, 은성장의 무인들을 잠시 뒤로 물리고 그동안 휴식을 취하고 있던 나머지 병력들을 모조리 싸움에 투입시켰다. 그 병력이 무려 육백에 육박했다. 하지만 백팔나한진을 중심으로 이미 승기를 잡고 사기가 오를 대로 오른 무림맹의 힘은 그들을 압도하고도 남음이 있었다. 시간이 지날수록 협맹의 피해는 기하급수적으로 커지고 늘어났다.

"흠, 역시 소림이군. 대단해."

무거운 표정으로 전황을 살피던 영호용이 탄성을 터뜨렸다.

"이대로는 안 되겠습니다. 대책을 세워야 하지 않겠습니까?"

염파가 걱정스런 표정으로 물었다.

"물론입니다. 이렇게 물러날 수야 없지요. 산응(山鷹)!"

"예."

영호용의 부름에 와룡대의 대주 산응이 모습을 드러냈다.

"준비는 되었느냐?"

"만반의 준비를 끝마쳤습니다."

"좋아. 투입해라."

"존명."

명령을 받은 산응이 나타날 때처럼 은밀히 사라졌다.

*   *   *

"ㅇㅇㅇ."

관정은 혼자 겨울이라도 맞은 듯 온몸을 덜덜 떨고 있었다. 붉게 충혈된 두 눈, 입에선 고통의 신음성이 터져 나오고 꽉 쥔 두 주먹에선 손톱이 살을 파고들었는지 핏물이 배어 나왔다.

"참아도 소용없어. 극락초에 한번 중독되면 제아무리 강한 의지를 지닌 자라도 참을 수 없다. 금단 현상(禁斷現象)이라는 것은 생각보다 끔찍한 것이거든."

마치 그 고통을 경험해 보기라도 했다는 듯 싱글거리며 내뱉는 악위의 표정엔 괜한 고생을 자초하는 관정에 대한 조롱이 담겨 있었다.

"그만 고집 피우는 것이 어떠냐? 손만 뻗으면 그 고통을 면할 수 있다."

"으으으……."

관정은 악위의 말을 듣지 않으려는 듯 귀를 막고 머리를 무릎 속에 파묻었다. 하지만 들으려 하지 않으면 않을수록 악위의 음성은 너무나 또렷하게 뇌리에 각인되었다.

'아, 안 돼!'

관정의 입에서 핏물이 흘렀다. 자꾸만 약해지는 마음을 다잡기 위해 그가 혀를 깨물었기 때문이다.

관정은 필사적으로 싸우고 있었다.

그의 마음속에선 지금 악위의 요구, 협맹을 도와 싸움에 참여하라는 요구를 들어주고 극락초를 얻으려는 욕구와 더 이상 놈들에게 농락당해선 안 된다는 강한 의지, 극락초의 유혹을 뿌리쳐야 한다는 신념이 충돌하고 있었다. 하나 관정은 알고 있었다. 이런 싸움을 한 것도 벌써 수차례, 그리고 이긴 적은 단 한 번도 없다는 것을.

'미치겠네.'

관정은 관정 나름대로 치열한 싸움을 하고 있었지만 그것을 바라보는 악위의 심정 또한 편하지는 않았다. 관정을 싸움에 참여시키라는 명령을 받은 지가 벌써 한참 전, 하나 아무리 어르고 달래도 관정은 꼼짝도 하지 않았다. 협박도 해보고 회유도 해보았지만 관정은 아예 대꾸도 하지 않았다.

'네놈이 이래도 참는가 보자.'

더 이상 시간을 끌 수는 없다는 생각에 악위가 꺼내 든 것은 극락초를 정제해 가루로 만든 것이었다. 주변의 이목을 생각해 가능하면 사용하지 않으려고 했건만 그러자니 관정의 의지가 너무 강했다.

'옳거니!'

관정의 눈빛이 순식간에 흔들리는 것을 감지한 악위가 쾌재를 불렀다.

"으으으……."

악위가 꺼내 든 극락초 가루를 보지 않기 위해 고개를 돌렸지만 이미 때는 늦고 말았다. 참을 수 없는 욕구가 가슴 저편에서 치밀어 올랐다.

"크아아아!"

자신의 의지가 너무도 허망이 무너지는 것을 느끼며 관정이 괴성을 질렀다. 관정이 움직일 때마다 그를 구속하고 있는 쇠사슬이 요란한 소리를 내며 흔들렸다.

"어떠냐? 일이 끝난 다음 주려 했지만 원한다면 지금이라도 줄 수 있다. 아니면 이렇게 사라지겠지."

악위는 관정의 격한 반응에 회심의 미소를 지으며 극락초 가루를 땅에 조금씩 흘렸다.

"크아아!"

관정이 대답 대신 괴성을 지르며 팔을 휘둘렀다. 하지만 묶여 있는 몸으로 악위의 손에 들린 물건을 낚아챈다는 것은 불가능한 일이었다.

"내 요구를 들어주겠느냐?"

"주… 죽인다."

일그러진 표정으로 내뱉는 관정의 음성은 괴기함으로 가득 차 있었다. 일순 공포감이 밀려왔지만 어차피 물러설 곳이 없었던 악위 역시 지지 않고 대꾸했다.

"네놈 마음대로 해라. 하지만 그리되면 네놈이 간절히 원하는 것은 사라진다. 이렇게."

악위는 절반이 넘는 양의 극락초 가루를 단숨에 땅에 쏟고는 발로 비벼 버렸다.

"그, 그만. 그만 해라!"

관정은 결국 자신의 욕구를 이기지 못했다.

'됐다!'

안도의 한숨을 내쉰 악위가 극소량의 가루만을 남기고 나머지를 땅에 버렸다.

"머, 멈춰. 요구… 를 들어준… 다고 하지 않았느냐!"

"걱정하지 마라, 조금은 남아 있으니. 네놈의 말을 전적으로 믿을 수 없기 때문에 어쩔 수 없다. 하지만 이 정도의 양으로 우선 급한 욕구는 채울 수 있을 것이다. 물론 성에 차지는 않겠지만. 더 많은 양을 얻고 싶다면 네 힘을 보여라."

"좋… 다. 하지만 만약… 그… 것이 거짓이라면……."

"지금껏 어디서 얻었느냐? 걱정하지 마라. 내 목을 걸고 약속한다."

악위는 다소 시간이 지체되었지만 결국 명령을 이행했다는 안도감에 한숨을 내쉬었다. 그리곤 남겨둔 극락초 가루를 관정에게 건넸다.

"후~ 읍."

코로 극락초 가루를 흡입한 관정은 두 눈을 지그시 감고 몸을 떨었다. 창백했던 안색에 순식간에 핏기가 돌았다.

"풀어."

잠깐의 시간이 지나고 눈을 뜬 관정이 무심한 어조로 말했다. 조금 전과 같이 말을 더듬지도 않았고 손도 떨지 않았다. 하지만 모든 욕구가 해소되진 않았는지 그의 눈은 여전히 욕망으로 번들거리고 있었다.

"크악!"

악위가 얼굴을 감싸면서 주저앉았다. 손발이 자유로워진 순간 관정이 주먹을 날렸기 때문이다. 코뼈가 내려앉았는지 얼굴 전체가 완전히 함몰되어 피투성이가 되어버린 악위가 공포에 질린 눈으로 관정을 쳐다봤다.

"이따위 장난을 다시 하면 아예 숨통을 끊어놓겠다."

뭐라 대답도 하지 못하는 악위를 뒤로 관정이 몸을 돌렸다.

"야, 야… 소… 기나 어… 기… 지 마 라……."

간신히 몸을 일으킨 악위가 겨우 입을 놀려 소리쳤다. 관정은 아무런 대꾸도 하지 않고 걸음을 옮겼다.

형당의 몇몇 무인들이 그의 주변에 있었지만 아무도 관정의 발걸음을 막지 않았다. 그들은 알고 있었다, 관정이 결국은 악위의 말에 따를 것이라는 것을.

벌써 두어 차례 도주를 했지만 극락초의 유혹을 참지 못하고 번번이 돌아온 그였다. 외부에서도 극락초를 구할 수는 있었지만 그가 중독된 극락초는 은밀히 수배해 구한 것으로 오직 영호세가에서만 구할 수 있는 것이었다.

'결국 또 이렇게……'

다소 마음이 진정되자 관정의 마음속엔 후회가 밀려들었다.

'고작 이 정도밖에 되지 않더란 말이냐.'

치미는 욕구를 이기지 못하고 자꾸만 무너지는 자신의 모습이 그렇게 한심할 수가 없었다.

하지만 결국 그가 향하는 곳은 바로 협맹과 무림맹이 격전을 벌이고 있는 전장이었다.

"너희들에게 이런 명령을 내리게 되어서 유감이다. 가능하면 너희들까지 나서지 않았으면 하고 바랬는데."

산웅이 열에서 두어 걸음 앞으로 나와 도열해 있는 와룡대의 대원들을 보며 말했다. 정확하게 열두 명. 그들의 얼굴엔 비장함이 맴돌고 있었다.

"가족들은 염려하지 마라. 너희들의 몫까지 우리가 할 수 있는 한 최선을 다해 돌보도록 하마. 정말 미안하다."

산웅이 머리를 숙여 사과했다. 너무나 무심한 표정에서 과연 그가 진정으로 미안하게 생각하는지 의심이 될 정도였다. 그렇지만 수년간 그를 모시고 다녔던 와룡대의 대원들은 산웅의 미간에 나타난 미세한 주름을 바라보며 그가 지금 얼마나 상심해하는지 알고 있었다.

"아닙니다. 대주님과 영호세가를 위해 죽을 수 있어 영광입니다."

앞장선 이들 중 가장 연장자인 듯한 대원이 결의에 찬 음성으로 대꾸했다.

"그렇습니다. 그런 표정 짓지 마십시오. 그건 대주님다운 모습이 아닙니다."

"……"

산응은 치밀어 오르는 감정을 삭이며 조용히 명을 내렸다.

"웅비보와 은성장에서도 준비가 끝났을 것이다. 가라. 가서 그들과 합류하라. 그리고 영호세가의, 아니, 우리 와룡대의 기개가 어떤지 보여줘라."

"존명!!"

힘차게 대답한 대원들이 예를 차린 후 몸을 돌렸다. 산응과 나머지 대원들은 그들의 모습을 잊지 않으려는 듯 조금의 미동도 없이 그들이 사라질 때까지 그렇게 우두커니 서 있었다.

"크아악!"

"커헉!"

소림사의 무승들이 나서고 나한진으로 협맹의 무인들을 닥치는 대로 주살하기를 이각여, 처음으로 협맹의 무인이 아닌 무승들의 입에서 비명이 터져 나왔다. 순식간에 벌어진 상황에 수좌승(首座僧)으로 십팔나한진을 이끌던 담로(潭露)의 두 눈이 찢어질 듯 커져 있었다.

"이, 이런 미친!!"

그의 입에서 속인들이나 쓰는 욕설이 절로 튀어나왔다.

고작 여섯 명이 십팔나한진에 달려들었을 땐 지금과 같은 결과는 상상도 하지 못했다. 비록 좌우에서 무수히 많은 인원이 공격을 했지만 그들처럼 진세의 정중앙으로 뛰어든 사람은 아무도 없었다. 그리고 예상대로 그들은 순식간에 비명을 지르며 쓰러졌다. 한데 문제는 그 비명이 그들의 입에서만 나온 것이 아니라는 데 있었다.

"진을 흐트러뜨려선 안 된다! 정신을 차려!"

하지만 이미 세 명의 무승들이 정신을 잃고 그중 두 명이 목숨을 잃은 상황이었다. 열다섯으로 십팔나한진을 펼칠 수는 없었다.

"으아악!"

옆에서 회전하고 있던 십팔나한진에서도 비명성이 흘러나왔다. 그리고 그 옆의, 또 그 옆의 나한진에서도 계속해서 비슷한 의미의 비명성이 울려 퍼졌다.

"됐다!"

초조하게 상황을 지켜보던 영호무현이 두 주먹을 불끈 쥐며 환호성을 질렀다. 그뿐만이 아니었다. 조금 떨어진 곳에서 전황을 주시하던 영호용과 전사림, 염파 역시 안도의 웃음을 짓고 있었다.

이들의 안도하는 모습에서 백팔나한진이 지금껏 얼마나 위력을 떨치며 협맹의 무인들을 공포로 몰아넣었는지 간접적으로 느낄 수 있었다.

무림맹과의 싸움을 앞두고 협맹의 수뇌부를 고민케 한 것이 바로 백팔나한진이라는 존재였다. 지금껏 단 한 번의 패배도 허용하지 않았다는 불패의 신화.

백팔나한진을 꺾지 않고는 승리도 없었다.

하지만 아무리 찾아도 비슷한 인원, 전력으로 백팔나한진을 꺾을 수 있는 방법은 존재하지 않았다. 애당초 진이 만들어지는 것을 막는다면 모를까 일단 발동을 하게 되면 그 어떤 힘으로도 백팔나한진에 대적할 수 없었다. 물론 무림맹에 비해 압도적으로 우위에 있는 전력으로 끊임없이 부딪친다면 깨뜨리지 못할 것은 아니었다. 하지만 무림맹에는 백팔나한진만 있는 것이 아니고 무수히 많은 고수들이 존재했다. 그러니 백팔나한진을 상대하고자 전 전력을 동원할 수도 없는 노릇이었다.

형산파를 본격적으로 공략하기 전에 협맹이 소림사와 화산을 치는 듯한 모습을 보인 것은 일차적으론 무림맹 병력의 분산에 목적이 있었지만 사실 본산을 걱정한 소림사의 무승들이 구원 병력으로 형산파를 떠나기를 바라는 데 진정한 목적이 있었다. 하지만 광료 대사의 용단으로 형산파에는 광료 대사를 포함하여 정확하게 백팔 명, 백팔나한진을 구성하는 데 한 명의 모자람도 없는 무승들이 남게 되었다.

결국 협맹이 선택한 것은 오래전부터 준비는 해왔지만 많은 피해를 감수해야 하는 필살의 작전이었다.

방법은 천뇌각에서 입안(立案)되었다.

처음은 영호세가에서 출발했지만 지금은 협맹의 두뇌 역할을 하는 천뇌각, 천고에 다시없는 두뇌들이 모인 천뇌각이었지만 단시간 내에 그것도 무림의 전설로 군림하고 있는 백팔나한진의 파해법을 찾아내라는 명령은 수행하기에 불가능한 것이었다. 아무리 연구를 해도 실력으로 백팔나한진을 상대하는 방법은 찾을 수가 없었다. 하지만 없어도 만들어내야 하는 상황이었다. 마침내 그들은 한 가지 대안을 제시했다.

동귀어진(同歸於盡)!!

간단하면서도 한없이 어려운 방법이었다.

그것을 위해 영호세가에선 와룡대의 대원 열두 명이, 웅비보에선 웅혼대 중에서도 최고의 무공을 자랑하는 열다섯 명이 차출되었고 은성장에서도 아홉 명의 고수를 차출했다. 그리고 이들에게 한 가지 무공이 주어지니 바로 자신의 목숨을 희생하며 적을 주살하는 동귀어진의 수법 고화자전(膏火自煎)이었다.

목적은 오로지 하나, 바로 온몸을 바쳐 백팔나한진을 무너뜨리는 것이었다. 그리고 여섯 개의 십팔나한진에 각 여섯 명이 달려들어 정확히 네 곳의 진을 무너뜨렸다.

십팔나한진에 뛰어든 이들은 무승들의 계도가 몸을 가르는 순간 전신의 몸을 산화(散花)시켜 주변의 무승들을 공격했다. 공격은 간단하면서도 단순했다. 하지만 그 이상 확실한 방법도 없었다. 서른여섯 명이 산화하여 목숨을 빼앗은 무승들의 수가 고작 열 명도 안 됐지만 그것만으로도 충분했다.

"견고한 금성철벽이라도 개미들에 의해 무너지는 법, 아무리 절세의 진이라도 조금씩 금이 가기 시작하면 결국엔 파해할 수 있다. 수고했다, 산웅."

영호용이 만족한 미소를 지으며 말했다.

"제가 한 것은 아무것도 없습니다. 도리어 제가 나서지 못하고 수하들을 시켜 미안할 뿐입니다."

"아니지. 저들에겐 저들의 일이 자네에겐 자네가 맡는 일이 따로 있는 것이네. 또한 저들의 죽음은 결코 헛된 것이 아니야."

염파가 산웅의 등을 두드리며 말했다. 전사림이 염파의 말에 동의하며 고개를 끄덕였다.

"정예 중의 정예인 서른여섯 명의 목숨이라… 안타까운 일이야. 암, 안타깝지. 하지만 그들의 희생으로 백팔나한진을 분쇄할 수 있다면 감수해야 할 일이 아닌가. 그렇게 가슴 아파할 만한 일은 아니라고 보네."

"알고 있습니다."

산웅이 예의 무표정한 표정으로 대꾸했다.

"자, 이제 또다시 역습을 가할 때가 온 것 같습니다. 이번엔 우리들도 나서야지요."

영호용이 전장을 응시하며 몸을 움직였다.

"물론입니다. 이참에 아예 끝장을 보지요."

전사림과 염파가 거의 동시에 고개를 끄덕이면 전의를 다졌다.

백팔나한진이 흔들리고 협맹의 수뇌들이 나서면서 싸움은 또다시 크게 요동 치기 시작했다. 하지만 그러한 변화는 전혀 엉뚱한 곳, 관정이 모습을 드러낸 분지 좌측에서부터 시작되었다.

악위와 헤어진 관정은 약속을 지키기 위해, 아니, 보다 많은 극락초를 얻어내기 위해 분지를 찾았다. 길을 걷는 동안 그를 반긴 것은 수없이 많은 부상자들의 신음 소리와 진한 혈향, 그리고 도처에 널린 시신들이었다. 분지를 향해 가까이 갈수록 더욱더 많은 시신들이 눈에 띄었다.

극락초에 중독된 관정은 이미 정신이 황폐해지고 보다 공격적으로 변했다. 악위가 준 극락초로 인해 적당히 흥분된 상태였고 가슴 깊은 곳에선 파괴의 욕망이 꿈틀대고 있었다. 거기에 후각을 마비시킬 정도의 피비린내와 살육의 참상이 더욱더 그를 자극하고 있었다.

마침내 분지에 도착한 관정이 고개를 두리번거렸다. 핏발이 곤두선 눈은 자신의 파괴적 욕구를 충족할 상대를 찾고 있었고 검을 움켜쥔 손은 흥분으로 가늘게 떨리고 있었다. 그런 관정의 눈에 마침 한 사내의 모습이 들어왔다. 그 사내를 본 순간 관정은 둔기로 머리를 맞는 충격을 느끼며 온몸을 부르르 떨었다.

"아빠가 우리 공주님 준다고 선물 사 온 것은 깜빡했구나!"
"와아!"
"예쁘기도 해라. 우리 영아는 좋겠구나!"
"아빠, 어때? 예뻐?"
"마음에 드는 모양이구나."
"응."

"크으으으"
관정의 입에서 낮은 흐느낌이 흘러나오기 시작했다.

"아버지는 영아를 너무나 사랑한단다."
"영아도 아빠를 사랑해."

"으으으."
관정의 눈에서 눈동자가 사라지고 있었다.

"어서요. 영아가 기다린답니다."
"부인……."
"사랑해요. 예전에도 그랬고 언제까지나……."

"네, 네… 놈을……."
관정이 자신의 손에서 생을 달리한 딸과 부인을 떠올리며 고통의 신음성을 흘렸다.

"왜 말이 없지? 혈성의 주구. 혈성을 다시 일으키려는 네놈들을 우리가 가만히 보고 있을 줄 알았느냐?"

"……."

"마을 사람들 또한 혈성의 일원. 비록 무공은 없다지만 화근은 애초에 제거하는 법이니 우리의 손속을 무정타 하지 마라."

"그래, 바로 네놈이었다! 바로 네놈!!"

그 순간, 비록 이겨내지는 못했지만 그래도 끝까지 참아보고자 했던, 어떻게든 정신만은 올바르게 수습하려 했던 관정의 의지, 인성의 끈이 끊어지고 말았다.

관정의 몸이 화살이 시위를 떠나듯 튕겨져 나갔다. 그의 눈이 쫓고 있는 사람은 다름 아닌 하지장, 커다란 반점이 얼굴의 반을 덮은 화산파의 장문제자 하지장이었다.

"크아아아!"

처절한 분노로 울부짖으며 달리는 관정에겐 거칠 것이 없었다. 또한 그에겐 피아(彼我)의 구별이 있을 수 없었다. 하지장을 향해 나아가는데 거침이 있다면 그가 바로 적이었다.

"으악!"

"캑!"

관정이 움직이는 방향에서 한데 어울려 박투를 벌이던 형산파의 제자 둘과 웅혼대의 대원 셋이 변변한 대응도 하지 못하고 그대로 떨어져 나갔다.

"저, 저!"

보기만 해도 숨이 끊어질 것 같은 살기를 풀풀 풍기며 전장에 뛰어든 사내가 누군지 알아본 하지장의 얼굴이 하얗게 질렸다.

"막아랏!"

무림맹의 무인들이 관정에게 달려들었다. 무림맹의 무인뿐만 아니라 협맹의 무인들까지 닥치는 대로 주살하는 것이 이상하기는 했지만 엄청난 살기는 그가 적이라는 것을 확신시켜 줬다. 그러나 운연과안을 극성으로 시전하며 희뿌연 검기를 주저리주저리 뿜어내는 관정을 막을 수 있는 사람은 아무도 없었다.

"아악!"

"크아악!"

단 두 번의 칼질로 관정의 앞을 막은 대여섯 명의 무인들이 그대로 전멸하고 말았다.

투투툭.

관정이 지나가고 나서야 허공으로 떠올랐던 무인들의 목과 사지가 땅바닥으로 떨어졌다.

"피, 피해랏!"

그토록 막강한 협맹의 전력에도 두려움없이 맞서 싸우던 무림맹의 무인들 눈에 처음으로 공포라는 것이 어리기 시작했다. 그리고 허공에서 춤을 추는 관정의 검에 또다시 너덧 명의 목숨이 허무하게 사라지자 더 이상 그의 앞을 막아서는 사람은 없었다.

그것은 비단 무림맹의 사람들만이 아니었다. 관정이 움직이는 동선에 머물다 괜스레 목숨을 잃은 협맹의 무인들조차 아군인지 적군인지 모를 관정을 피하기 위해 허둥대기 시작했다.

"마, 막아!"

오로지 자신만을 노리며 달려오는 관정의 모습에 두려움을 느낀 하지장이 몸을 피하며 소리쳤다. 화산파의 제자들이 명에 따라 관정의 앞을 막아섰다.

하지장을 향해 미친 듯이 달려들던 관정의 몸이 갑자기 멈췄다. 이성을 잃은 그의 뇌리에 기억된 것은 오직 두 가지였다. 하나는 자신의 손에 죽은 가족들의 모습, 그리고 다른 하나는 하지장을 비롯하여 자신을 공격했던 화산파의 무인들.

"크크크!"

자신의 발걸음을 막는 자들이 입고 있는 무복에 새겨진 것이 매화 무늬임을 알아본 관정이 끔찍한 살소를 흘리며 검을 치켜들었다.

"쳐라!"

사형을 보호하기 위해 나선 장삼의 입에서 공격 명령이 떨어졌다. 관정을 포위하며 오행검진을 구축하고 있던 화산파 제자들이 명령과 함께 일제히 함성을 지르며 공격을 시작했다.

이성은 잃었으되 도리어 파괴적인 본능으로 인해 전신의 감각은 극도로 예민해진 상태였다. 상대의 공격이 만만치 않다는 것을 느낀 관정의 몸이 신속하게 회전했다. 포획된 먹이를 놓치지 않으려는 듯 연이은 공격이 곧바로 이어졌다. 관정이 몸을 날려 뒤로 물러났다.

"놓치지 마라!"

관정의 움직임을 도주라고 판단한 장삼이 회심의 미소를 지으며 소리쳤다. 하지만 장삼은 관정의 입가에 걸린 살소가 전혀 사라지지 않고 있음을 알아야 했다. 그리고 그것을 알아채지 못한 대가가 어떤 것인지도.

"크크크, 죽… 어라!!"

지저(地底)에서 울리는 듯한 관정의 음성이 들리고 적당히 치켜세운 검에서 희뿌연 검기가 쏟아져 나오기 시작했다.

한두 개가 아니었다. 하나가 두 개가 되고 두 개가 세 개, 네 개가 되었다. 순식간에 수십의 갈래로 치솟은 검기가 혓바닥을 꿈틀대며 먹이를 옥죄는 뱀의 모습처럼 주변을 감싸기 시작했다. 그리곤 관정을 노리던 오행검진, 정면과 좌우에 포진된 세 개의 오행검진을 향해 일제히 독아(毒牙)를 드러내 보였다.

검기의 해일이었다.

검기로 인해 관정의 모습은 더 이상 보이지 않았다.

'일월무조(日月無照)로군.'

멀리서 흥미롭게 싸움을 살피던 영호용은 관정의 사용한 무공이 무엇인지 즉시 알아볼 수 있었다. 그토록 얻고자 했던, 그래서 결국은 알아낸 백무극의 무공이었다. 지금은 자신의 무공이 되었지만.

관정이 사용하는 무공이 무엇인지는 과거 혈성과 수십 년 동안이나 치열한 싸움을 했던 무림맹의 수뇌들이 더 잘 알고 있었다.

"백무극!!"

백무극이라는 이름이 조공루와 모용현의 입에서 동시에 터져 나왔다.

"아, 안 돼!"

오행검진이 제아무리 화산파에서 자랑하는 검진이라 해도 그것도 상대 나름이었다. 관정이 쓰는 무공은 과거 천하제일인 백무극의 독문 검법이었다. 그 위력은 이미 뼛속까지 사무치게 경험했던 터였다. 결과는 보지 않아도 알 수 있었다.

"물러나! 피해랏!"

관정의 무공이 무엇인지 알아본 조공루가 다급히 몸을 날려 소리치며 제자들의 헛된 죽음을 막고자 했다. 하지만 그의 음성이 들리기도 전에 해일같이 밀려든 검기가 오행검진을 삼켜 버렸다.

꽈과과꽝!

일시에 엄청난 검기들이 주변을 강타하면서 내는 폭발음이 천지를 진동시켰다. 그 소리가 어찌나 거대하고 웅장한지 그 안에서 가랑잎처럼 휩쓸리며 비명을 지르는 화산파 제자들의 비명 소리는 아예 들리지도 않았다.

모든 것이 정지되었다.

몸을 날리던 조공루가 그대로 주저앉았다. 관정의 주변에서 치열하게 싸우던 무인들도 이미 검을 멈춘 상태였다. 협맹의 몸을 아끼지 않는 공격에 비록 백팔나한진은 파해되었지만 십팔나한진을 중심으로 여전히 협맹을 몰아치던 소림사의 무승들도 일시 그 움직임을 멈추었다.

모든 이들의 시선이 관정과 화산파 제자들에게 쏠렸다. 그리고 그들은 여전히 진한 살소를 짓고 우뚝 서 있는 관정의 모습과 그 앞에 널브러진 화산파의 제자들의 처참한 모습을 볼 수 있었다.

세 개의 오행검진, 장삼을 포함한 인원은 정확히 열다섯 명이었다. 하지만 생존자는 단 셋이었다. 그나마도 다시는 회복하기 힘든 부상을 입고 간신히 한 줌의 숨결만을 유지할 뿐이었다.

"와아!!"

화산파의 제자들과 맞붙기 전엔 관정이 과연 아군인가를 의심하던 협맹의 무인들이 제각기 무기를 치켜 올려 함성을 질렀다. 반면 승기를 잡고 있던 무림맹의 무인들은 단 한 번의 충돌로 벌어진 상황을 도저히 믿을 수 없다는 듯 입을 다물지 못했다.

하지만 그것은 시작에 불과했다.

"크크크크!"

관정의 진한 살소는 여전히 멈추지 않았다. 열다섯 명이나 되는 인원을 처참한 고깃덩어리로 만들어 버렸지만 그의 분노는 가라앉지 않았다.

관정의 고개가 천천히 돌아갔다. 붉게 충혈된 눈이 한 사람을 찾고 있었다. 그런 관정의 눈에 사부인 조공루의 곁에서 공포 어린 눈으로 쳐다보는 하지장이 걸려들었다.

"죽… 인… 다!"

지금 관정의 뇌리를 지배하는 것은 오직 복수뿐이었다. 잠시 멈추었던 관정의 발걸음이 하지장을 향해 움직이기 시작했다.

"네 이놈!!"

이대로 관정을 방치해선 어떤 결과를 가져올지 모른다고 생각한 고역사가 관정의 발걸음을 막고자 나섰다. 하지만 그의 상대는 따로 있었다.

"아직 우리의 승부가 끝나지 않은 것으로 아는데."

어느새 고역사의 곁으로 오 장여나 다가온 염파가 싱글거리며 말했다.

"그렇지. 아직 끝나지 않았어."

갑자기 들려온 음성에 흠칫한 고역사가 목소리의 주인이 염파인 것을 확인하곤 차가운 미소를 보였다.

"와아!"

협맹의 무인들이 또다시 함성을 질렀다. 조금 전의 함성이 관정의 무위에 대한 경탄과 놀라움이라면 이번의 함성은 그 의미가 달랐다.

고역사의 앞을 가로막은 염파, 맹주인 영호용을 비롯하여 영호세가의 장로들, 그리고 십팔도객에 둘러싸여 천천히 걸어오는 은성장의 장주 전사림 등 지금껏 모습을 보이지 않았던 협맹의 진정한 수뇌들이 마침내 싸움에 나섰기 때문이다.

"저들에게 우리의 힘을 보여줘라!"

"와아!!"

"협맹 만세!"

영호용의 일성에 환호성으로 대답한 협맹의 무인들의 사기가 하늘을 찔렀다. 그리고 그 사기가 무기가 되어 잠시 주춤거렸던 공격에 활기를 불어넣었다. 기세가 오를 대로 오른 협맹의 무인들은 그 압도적인 수를 앞세워 무림맹을 압박하기 시작했다.

그사이 관정은 나한진과 대적하고 있었다.

자칫하면 조공루가 다칠 수도 있다는 생각을 한 광료 대사의 명으로 담천이 이끄는 나한진이 신속하게 이동하여 관정을 막아섰다. 하나 관정은 머뭇거리지 않았다. 상대가 누구든 그것이 천하에 이름 높은 고수든 아니면 절세의 진이든 상관하지 않았다. 앞을 막는다면, 자신의 복수에 방해가 된다면 부수고 나가면 되는 것이었다.

*　　　　*　　　　*

"어서 오십시오."

가장 먼저 정상에 이른 초정이 천천히 모습을 드러내는 화악산에게 예를 표했다. 그의 발 아래엔 만약을 대비해 세워놓은 두 명의 형산파 제자가 싸늘한 시신이 되어 쓰러져 있었다.

"……."

정상을 밟은 화악산은 아무런 말도 하지 않았다. 그저 뒤따르는 수하들을 위해 길을 비켜주느라 살짝 몸을 움직였을 뿐이었다.

"음."

화악산의 눈이 붉게 물들어 있는 것을 본 초정도 입을 다물었다.

"후우~"

홀로 걸음을 옮겨 이십여 장 아래 그 웅장한 자태를 뽐내는 형산파를 지그시 노려보는 화악산의 입에서 긴 한숨이 흘러나왔다.

'결국 이렇게…….'

영호용의 명을 받아 인간으로선 감히 오를 엄두조차 내지 못하는 절벽에 길을 개척하기를 보름여, 칼 한 번 휘두르지 못하고 죽어간 대원이 육십에 이르렀다. 육십이라면 전체 주작대 인원의 거의 삼 분지 이에 육박하는 숫자였다. 오랫동안 그들과 생사고락을 함께한 화악산에게 그들의 죽음은 가족을 잃는 것보다 더한 슬픔이었다.

'너희들이 들인 공은 절대로 잊지 않을 것이다.'

화악산의 눈에 이슬이 맺혔다. 억지로 참고 있던 눈물이 그의 볼을 타고 흘러내렸다.

마침내 모든 길이 완성됐다는 말을 듣고 절벽 아래에 이른 화악산은 끝도 보이지 않는 절벽, 수십 명의 수하들을 고혼으로 만든 절벽을 마주 보며 이를 갈았다.

절벽에는 일 장 정도의 간격으로 쇠막대기가 박혀 있었다. 그리고 그 쇠막대기에 밧줄을 견고히 엮어 만든 사다리가 설치되어 있었다.

단단하기 그지없는 절벽에 쇠막대기를 박기 위해 얼마나 많은 공을 들였을 것인가. 그나마 아래에선 상관이 없었다. 하지만 은밀히 일을 진행시켜야 했기에 위로 올라갈수록 모든 작업에 망치나 기타 도구의 사용이 배제되었다. 오로지 내공, 내공 하나만을 가지고 직접 쇠막대기를 절벽에 설치한 것이다.

사다리를 지지하고 있는 쇠막대기 하나하나에 수하들의 땀과 열정과 그리고 혼이 담겨 있는 것을 왜 모를 것인가. 화악산은 수하들의 피로 얼룩진 사다리를 오르며 또 한 번 가슴을 저몄다.

화악산이 이런저런 상념에 잠겨 있는 사이 주작대의 대원들과 은성장에서 지원 나온 무인들이 사다리를 타고 정상에 도착했다.

"모두 도착했습니다."

"……."

"대주님!"

"시작하라."

"존명!!"

누구도 예상하지 못했던 일이었다. 무림맹은 물론이고 이번 일을 시도한 협맹에서조차 성공을 장담하지 못했다. 하지만 수많은 희생을 치르고 도합 칠십에 이르는 무인들이 산의 정상에 도착했다. 그리고 그들 눈앞엔 텅텅 비어버린 형산파가 기다리고 있었다.

"이쪽엔 여유가 없다! 저곳으로 데리고 가라!"

한유가 정신을 잃고 동료에게 업혀오는 부상자를 쳐다보며 소리쳤다.

"후~ 끝이 없구나. 얼마나 치열한 싸움을 벌이고 있기에 이리 많은 부상자가 발생한단 말이냐."

끊임없이 들이닥치는 부상자의 행렬을 쳐다보며 땅이 꺼져라 한숨을 내쉬었다.

비록 화산파의 장로라는 위치였지만 무공보다는 의학에 조예가 깊었던 한유는 몇몇 무인들과 형산파에 남아 부상당한 무인들을 돌보고 있었다. 하지만 잠시도 쉬지 않고 밀려드는 부상자들을 돌보느라 그는 물론이고 그를 돕는 무인들까지 거의 탈진 지경에 이르렀다.

"자자, 기운들 내게나. 멀쩡한 우리가 이리 지친 모습을 한다면 목숨을 걸고 싸운 저들을 볼 면목이 없지 않겠는가? 조금만 더 힘을 내도록 하세!"

힘들어하는 무인들을 격려하고 스스로를 채찍질하기 위해 큰 소리로 말을 한 한유, 그러나 들려온 것은 명쾌한 대답 대신 자지러지는 듯한 비명성이었다.

"크아악!"

우지끈!

비명성과 함께 동쪽의 쪽문이 박살났다. 깜짝 놀란 한유가 무슨 일인가 하여 고개를 돌리는 순간 또 한 번 비명성이 울려 퍼졌다.

"아악!"

비명의 주인인 듯한 자의 목이 땅바닥을 굴렀다. 어째서 자신이 죽어야 하는지 알지 못하겠다는 듯 부릅뜬 눈에는 극도의 공포가 어려 있었다.

"적이다!"

부상자들을 돌보느라 정신이 없던 무인들이 그제야 상황 파악을 하고 일제히 검을 빼 들었다. 그래 봤자 열 명을 간신히 넘기는 인원이었다.

"죽여라!"

간단 명료한 화악산의 명이 떨어졌다. 하지만 가장 먼저 문을 부수고 난입한 초정은 명령이 떨어지기도 전에 검을 휘두르고 있었다. 그의 뒤를 따라 오로지 이 순간만을 기다리며 참아왔던 주작대의 대원들이 몸을 날렸다.

"아악!"

"캑!"

부상자들을 치료하던 형산파는 순식간에 아수라장으로 변했다. 피가 튀고 비명성이 난무했다. 무림맹의 무인들이 필사적으로 대항을 했지만 지금껏 수많은 동료들이 허무하게 죽어 나가는 것을 보면서도 슬퍼하지 못했던 주작대원들의 분노를 감당할 수준은 아니었다. 몇몇 부상자들도 검을 들고 대항했지만 그들에게 돌아온 것은 잔인한 죽음뿐이었다.

털썩.

초정을 비롯 여러 명의 합공을 감당하지 못하다가 갑자기 끼어든 화악산의 검에 목숨을 잃은 한유의 몸이 땅바닥에 쓰러졌다.

그것을 끝으로 싸움은 종결되었다. 모든 상황이 끝나는 데에는 반각의 시간도 길었다. 주작대의 대원들은 은성장의 무인들이 나설 틈도 주지 않았다.

"끝났습니다. 저들을 어찌 처리해야 할지⋯⋯."

검에 묻은 피를 쓰러진 시체에 아무렇게나 닦은 초정이 화악산의 곁으로 다가오며 물었다. 화악산이 고개를 돌려 두려움에 떨고 있는 부상자들을 응시했다.

"어림잡아 칠십 명은 되는 것 같습니다."

"죽여라."

"예?"

깜짝 놀란 초정이 두 눈을 동그랗게 뜨고 되물었다.

"죽이라고 했다."

"대주님!"

"듣지 못했느냐! 죽이라고 했다!"

화악산이 단호한 어조로 명을 내렸다. 하지만 아무리 싸움을 좋아하는 초정이라도 그것만은 쉽게 수긍할 수 없었다.

"다시 생각해 주십시오. 비록 이렇게 싸움은 하고 있지만 다 같은 백도의 인물입니다. 하물며 저들은 부상을 당해 움직이지도 못합니다. 명령을 재고해 주십시오."

하지만 이미 살기로 번들거리는 화악산은 명령을 거두지 않았다. 오히려 더욱 강한 어조로 초정을 다그쳤다.

"모든 책임은 내가 진다. 죽여라! 두 번 다시 말하지 않겠다. 한 명도 남김없이 목을 베라. 그리고 불을 질러라. 오늘로서 형산파는 더 이상 존재하지 않는다."

"알… 겠습니다."

초정이 기어들어 가는 목소리로 대답했다.

"일이 끝나면 곧바로 하산하여 놈들의 뒤통수를 친다."

내키지는 않았지만 명령이었다. 초정이 몸을 돌려 화악산의 명을 전했다.

"다들 들었을 것이다. 그대로 시행해라."

곧바로 잔인한 살육이 시작되었다. 이번에도 은성장의 무인들은 끼어들 틈을 찾지 못했다.

'용서해라. 너희들을 위해 내가 할 수 있는 일은 고작 이것뿐이다.

저들의 목숨으로 조금이나마 위로가 되었으면 좋겠구나.'

화악산은 등 뒤로 들려오는 비명 소리를 들으며 다시 한 번 수하들을 생각했다.

*   *   *

'과연 저자가 인간이란 말인가!'

끊임없이 밀려드는 검기를 바라보는 담천의 눈엔 불신의 빛이 가득했다.

광료 대사의 명을 받아 관정을 상대하기를 이각여, 십팔나한진은 아직 관정을 쓰러뜨리지 못하고 있었다. 아니, 오히려 시간이 지날수록 밀리는 것은 십팔나한진이었고 미친 듯이 검을 휘두르는 관정의 공격은 더욱더 거세져만 갔다.

꽈꽈꽝!

자그마한 계도와 별 볼일 없는 철검이 막강한 힘을 품고 부딪칠 때마다 천지를 뒤집어 버릴 듯한 폭발음이 터져 나왔다. 십팔나한진에서 뿜어져 나오는 강맹하면서도 유연한 힘과 그에 조금도 뒤지지 않는 관정의 무위에 사람들은 숨조차 쉬지 못했다. 하지만 신중한 표정으로 싸움을 응시하는 조공루나 모용현의 안색은 어둡기만 했다. 시간이 흐를수록 미세하나마 관정의 공격이 조금씩 효과를 얻는 것이 보였기 때문이다.

그들의 안목은 정확했다. 겉으로야 여전히 팽팽히 싸움을 하는 것처럼 보였지만 싸움의 흐름은 분명 관정에게 흘러가고 있었다. 그리고 마침내 한 명의 무승, 내력이 부족해 오랜 격전을 견디지 못한 무승이 가슴을 부여잡고 비틀거리면서 전세는 급변했다.

"안 돼!"

깜짝 놀란 담천이 소리쳤지만 이미 늦고 말았다. 비틀거렸던 무승이 정신을 차리기도 전에, 옆에 있던 동료가 그를 구해줄 시간도 없이 관정의 검에서 뿜어져 나온 차가운 검기가 그의 목을 가르고 지나갔다.

"크억!"

관정의 공격을 피하지 못한 무승이 단말마의 비명과 함께 쓰러졌다. 순간 담천의 얼굴에 암담함이 스쳐 지나갔다. 완벽한 진세를 발동해서도 버거운 상대였다. 하물며 그 진세를 유지할 수 없다면 결과는 이미 나온 것이나 마찬가지였다.

"아미타불!"

진한 살소를 머금으며 달려드는 관정의 모습을 본 담천의 입에선 절망적인 불호성이 흘러나왔다.

쾅쾅!

분지의 한쪽 구석에서도 요란한 굉음이 들려왔다.

대파산의 결투 이후 다시 만날 날을 손꼽아 기다리던 염파와 고역사의 싸움 역시 관정과 십팔나한진의 싸움에 비교할 정도로 처절했고 흉험했다.

고역사가 비장의 절기로 염파를 몰아치는가 싶더니 그 공격을 잘 막아낸 염파가 역으로 반격을 했다. 그리고 고역사가 다시 그 공격을 막아냈다.

그렇게 밀고 밀리기를 한참, 둘은 좀처럼 승부를 가리지 못했다.

'역시나 힘든 상대야.'

거친 숨을 몰아쉬며 질린 눈으로 염파를 노려보는 고역사는 어쩌면 자신이 패할지도 모른다는 생각을 뇌리에 떠올리고 있었다. 역부족이라는 것은 이미 스스로가 느끼고 있었다. 하나 패배란 절대로 있을 수도 있어서도 안 되는 일이었다.

'어림없는 일이지. 죽는 한이 있어도 결코 패하진 않는다. 결단코!!'

고역사가 불꽃처럼 타오르는 투지를 앞세우며 검을 들었다. 비스듬히 검을 누이고 손잡이를 배꼽에 가져다 댔다. 그 순간 고역사와 마찬가지로 힘들게 호흡을 가다듬던 염파의 표정이 일변했다.

'저것은!'

고역사의 자세가 무엇을 의미하는지 알고 있는 염파의 얼굴이 딱딱하게 굳었다. 그의 뇌리에 다시는 떠올리기 싫은 치욕스런 일들이 스쳐 지나갔다.

대파산의 싸움에서 거의 승기를 잡았다고 생각했던 순간 고역사는 저런 식으로 자세를 잡고 자신의 공격을 막아냈다. 결과는 양패구상. 믿을 수 없게도 승부를 가리지 못하고 양패구상하고 만 것이다.

그때 고역사는 심한 부상을 입고 있었다. 한쪽 팔은 부러져 덜렁거리고 있었고 옆구리엔 커다란 자상을 입고 있었다. 그럼에도 승리를 거두지 못했다는 것은 치욕이나 다름없었다. 비록 그것이 너무 일찍 승리를 확신하는 바람에 방심을 했던 결과였다지만 방심을 했다는 것 자체가 부끄러운 일이었다.

"기다리고 있었다!"

바로 지금이 그때의 치욕을 갚을 때였다.

툭.

염파가 지금껏 사용했던 도를 집어 던졌다. 그의 몸만큼이나 거대한 도가 땅에 떨어지며 먼지를 피워 올렸다. 하지만 이미 무아지경에 빠진 고역사는 그런 염파의 행동에 아무런 반응도 보이지 않았다.

우우웅.

고역사의 검에서 묘한 소리가 울리기 시작했다.

"검명(劍鳴)이로구나!!"

흥미롭게 싸움을 지켜보던 영호용의 입에서 감탄성이 터져 나왔다. 나한진과 어울려 한 치의 양보도 없이 싸우는 관정을 살피다 때마침 고개를 돌린 조공루의 얼굴도 경악으로 물들었다.

"저, 저것은!!"

지금 고역사가 사용하고자 하는 무공은 그도 잘 알고 있는 것이었다. 언젠가 술에 취한 고역사가 자랑 삼아 떠들어댄 무공. 한번 시전하면 영원히 무공을 사용할 순 없지만 그 위력만큼은 천하에 따를 것이 없다는 형산파의 비전절기였다. 비록 본 적은 없지만 단번에 느낄 수 있었다.

'이건… 다르다. 하지만 변하는 것은 없다.'

고역사의 무공이 전과 어딘지 모르게 다르다는 것을 느꼈지만 염파는 조금도 개의치 않았다. 지금은 그런 것에 신경 쓸 때가 아니라 바로 스스로의 능력을 믿고 최선을 다할 때라는 것을 알고 있기 때문이었다.

고역사의 내력을 받아 청명한 소리를 뿜어내던 검에서 푸른 불꽃이 일기 시작했다. 검끝에서 일기 시작한 그 불길은 검신을 따라 손잡이에 이르렀다. 그리고 잠시 후 고역사의 몸이 그 불꽃에 동화되었다.

"일검(一劍)… 산혼(散魂)."

조공루의 입에서 허탈한 음성이 흘러나왔다.

"이것이 절대로 꺾이지 않는 형산파와 나의 의지다."

푸른 불꽃이 흔들리며 고역사의 음성이 흘러나왔다. 그 음성이 끝날 때쯤엔 커다란 불꽃은 이미 염파의 면전에 이르고 있었다. 그리고 단 한 번의 공격을 위해 평생 익힌 무공을 버린 고역사의 검이 거대한 불길이 되어 염파에게 쏘아졌다. 순간 염파의 양손이 허공에서 교차했다.

"갈(喝)!!"

꽈꽝!!

고역사와 염파의 거리는 정확히 반 장이었다. 거리가 가까운 만큼 주변으로 퍼져 나가는 충격파는 빠르고 강맹했다. 땅거죽이 뒤집히고 반경 오 장이나 되는 지역이 완전히 초토화됐다. 그 충격파를 감당하지 못한 몇몇이 피를 토하며 쓰러졌다.

가뜩이나 어두운 상황에서 완전히 시야를 차단했던 온갖 이물질이 허공에 떠다니다 가라앉았다. 그리고 드러나는 상황.

"크윽!"

부러진 검을 붙잡고 무릎을 꿇고 있는 고역사의 입에서 절망의 신음성이 흘러나왔다. 그의 전면엔 반격을 했던 염파가 입가에 피를 흘리고 땅에 널브러져 있었다. 가슴엔 부러진 검날이 박혀 있었고 그곳을 통해 연신 피가 뿜어져 나왔다. 하지만 그의 입가에 걸린 것은 패배의 쓰라림이 아니라 승자의 웃음이었다.

"음. 내 눈이 틀리지 않았다면 고역사의 공격을 막은 것은 틀림없는 혼원장(混元掌), 수백 년 전에 절전되었다고 알려진 것을 염 보주가 익히고 있었군."

생각했던 것보다 염파의 무공이 강하다는 것을 알게 되자 영호용의 눈빛이 차가워졌다. 아무리 뜻을 함께한 동료라지만 무인으로서의 치미는 호승심은 영호용이라도 예외는 아닌 듯했다.

"이것으로 실력의 우위는 정해졌다."

천천히 몸을 일으킨 염파에겐 승자만이 누릴 수 있는 여유가 있었다.

"으으으……."

고역사는 지금 자신에게 벌어진 일을 도저히 용납할 수 없었다. 평생을 익혀온 무공을 버려가며 펼친 무공이었다. 상대방의 목숨을 빼앗지는 못하더라도 최소한 양패구상은 할 줄 알았다. 하지만 결과는 그야말로 참패였다. 혼신의 힘을 다한 공격이 얻은 성과라고는 염파의 가슴에 남긴 상처가 고작이었다. 반면 자신은 이미 회복할 수 없는 치명적인 부상을 당하고 말았다. 특히 자신의 공격을 무위로 돌린 염파의 무공은 경악 그 자체였다.

"장강(掌罡)… 장강이라니……."

고역사는 그 짧은 시간에 온 사방을 뒤덮던 염파의 손을 기억해 냈다. 그토록 자신했던 자신의 공격을 하찮은 무공으로 전락시키며 내부 장기를 박살 내버린 손 그림자. 그것은 말로만 듣던 장강이었다.

"내… 내가… 우리 형… 산파의 무공이… 우웩!"

억지로 몸을 일으키려던 고역사가 검붉은 피를 토하며 쓰러지고 말았다.

"이… 이대로… 쓰러질… 수……."

고역사가 희미해지는 정신을 다잡으며 몸을 일으키려 했다. 그러나 죽음의 그림자는 너무도 빨리 그를 뒤덮어 버렸다.

손을 하늘로 치켜 올리고 두 눈을 부릅뜬 채 고역사는 그렇게 생을 마감하고 말았다.

혼신의 힘을 다해 싸웠지만 결과는 역부족이었다.

비록 완전한 십팔나한진을 이루지는 못했어도 담천을 중심으로 무승들은 관정을 막기 위해 필사적인 노력을 했다. 그러나 무섭게 짓누르던 나한진의 압박감에서 해방된 관정의 빠른 움직임을 제어하기란 쉬운 일이 아니었다.

운연과안을 극성으로 펼치며 동에 번쩍 서에 번쩍 하며 잔인한 살수를 뻗치는 관정에 의해 무승들의 수가 하나둘 줄어들었다. 그리고 수가 한 명씩 줄어들 때마다 관정의 공격은 두 배, 세 배의 효과를 보았다.

"으윽!"

결국 마지막까지 대항하던 담천이 왼쪽 가슴에 일검을 허용하고 말았다. 단말마의 비명과 함께 가슴을 부여잡고 비틀거리던 담천은 그대로 절명하고 말았다.

담천을 끝으로 더 이상 관정을 막을 무승은 존재하지 않았다. 정확히 반 시진 만에 무적을 자랑하던 십팔나한진은 그렇게 완전히 무너지고 말았다.

"크크크."

관정은 거친 호흡을 진정시킬 생각도 없이 몸을 움직였다. 그의 눈은 여전히 하지장을 쫓고 있었다.

"마, 막아랏!"

하지장이 있는 곳은 곧 무림맹의 맹주인 조공루가 있는 곳이었다. 자칫하면 맹주인 조공루가 위험에 빠질 수도 있었다. 그랬기에 광료 대사가 십팔나한진으로 관정을 막고자 한 것이었다. 하나 십팔나한진은 더 이상 관정을 막을 수가 없었다. 그들은 전사림을 필두로 대거 쏟아져 나온 고수들과 끊임없이 밀려드는 협맹의 무인들을 상대하기에도 버거워 보였다.

결국 관정을 막기 위해 나선 이들은 부상을 입고 뒤로 물러났던 자들과 조공루를 지키고 있던 화산파의 제자들이었다. 하지만 이들이 단신으로 나한진을 박살 낸 관정을 막기란 불가능했다.

"아악!"

"크아악!"

관정의 검이 춤을 추는 것과 동시에 그를 가로막았던 무인들이 속절없이 쓰러졌다.

"음."

더 이상 애꿎은 제자들만 희생시킬 수 없었다. 짧은 침음성을 흘리며 조공루가 검을 들었다. 하지만 그의 행보는 한 사람에 의해 제지되었다.

"저자는 내가 맡도록 하겠소."

손을 들어 조공루의 움직임을 막은 사람은 백발을 휘날리며 굳은 표정을 하고 있는 모용현이었다.

"선배님!"

"맹주가 나설 일은 아니라고 보오. 맹주는 전체적인 전황을 살펴야 할 것이오. 아니, 꼭 그런 것 같지도 않구려. 맹주도 상대할 사람이 있는 것 같소."

모용현이 자신들을 뚫어져라 쳐다보는 시선을 느끼며 말했다. 조공루의 고개가 모용현을 따라 움직였다.

"그렇군요."

시선의 주인이 누구인지 알아본 조공루가 고개를 끄덕였다. 그리곤 천천히 몸을 돌려 자신을 부르고 있는 고수, 수없이 많은 무인들이 격렬한 싸움을 하고 있는 가운데 홀로 아무런 일도 없다는 듯 서서 의미심장한 미소를 짓고 있는 영호용을 향해 걷기 시작했다.

곧 절대고수의 충돌이 있다는 것을 알고라도 있는 것일까, 아니면 적이지만 무림맹 맹주에 대한 예의일까? 조공루가 걸어오는 길에는 한없이 많은 협맹의 무인들이 있었다. 하나 단 한 사람도 조공루에게 적의를 드러내지 않았다. 몇몇은 서둘러 길을 비켜주기도 했다.

"오랜만이네."

다가오는 조공루를 맞는 영호용은 여유가 있었다. 승자만이 보일 수 있는 여유로움에 조공루의 미간이 꿈틀거렸다. 자신은 어째서 영호용이 지닌 여유를 보일 수 없는 것일까. 화가 치밀어 올랐다. 하나 그런 것을 내색할 조공루는 아니었다.

"그런 것 같습니다."

"수하들은 목숨을 걸고 싸우는데 우두머리되는 자가 가만히 있을 수는 없는 노릇 아니겠는가? 게다가 아직 가리지 못한 승부도 있고."

승부를 가리자는 영호용의 말에 조공루도 지지 않고 대꾸했다.

"물론입니다. 오늘을 기다리고 있었습니다."

"대단한 자신감이군. 쉽지는 않을 것이네."

"쉽다고 생각한 적은 없습니다. 하지만 진다고 생각해 본 적도 없습니다."

영호용의 눈에서 서늘한 기운이 뿜어져 나왔다. 하지만 그것도 잠깐, 어느새 안색을 회복한 영호용이 너털웃음을 터뜨렸다.

"암, 일 문의 수장으로 그런 자신감을 가져야지. 그러나 안타깝군. 확실히 말하지만 자네는 나보다 하수네."

"증명해 보시지요."

챙.

조공루가 천하의 명검 용추검을 빼 들었다.

"다시 봐도 좋은 검이야."

영호용이 감탄을 하며 검을 들었다. 그의 검 역시 용추검에 못지않은 예기를 발산하고 있었다.

"선배의 검 또한 평범한 물건은 아닌 것 같습니다."

"청운(靑雲)이라 하네."

"좋은 이름이군요."

"고맙네."

그것으로 둘의 대화는 끝이 났다. 이제는 말이 아니라 무공으로 대화를 나눌 때였다. 그리고 둘 중 한 명은 패배의 쓰라림을 겪을 것이고 나아가 목숨을 잃을지도 몰랐다. 그러나 분명 피할 수 없는 충돌이었다.

"죽음을 각오하신단 말인가!"

하지장은 검을 빼 든 모용현이 검집을 땅에 떨어뜨리는 것을 보며 소스라치게 놀랐다. 모용현이 누군가. 운학 진인이 무공을 폐하고 남궁성이 목숨을 잃은 지금 명실 공히 백도의 최고고수였다. 한데 그런 모용현이 검집을 버린 것이다.

무인이 검집을 버린다는 것은 무엇을 뜻하는가. 한마디로 죽음을 각오한다는 의미였다. 물론 스스로의 투혼에 불을 지피기 위해 그러기도 했지만 모용현과 같은 고수가 그런 행동을 한다는 것 자체만으로도 놀라운 일이었다.

"괴, 괴물 같은 놈!"

사숙인 고적을 쓰러뜨릴 때, 그리고 십팔나한진을 파해할 때 이미 알아보았지만 관정의 무공이 모용현에게 죽음을 각오하게 할 정도라는 것을 알게 되자 이제는 그가 인간으로 보이지 않았다. 공포심에 사로잡혀 떨리는 몸을 진정시키기 위해 이를 악물어야 했다.

어느 정도 마음이 안정되자 하지장은 벌써부터 주변을 휩쓰는 광풍을 만들어내는 모용현과 관정의 싸움을 지켜보기 위해 두 눈을 크게 떴다.

'강하군. 정말 강해.'

혼신의 힘을 다해 검을 펼쳤음에도 조금도 밀리지 않고 반격을 하는 관정의 괴력에 모용현의 얼굴이 파랗게 질렸다. 무공의 고하를 떠나 내공에서만큼은 자신이 우위에 있다고 생각했는데 검을 통해 실려오는 기운이 장난이 아니었다. 그렇지만 언제까지 감탄만 할 수는 없는 노릇이었다.

모용현은 이번 싸움에 목숨을 걸었다. 그 정도의 각오를 하지 않고는 상대할 수 없다는 것을 알았기 때문이다. 또한 고역사가 목숨을 잃고, 조공루가 영호용과 상대하는 등 무림맹을 대표하는 고수들이 협맹의 고수들과 맞서 싸우는 지금 관정을 상대할 사람은 오직 자신뿐이라는 중압감이 그의 어깨를 짓눌렀다.

'내가 막지 못하면 아무도 막지 못한다.'

머뭇거릴 틈이 없었다. 기세에서 밀리면 그야말로 끝장이라는 위기감이 모용현의 전신을 휘감고 돌았다. 단 한 번의 충돌로 벌써부터 어깨가 욱신거렸지만 그런 것은 문제가 될 수 없었다.

"크아아아!"

관정이 괴성을 지르며 달려들었다.

머리카락은 하늘로 치솟고 두 눈은 붉게 충혈되었으며 지금까지의 싸움으로 입고 있는 옷은 넝마가 되어 있었다. 또한 곳곳에 입은 상처에선 계속해서 피가 흐르고 있었다. 그럼에도 순식간에 거리를 좁히고 달려드는 관정은 마치 상처 입은 야수 같았다. 쳐다만 봐도 기가 질릴 정도였다.

유연히 가라앉은 눈으로 관정을 쳐다보던 모용현의 검이 천천히 움직이기 시작했다. 순간 그의 검끝에서 뿌연 기운이 흘러나와 관정의 시야를 어지럽혔다. 동시에 그의 몸을 노리며 쇄도했다. 하나 그것으로 관정의 공격을 피할 수는 없었다.

"크크크크."

쇠를 긁는 듯한 기분 나쁜 소리를 질러대며 좌우로 휘두르는 관정의 검에 모용현의 공격은 순식간에 무위로 돌아가 버렸다. 하지만 모용현은 애당초 그런 공격으로 관정을 어찌하리라곤 생각하지 않았다. 그것은 단순히 시간을 벌기 위한 것이었다.

관정이 잠시 주춤하는 사이 모용현의 검이 묘하게 움직이기 시작했다.

자그마한 원을 그리며 좌에서 우로, 우에서 좌로, 또 위아래로 움직이는 모용현의 검에는 웅후한 힘과 더불어 소름 끼치는 예기가 피어올랐다. 처음부터 적당히 상대할 수 있는 적이 아니라는 것을 알기에 모용현은 생각할 필요도 없이 자신이 지닌 최강의 무공, 성라연환검을 펼치고 있었다.

"크아악~"

본능적으로 위기를 느낀 관정이 비명성인지 아니면 기합인지 분간이 되지 않은 괴성을 지르며 달려들었다.

스스스.

모용현의 검에서 뿜어져 나오는 그것은 그의 전신을 보호하기 위해 맹렬히 회전했다. 검막이었다. 비록 혁련화나 무당의 두 노인이 만들어낸 것과 같은 완전한 것은 아니었지만 틀림없는 검막이었다.

검막으로 몸을 보호한 모용현도 맹렬히 검을 휘둘렀다.

꽈꽝!

검과 검이 부딪쳤지만 들려온 것은 날카로운 금속성이 아니라 천지를 뒤흔드는 폭음이었다.

콰콰쾅!

검과 검, 검기와 검기가 부딪칠 때마다 뇌성벽력(雷聲霹靂)이 주변을 휩쓸었다. 순식간에 수십 번의 충돌이 있었지만 누구 하나 우위를 잡지 못했다. 그럴수록 관정의 괴성은 커져만 갔다.

"크아아아!!!"

'도대체가……'

영호용과 경천동지할 격전을 펼치고 있는 조공루의 뇌리에 강한 의혹이 자리 잡았다.

영호용의 실력이 자신보다 우위에 있는 것은 잘 알고 있었다. 내공역시 조금 부족함이 있었다. 하지만 그 차이라는 것은 실로 미미해서 수없이 많은 싸움을 통해 익힌 실전 경험은 그런 열세를 충분히 만회하고도 남았다. 그리고 그럴 자신이 있었다. 지난 대파산의 싸움에서 패하지 않고 승부를 가리지 못한 것이 그것을 증명했다. 한데 지금은 아니었다.

'이상해. 뭔가가…….'

최선을 다해 공격을 하고 방어를 했지만 시간이 지나갈수록 손발이 어지러워지고 영호용의 공격을 막기가 힘들었다. 자신은 죽을힘을 다하고 있었지만 영호용에겐 여유마저 느껴지고 있었다.

그것이 참을 수 없는 의혹이자 치욕으로 다가왔다.

"타핫!"

애써 고개를 흔든 조공루가 자꾸만 나약해지는 마음을 다잡기 위해 이를 악물고 검을 날렸다. 하지만 상승의 무공일수록 감정에 치우쳐선 그 본연의 위력이 나오지 않는 법이었다. 위력은 강맹했지만 허점이 많이 노출되었다.

영호용은 그것을 놓치지 않았다. 그는 무리해서 조공루의 공격과 격돌하지 않았다. 슬쩍 검을 돌리며 밀려드는 강맹함을 피하고 공격 속에서 드러난 한줄기 약점 속으로 재빨리 검을 찔렀다.

"흐윽!"

짧은 신음성과 함께 조공루의 몸이 다가올 때보다 배는 빠르게 뒤로 물러났다. 앙다문 입에선 선홍빛 선혈이 흐르고 한 손은 쩍 갈라진 옆구리를 부여잡고 있었다.

"좋은 승부였는데 아쉽게 되었군."

말과는 달리 서서히 검을 치켜드는 영호용의 얼굴엔 일말의 아쉬움도 남아 있지 않았다.

"이만 끝내도록 하세나."

부드러운 음성과 표정. 하지만 그의 주변을 휘감고 도는 기운은 결코 부드럽지 않았다.

비록 부상을 당했지만 조공루에겐 아직 힘이 있었다. 아니, 힘이 없다고 하더라도 그는 결코 물러설 수 없었다. 이렇게 패배를 당한다는 것이 스스로에게 용납되지 않았다.

억지로 자세를 잡은 조공루가 검을 곧추세우고 기를 끌어 모았다.

"대단한 정신력. 하나 이미 늦었네."

눈이 부시도록 청명한 기운이 조공루를 향해 짓쳐들어 오고 그 기운에 맞서 조공루는 피할 생각도 없이 정면으로 대항했다.

쾅!

또 한 번 거대한 충격파가 주변을 휩쓸었다.

"음."

짧은 신음성과 함께 영호용이 두어 걸음 뒷걸음질쳤다. 반면에 조공루는 형편없이 밀려 뒤로 튕겨 나갔다. 상처에서 뿜어져 나온 조공루의 피가 허공을 적셨다.

'과, 관정… 그래, 이제야 알겠다. 저자의 무공이 왜 저리 강해졌는지……'

희미해져 가는 조공루의 의식 속에 관정의 얼굴이 떠올랐다. 관정의 얼굴은 다시 과거 천하를 오시하며 백도무림을 비웃던 백무극으로 변했다. 그리고 백무극의 얼굴과 영호용의 얼굴이 겹쳐졌을 때, 자신의 몸이 누군가의 품에 안겨졌다는 것을 느끼며 조공루는 정신을 잃고 말았다.

"흠, 예상보다 훌륭하군."

영호용은 정신을 잃고 날아가는 조공루는 쳐다도 보지 않았다. 또한 재빨리 몸을 날린 두심언이 그를 구해갔다는 것엔 관심조차 두지 않았다. 그저 백무극의 무공을 통해 얻은 깨달음의 결과에 만족해하며 미소 지을 뿐이었다.

"하아, 하아."

어깨를 들썩일 정도로 거칠게 숨을 내뱉는 모용현의 얼굴은 고통으로 일그러져 있었다. 간신히 검을 들고는 있었지만 양팔, 특히 왼손을 들어 부여잡고 있는 오른쪽 어깨는 뼈가 드러나 보일 정도로 깊은 상처를 입고 있었다.

관정이라고 무사한 것은 아니었다.

지금의 모용세가를 만든 성라연환검은 결코 만만히 볼 무공이 아니었다. 더구나 물불을 가리지 않고 달려드는 관정을 맞아 모용현은 필생의 공력을 담아 정면으로 맞부딪쳤다.

결과는 백중세였다.

모용현이 오른쪽 어깨를 비롯하여 좌측 옆구리와 허벅지에 깊은 자상을 입었다면 관정은 온몸을 상처로 도배하다시피 했다. 너무 많은 상처를 입어 일일이 거론하기가 곤란할 정도였다. 특히 오른쪽 가슴을 관통한 모용현의 검은 거의 치명적이었다.

"흐릉. 흐릉."

숨을 쉬기가 곤란한지 숨을 들이키고 내뱉을 때 관정의 입에선 듣기 거북한 쇳소리가 났다. 그때마다 살기로 번들거리는 얼굴이 휴지 조각처럼 구겨졌다. 하지만 그런 부상도 관정의 정신을 잠식하고 있는 살의(殺意)를 꺾지는 못했다.

"크아아!"

움직일 때마다 고통이 밀려드는지 관정의 입에선 소름 끼치는 괴성이 흘러나왔다.

'음, 여기까진가.'

끈적한 살기를 내뿜으며 다가오는 관정을 바라보는 모용현의 안색이 씁쓸하게 변했다. 더 이상 움직이는 것은 무리였다. 눈에 보이는 부상도 부상이지만 내부가 크게 진탕되어 심각한 내상을 입은 상태였다. 더구나 관정의 공격을 막으려면 검을 움직여야 하나 오른손엔 조금의 힘도 남아 있지 않았다. 검을 쥐고 있는 것만으로도 힘에 겨웠다.

아무런 대항도 할 수 없었다. 모용현은 적의로 활활 타오르며 저돌적으로 달려드는 관정을 그저 물끄러미 바라볼 뿐이었다. 모용현의 죽음을 예감한 하지장이 얼굴을 감싸 쥐며 고개를 돌려 버렸다. 하지만 상황은 전혀 엉뚱하게 흘러갔다.

"크악!"

갑자기 들려온 비명, 그것이 모용현의 비명이 아니라는 것에 의아해한 하지장이 고개를 돌렸다. 그리고 그는 고통의 신음성을 토해내며 비틀거리는 관정을 볼 수 있었다.

"으으으……."

너무나 힘없이, 그리고 갑작스럽게 땅바닥에 쓰러진 관정의 사지가 꿈틀거렸다. 적의로 가득 찼던 눈빛은 어느새 고통으로 물들어 있었다.

극락초에 중독되고 때마침 하지장을 보게 된 관정은 제정신이 아니었다. 오로지 복수에 눈이 먼, 온몸이 살기와 파괴의 욕망으로 점철된

광인(狂人)일 뿐이었다.

몸에 상처를 입어도 관정은 고통을 느끼지 못했다. 극락초는 관정의 사고를 마비시키기도 했지만 전신의 감각을 전달하는 세포 하나하나에 까지 영향을 미쳤다. 살이 찢기고 뼈가 부러지고 심각한 내상을 당해도 그는 인식하지 못했다. 고통을 느끼지 못하니 두려움 따위가 있을 수 없었다.

관정은 공격하고 또 공격했다. 그저 앞만 보고 달리는, 사냥꾼의 화살에 상처를 입고 미쳐 날뛰는 멧돼지처럼 자신의 몸을 돌보지 않고 무리하게 공격을 했다. 수많은 무인들을 주살하고 십팔나한진을 파괴했다. 그리고 모용현에게 죽음의 공포를 맛보게 했다. 아무리 백무극의 무공을 통해 많은 깨달음을 얻었다지만 예전 그의 무공을 감안한다면 거의 불가능한 일이었다.

하지만 거기까지였다. 마침내 관정의 정신과 육체에 한계가 찾아온 것이었다.

"후우~"

땅바닥에 쓰러져 허우적거리는 관정의 모습을 본 모용현의 입에서 한숨이 흘러나왔다.

관정과 손속을 섞자마자 모용현은 뭔가가 잘못되었다는 것을 느끼고 있었다. 이상할 정도로 충혈된 눈, 의미를 알 수 없는 괴성, 고통을 전혀 느끼지 못하는 듯한 행동, 더구나 무모하기만 한 공격. 그가 알고 있던 관정은 절대로 이렇지 않았다. 복수심에 사로잡혀 판단력이 흐려졌을망정 그렇게 몸을 돌보지 않고 무작정 공격할 정도로 어리석진 않았다.

그는 관정이 어떤 독이나 약물에 의해 중독된 것이라 여겼다. 단순히 심령을 제압당한 것치고는 고통도 느끼지 못하는 듯한 관정의 상태가 설명되지 않았다.

하지만 아무리 강력한 독이나 약물이라도 언제까지 약효를 지속할 순 없었다. 시간이 지나면 약효는 반드시 떨어지기 마련이었다. 더구나 인간의 몸이란 한계가 있는 법이었다. 정도를 넘어서면 천하에 어떤 약이라도 소용없게 된다. 공격을 하다 갑자기 쓰러져 버린 관정이 그것을 증명했다.

"결국 이렇게 되었구나."

측은한 표정으로 관정을 쳐다보는 모용현의 얼굴에 오만 가지 표정이 생겨났다.

"끄으으으!"

관정의 입에선 거의 울부짖음에 가까운 신음성이 터져 나왔다. 극락초의 효과가 천천히 가시며 지금껏 느끼지 못했던 고통이 한번에 밀려든 듯했다. 전신을 갈가리 찢어발기는 듯한 고통을 참지 못해 땅바닥을 굴렀다.

"흐흐흐."

그제야 관정의 상태를 파악한 하지장이 회심의 미소를 지으며 걸어왔다. 공포와 두려움에 질렸던 눈은 어느새 자취를 감추었다. 하지만 아직도 꺼림칙한 것이 남아 있는지 관정에게 다가가는 발걸음은 상당히 조심스러웠다.

극도로 조심을 하며 관정에게 접근한 하지장이 검끝으로 관정의 등을 찌르곤 재빨리 뒤로 물러났다.

"크아아악!"

단순히 건드린 것에 불과했지만 관정은 엄청난 고통을 느끼는 듯 허우적거렸다.

"괴물 같은 놈! 네놈도 결국은 인간이었구나."

관정에게 더 이상 두려움을 느낄 필요가 없다는 것을 깨달은 하지장이 어깨를 펴고 검을 치켜세우며 음흉한 미소를 지었다.

'한심한… 하나 차라리 그게 낫겠지.'

관정의 목숨을 취하기 위해 걸음을 옮기는 하지장의 꼴이 한심하기 그지없었다. 그러나 모용현은 그냥 모른 척 고개를 돌렸다. 관정에게 너무나 많은 이들이 목숨을 잃은 것도 있었지만 저렇게 고통스럽게 발버둥 치느니 하지장의 검에 편하게 죽는 것이 더 나을 것도 같았기 때문이다.

천천히 관정에게 다가간 하지장이 검을 내려치려 했다. 바로 그때 누군가의 입에서 외마디 비명이 터져 나왔다.

"불이다!!"

위에서 일어나 갑자기 싸움터를 향해 밀려온 것은 수십 수백의 횃불보다 더욱 밝은 화광(火光)이었다. 그 불이 어디에서 일어난 것인지를 묻는다면 그야말로 우문이었다.

"형산파다! 형산파에 불이 났다!"

"아, 안 돼!!"

"이럴 수가!!"

무림맹의 무인들에게서 절망의 탄식이 터져 나왔다. 혼신의 힘을 다해 협맹을 막고 있음에도 형산파가 불에 탄다? 그것이 어떤 의미인지 모르는 사람은 아무도 없었다.

두두두두.

그들의 생각을 증명이라도 하듯이 지축(地軸)을 울리는 발자국 소리와 함께 일단의 무인들이 모습을 드러냈다.

"와아!"

"주작대다!"

화악산을 필두로 하여 나타난 자들은 절벽을 올라 형산파를 쑥대밭으로 만든 주작대와 은성장의 무인들이었다.

"결국 해냈군."

저 멀리 달려오며 예를 표하는 화악산에게 가벼이 손짓을 한 영호용이 두 주먹을 불끈 쥐었다.

그 수는 얼마 되지 않았지만 싸움이 막바지에 이른 지금 그들의 등장은 시사하는 바가 컸다. 무림맹을 몰아붙이던 협맹의 무인들에겐 더큰 활력을 주었고 반대로 힘겹게 버티고 있던 무림맹에겐 그야말로 청천벽력(靑天霹靂)과 같은 일이었다.

"남김없이 쓸어버려라!"

화악산의 명을 받은 주작대의 대원들과 은성장의 무인들이 함성을 지르며 무림맹의 무인들을 공격했다. 비록 절벽을 오르고 이곳까지 급히 달려오느라 많은 힘을 소비했지만 생사의 기로에서 싸움을 벌인 이들과 비교할 바가 아니었다. 몸짓 하나하나에 힘이 넘쳤다.

가장 먼저 모습을 드러낸 사내는 다름 아닌 주작대에서 가장 호전적인 사내 초정이었다. 형산파에서도 그랬지만 싸움터에 도착한 초정은 화악산의 명령이 떨어지기도 전에 다짜고짜 검을 휘둘렀다. 그런데 하필 그 상대가 하지장이었다.

"빌어먹을!!"

느닷없이 나타나 공격을 받게 된 하지장은 진즉 관정의 목을 취하지 못한 것을 후회하며 몸을 뺐다. 이미 대세는 기운 상황이었고 괜히 버타다가 목숨만 잃을 것이 뻔했기 때문이었다. 관정에 의해 부상을 당한 모용현은 개방의 제자들에 의해 이미 옮겨진 상태였다.

"아무래도… 힘들 것 같네."

악귀같이 덤비는 협맹의 무인들을 피해 광료 대사의 곁으로 다가온 두심언이 떨리는 음성으로 말했다.

"이러다간 전부 다 몰살하겠어."

"아미타불!"

상황이 어찌 돌아간다는 것을 모를 광료 대사가 아니었다. 광료 대사의 입에서 침울한 불호성이 흘러나왔다.

"퇴… 각시켜야 하지 않겠나?"

참으로 하기 힘든 말을 한다는 듯 말을 하는 두심언의 얼굴은 일그러질 대로 일그러져 있었다.

"……."

"기세에서 완전히 짓눌렸네. 전세를 뒤집을 힘이 없어. 시간이 지날수록 피해만 커질 것이네. 이렇게 죽는 것은 개죽음이야. 최소한의 전력이라도 남겨 훗날을 도모해야 하지 않겠나?"

과연 훗날을 도모할 수 있을지 의심스럽기는 했지만 일말의 희망이라도 버려선 안 됐다.

"그래야 될 것 같습니다. 하지만 퇴각하는 것도 여의치 않을 것 같으니……."

"후~ 어떻게든 수를 내야겠지. 우리 개방에서 시간을 끌어보겠네."

"하면?"

"퇴로(退路)는 자네와 소림의 제자들이 뚫어야 할 것이네. 우리들이 한번 맡도록 하겠네."

광료 대사는 두심언이 말하는 의미를 너무나 잘 알고 있었다.

"아미타불!! 아미타불!!"

광료 대사의 입에서 연신 고통의 불호성이 튀어나왔다.

"그럼 그리 알고 가겠네."

몸을 돌린 두심언이 굳은 표정으로 자신을 응시하는 개방의 제자들에게 소리쳤다.

"타구진(打狗陣)을 펼쳐라!"

지금껏 살아남아 싸우고 있던 개방의 모든 제자들이 순식간에 몰려들었다. 그리고 두심언을 중심으로 큰 원을 만들기 시작했다.

개방의 제자들이 타구진을 형성하는 모습을 보며 소림사의 무승들이 한곳으로 전력을 집중시켰다. 동시에 터져 나오는 광료 대사의 웅장한 외침.

"퇴각하라!"

무림맹의 무인들에겐 한없이 치욕스럽고 억울한 명령, 반면에 협맹으로선 승리를 확인시켜 주는 일갈이었다.

광료 대사의 외침이 끝나기도 전에 이곳저곳에서 승리의 함성이 터져 나왔다.

"와아!!!"

"이겼다!!"

"협맹 만세!!"

승리의 함성을 터뜨린 협맹의 무인들은 더욱더 강력한 포위망을 구축하며 무림맹을 압박했다. 하지만 여전히 건재한 두 개의 십팔나한진과 소림사의 무승들을 완벽히 막을 수는 없었다. 혼신의 힘을 다해 싸운 무승들 덕에 분지의 우측에 퇴로가 마련되었다.

"퇴각하라! 퇴각하라!"

타구진을 이용해 노도와 같이 밀려드는 공격을 막아내는 두심언이 소리쳤다. 무림맹의 무인들은 더 이상 대항하는 것을 그만두고 소림사와 개방이 힘을 합쳐 만든 퇴로를 따라 도주하기 시작했다.

"놈들이 도망친다! 막아라!"

영호무현이 눈에 쌍심지를 켜고 악을 썼다.

"쫓아라!"

"죽여라!"

협맹의 무인들이 더욱 기세를 올리며 퇴각하는 무림맹의 무인들을 주살하기 시작했다.

개방의 타구진은 몇몇이 모여 이루는 여타의 진과는 다르게 수백 명의 인원이 모였을 때 비로소 진정한 위력을 발휘하는 진법이었다. 하지만 지금 분지에 남아 있는 인원은 많게 잡아야 백여 명이 고작이었다. 그나마도 무공이 미약한, 그래서 무림맹은 물론이고 협맹에서조차 전력으로 생각하지 않았던 이들이 태반이었다. 이만한 전력으로 협맹의 무인들을 막는다는 것은 사실상 불가능했다. 그럼에도 이들이 나선 이유는 간단했다. 오로지 자신들의 목숨으로 협맹의 발걸음을 조금이나마 늦추기 위해서였다.

"피하십시오, 방주님!"

왕도려가 피눈물을 흘리며 방도들을 독려하는 두심언에게 말했다.

"그게 무슨 소리냐! 방도들이 저렇게 죽어 나가는데 내가 어디로 간단 말이냐!!"

두심언이 노한 눈으로 왕도려를 노려보았다. 하지만 왕도려는 물론이고 그의 곁으로 몰려온 개방의 장로들은 추호의 동요도 없었다.

"이곳은 저희들이 맡겠습니다. 방주님은 어서 피하십시오!"

"그럴 순 없다."

"개방이 이대로 무너지는 것을 방관하실 것입니까? 이들의 목숨도 중요하지만 뒤에 남은 방도들 역시 중요합니다. 그들에겐 방주님이 필요합니다."

"그건 내가 아니어도 된다."

바로 그때 장로들을 헤치며 나서는 깡마른 체구의 노개(老丐)가 있었다.

"아직 후계가 제대로 정해지지 않았소. 아니, 소방주가 있긴 하지만 그에겐 아직 방주에게만 내려오는 비전절기가 전해지지 않았소이다. 그것을 사장시키려 하심이오. 진정 반쪽짜리 방주를 만들 생각이시오!"

개방의 태상장로 호일도(狐佚道)가 격노한 음성으로 두심언을 다그쳤다.

"……."

일신에 지닌 무공이 보잘것없어 방주 직을 사제인 두심언에게 내주고 또한 단 한 번도 전면에 나선 일이 없는 호일도지만 그 기개만큼은 하늘을 찔렀다. 평생 그를 존경하고 따랐던 두심언은 호일도의 질책에 입을 다물었다.

"시간이 없소. 저들의 희생을 헛되이 하지 마시오. 방주에게 우리 개방의, 그리고 무림맹의 명운이 걸려 있소이다. 왕도려!"

다소 가라앉은 어조로 말을 잇던 호일도가 왕도려를 불렀다.

"예, 태상장로님!"

"무림동도들을 위해 우리의 희생은 어쩔 수 없다. 하지만 모두 다는 아니다. 앞으로 개방을 짊어지고 나갈 어린 제자들을 추려라."

"알겠습니다."

왕도려는 순식간에 십여 명이 넘는 제자들을 데리고 왔다. 그사이 절반이 넘는 개방의 제자들이 목숨을 잃었다.

"너희들은 지금 즉시 방주와 여러 장로들을 모시고 이곳을 떠나라."

호일도의 명령에 깜짝 놀란 것은 죽을 각오를 하고 있던 장로들이었다.

"태상장로님!"

"시끄럽다. 방주 혼자선 아무것도 못한다. 너희들이 도와야 할 것이다."

장로라 하지만 모두 다 제자뻘이었다. 호일도는 단 한 번의 호통으로 장로들의 입을 막아버렸다.

"흥, 사형이 뭐라든 나는 가지 않소."

키가 오 척도 되지 않는 단구의 장로가 콧방귀를 뀌며 대꾸했다. 호일도의 명을 우습게 여길 수 있는 유일한 인물, 장로라는 직함도 귀찮다고 차버린 방통(方通)이었다.

"네놈이 언제 내 말을 들었느냐. 마음대로 하여라."

퉁명스레 대꾸하는 호일도. 하나 사형을 홀로 사지에 남겨놓고 싶지 않은 막내 사제의 마음을 왜 모를까. 호일도는 가슴이 아려오는 것을 느꼈다.

"시간이 없소. 방주, 어서 떠나시오!"

"맞소. 여기는 나와 늙다리 사형이 책임질 것이니 어서 떠나시구려!"

방통도 나서서 소리쳤다.

"사⋯ 형."

두심언이 도저히 그럴 수 없다는 듯 고개를 흔들었다. 하지만 호일도는 두심언을 쳐다보지도 않았다.

"뭣들 하느냐! 시간이 없다. 어서 가거라."

아무도 움직이는 사람이 없었다.

"네 이놈들!! 정녕 이대로 개방이 끝장나기를 바라는 것이냐!! 어서 떠나거라!!"

"멍청한 놈들. 맘대로 해라."

방통이 몸을 돌려 피투성이가 되어 싸우고 있는 제자들에게 달려갔다.

"태상장로로서 마지막 명을 내린다. 방주를 모시고 떠나라. 뒤돌아보는 자, 용서하지 않겠다!'

호일도의 눈이 고통으로 일그러져 있는 두심언에게 향했다.

"나는 너를 믿는다, 주충(酒蟲)."

젊은 시절 자신이 직접 지어준 별명과 함께 따뜻한 시선으로 두심언을 쳐다본 호일도가 천천히 몸을 돌렸다.

"사⋯ 형⋯⋯."

실로 오랜만에 들어보는 정다운 호칭에 두심언의 노안(老眼)엔 뿌연 습막이 어렸다. 그러나 두심언은 손을 뻗어 자신을 대신해 사지로 걸어가는 사형을 붙잡지 못했다. 그저 피눈물을 흘리며 휘적휘적 걸어가는 깡마른 호일도의 등만을 응시할 뿐이었다.

처음으로 개방의 방주가 된 것을 후회했다.

형산의 초입.

남궁욱을 만나 협맹의 계책을 알게 된 지원 병력이 마침내 형산에 도착하고 있었다.

남궁욱과의 충돌로 심각한 부상을 입은 이양빙을 대신해 무리를 이 끌게 된 모용유가 선두에 섰고 남궁욱이 그 뒤를 바짝 따르고 있었다. 이양빙은 부상을 치료하기 위해 따로 남은 상태였다.

"이제 거의 도착했네. 다들 힘들내게!"

모용유가 급하게 회군하느라 지친 기색이 역력한 무인들을 안타까이 바라보며 소리쳤다. 얼마간 휴식이라도 주고 싶었지만 그러기엔 시간이 너무 촉박했다. 형산에 가까이 올수록 수시로 날아온 것은 전세가 급박히 돌아간다는 소식을 실은 전서구였다. 어쩌면 이미 싸움이 끝났을지도 모르는 일이었다.

"너무 늦은 것은 아닐런지요?"

남궁욱이 모용유와 어깨를 나란히 하며 물었다.

"나도 그게 걱정이네. 그렇지 않기만을 바래야지. 그리고 무림맹의 저력도 결코 만만한 것은 아니니……."

하지만 그렇게 말을 하는 모용유의 얼굴은 심각하게 굳어 있었다.

"후~ 그렇다면 천만다행이지만요."

뒤로 물러난 남궁욱의 입에서 슬며시 한숨이 새어 나왔다.

'협맹의 힘 또한 만만한 것이 아니라…….'

"와와!!"

챙챙.

멀리서 고함 소리가 들리고 병장기가 부딪치는 소리가 들렸다. 그리고 그 소리는 순식간에 가까이 접근했다.

"이건?"

화들짝 놀란 모용유가 재빨리 몸을 날렸다.

"도대체 어떻게 된 것인가?"

모용유가 정신없이 달려오는 화산파의 제자를 붙잡고 물었다. 어찌나 정신없이 도주를 했는지 그는 무기조차 들지 않은 맨손이었다.

"패했습니다."

자신을 향해 달려오는 무인들이 소림사와 화산파를 구하기 위해 떠났던 구원병임을 알아본 사내가 눈물을 글썽이며 말했다.

"뭐라고?"

"무, 무림맹이 패했습니다."

모용유의 질문에 대답한 화산파의 제자는 긴장이 풀렸는지 그 자리에 주저앉고 말았다.

"각 문파의 어른들은 어디에 계시는가?"

모용유의 곁에 있던 허료 대사가 황급히 물었다.

"뒤에… 뒤에서 추격하는 협맹 놈들을 막고 계십니다."

협맹의 계략을 알고 그것을 막고자 그렇게 서둘러 달려왔건만 결국 늦은 것이었다. 더 이상 묻고 답할 시간이 없었다.

"모두들 나를 따르게."

명령을 내린 모용유가 뒤도 돌아보지 않고 달리기 시작했다. 바로 옆으로 허료 대사가 따라붙었다.

"결국 이렇게 되고 말았구나!"

모용유보다 한발 앞서 후미에 도착한 남궁욱이 처참한 몰골로 쫓기는 무림맹의 무인들을 보며 장탄식을 터뜨렸다. 하지만 아직 싸움이 끝난 것은 아니었다. 승패는 결정이 났지만 많은 무인들이 목숨을 걸고 싸우고 있었다. 특히 제자들을 안전하게 대피시키기 위한 각 문파의 어른들의 사투는 그야말로 눈물겨웠다.

대파산에서 자신의 팔을 자른 염파의 수신호위를 맞아 위호는 미친 듯이 소리를 지르며 검을 휘둘렀다. 여러 장로들과 함께 타구봉을 휘두르는 두심언의 모습도 보였다. 모용황은 물론이고 백발이 성성한 각 파의 장로, 명숙들이 온몸에 부상을 당하면서도 자신들의 몸은 돌볼 생각도 하지 않은 채 제자들이 보다 안전하게 도주할 수 있도록 필사적으로 싸우고 있었다.

남궁욱의 눈에는 어느새 분노의 눈물이 고여 있었다. 참을 수 없는 그 무언가가 가슴 깊은 곳에서 치밀어 올랐다.

"가라."

남궁욱의 검이 그의 손을 떠나 빛이 되어 날아갔다.

"크악!"

위호를 거의 빈사 상태까지 몰아붙이던 수신호위 중 한 명이 단말마를 내뱉으며 삼 장이나 나가떨어졌다.

크게 반원을 그리며 돌아온 검을 잡아 든 남궁욱의 몸이 허공으로 뛰어올랐다.

"타핫!"

단 두 번의 도약으로 십여 장이나 되는 거리를 좁히며 위호의 곁으로 내려선 남궁욱의 검이 춤을 췄다.

"퀵!"

"으악!"

난데없이 나타나 무자비하게 검을 휘두르는 남궁욱을 막지 못해 두 명의 수신호위가 또다시 목숨을 잃었다.

"죽어라!"

죽음의 위기에서 기사회생한 위호의 위력적인 검기도 허공을 수놓았다.

"커흑!"

남궁욱과 위호의 연합 공격에 일곱 명의 수신호위들은 변변한 반격도 해보지 못하고 모조리 차가운 땅에 눕고 말았다.

"고맙네."

남궁욱이 누구인지는 몰랐지만 무림맹의 인물임은 틀림없었다. 목숨을 구원받은 위호는 진심으로 고마워했다.

"아닙니다."

서로 예의를 차릴 시간이 없었다. 그러기엔 몰려오는 적이 너무나 많았다. 괴성을 지르며 달려드는 무인들을 보며 남궁욱의 눈이 스산하게 변했다.

우우우웅.

허공으로 치켜든 검에서 듣기만 해도 가슴이 뻥 뚫릴 듯한 검명이 청명한 소리를 내며 울려 퍼졌다. 동시에 눈부신 예기가 사방으로 퍼져 나갔다.

"아예 끝장을 내주마."

살기가 가득 담긴 목소리가 들리고 하늘로 솟았던 검이 서서히 움직이기 시작했다. 검을 따라 한껏 끌어올린 기운이 꿈틀댔다.

꽈꽈꽈꽝!!

천지를 울리는 굉음과 함께 모든 사물을 삼켜 버린 거대한 힘이 협맹의 무인들에게 폭사되었다.

"피, 피해!"

피하기엔 너무 늦었다.

"크아아아아!"

황급히 몸을 돌리던 몇몇이 그대로 절명하며 붉은 피를 뿌렸다.

"도망칠 수 있을 것 같으냐!!"

남궁욱의 입에서 노호성이 터져 나오고 또다시 검이 움직였다. 조금 전과 비슷한 위력의 검기가 사방을 휩쓸며 지나갔다. 한데 검기에 적중된 무인들의 입에서 처절한 비명성이 들려오는 순간 남궁욱도 전혀 다른 이유로 침음성을 터뜨렸다.

"젠장!"

남궁욱은 산산조각나 손잡이만 남겨진 검을 보며 당혹감을 감추지 못했다. 아마도 과도한 힘을 검이 견디지 못한 모양이었다. 남궁욱이 검을 땅바닥에 집어 던졌다. 그때 재빨리 곁으로 다가온 위호가 검을 건넸다.

"자접(雌蝶)이라 하네. 자네의 힘을 능히 견뎌줄 것이네."

"하지만……."

"쓰고 나중에 돌려주게. 어차피 지금의 나에겐 필요없는 물건이네. 나는 이것이면 충분하네."

위호가 들고 있던 웅봉(雄蜂)으로 빈 소매를 가리키며 미소 지었다.

겉모습만으로도 예사로운 검이 아니라는 것을 알았지만 상황이 몹시 급박했다. 남궁욱은 더 이상 사양하지 않았다. 그리고 장홍경천, 운행우시에 이어 호천망극을 시전하기 위해 몸을 날렸다.

쫘쫘쫘꽝!

조금 전과는 비교가 되지 않을 굉음이 주변을 울렸다.

이양빙에게 중상을 입힌, 허료 대사와 모용유가 합세해 합공을 했지만 감당하지 못했던 무상검법의 절초 호천망극의 위력은 태산을 움직일 만했다.

남궁욱의 검기가 휩쓸고 지나간 자리엔 아무것도 남는 것이 없었다.

힘에 부쳤는지 입가에 한줄기 선혈을 보인 남궁욱이 칠 장 밖에서 겁에 질려 서 있는 협맹의 무인들을 노려보며 차갑게 외쳤다.

"쫓으려면 죽음을 각오해라!"

그 한마디로 끝이었다. 뒤늦게 도착한 모용유 일행이 나설 필요도 없었다. 남궁욱의 무위에 압도당한 협맹의 무인들은 그 누구도 움직이지 못했다.

"감히!"

격분한 초정이 나서려고 했지만 화악산이 고개를 가로저으며 막았다. 투지라면 그 누구에게도 밀리지 않을 그였지만 남궁욱이 보여준 무위는 그 투지마저 잠재울 정도였다.

"세 분 외에는 아무도 감당할 수 없다."

그 세 분이 누구라는 것을 모를 초정이 아니었다. 격렬히 몸을 떨며 화악산을 쳐다보던 초정은 다시 한 번 고개를 가로젓는 화악산의 모습에 힘없이 검을 내렸다.

"대단하다. 내 평생 너만한 나이에 그만한 무공을 지닌 자를 본 적이 없다. 너는 누구냐?"

화악산이 진정 감탄했다는 듯 물었다. 그의 음성엔 조금의 적의도 섞이지 않았다.

"남궁욱이라 한다."

남궁욱이 당당히 가슴을 펴며 말했다.

"남궁욱? 그럼 남궁세가의 사람이냐?"

남궁욱이 고개를 끄덕였다. 그리곤 더 이상 할 말이 없다는 듯, 경고를 무시하고 한번 쫓아보라는 듯 여유있게 몸을 돌렸다.

"역시, 용의 뱃속에서 이무기가 태어나지는 않는 법이지."

화악산은 천천히 멀어져 가는 남궁욱을 바라보며 한때 동경의 대상으로 삼았던 남궁성을 떠올렸다.

"돌아간다."

화악산이 몸을 돌리고 그를 따라나섰던 영호세가의 무인들이 뒤를 따랐다. 영호세가가 물러나자 은성장과 웅비보의 무인들 역시 추격을 멈추고 발걸음을 돌렸다. 협맹의 주축을 이루는 세 문파의 무인들이 추격을 하지 않는데 다른 이들이 나설 이유가 없었다.

비록 한시적인 것이었지만 무림맹에 대한 협맹의 추격은 거기서 끝이 났다.

단 한 명, 이제 겨우 약관을 넘어선 남궁욱의 등장으로 몰살을 당할 뻔했던 무림맹이 절체절명의 위기를 넘긴 것이었다. 하지만 무림맹은 협맹에 패하며 다시는 회복하기 힘든 피해를 입고 말았다.

*　　　　　*　　　　　*

'표국(鏢局)의 표사(鏢士)들인 모양이군.'

간단히 요기를 하러 들른 자신을 제외하곤 아무도 없는 텅 빈 주점 안으로 와자지껄 떠들며 들어오는 두 명의 중년 무인을 보며 혁련휘는 그들의 정체를 대번에 짐작했다. 허리에 검을 차고 표물(鏢物)이 어쨌느니 임금이 어쨌느니 하고 떠들어댈 사람은 그다지 많지 않았으니.

혁련휘는 곧 그들에게 주었던 시선을 거두었다. 지난 싸움으로 당한 내상을 겨우 치료하고 나선 지금 한시라도 빨리 허기진 배를 채우고 관정을 찾으러 형산으로 떠나야 했기 때문이었다.

"허이구, 덥기도 덥다. 술은 뭐가 있소?"

덩치가 큰 사내가 가슴을 풀어 헤치며 주점이 떠나가라 큰 소리로 물었다.

"화주(火酒)뿐입니다."

나이가 오십을 바라보는 주인이 공손하게 대답했다.

"다른 것은 없소?"

"죄송합니다만……."

"아, 되었소. 그거라도 주시오. 이열치열(以熱治熱)이라고 이놈의 더위를 이기기 위해 그만한 술도 없을 듯하니. 그리고 적당한 안주거리도 만들어주시고."

"술이나 먼저 주시구려."

곁에 있던 사내가 한마디 던졌다.

"알겠습니다. 잠시만 기다려 주십시오."

허리를 숙인 주인은 총총걸음으로 주방으로 걸어갔다. 그리고 잠시 후 큼지막한 병 하나를 들고 왔다.

"카아~ 좋군, 그래."

"그러게. 더위가 조금 가시는 듯하구만."

빼앗듯이 술병을 든 사내들은 주거니 받거니 하며 순식간에 병 하나를 비웠다.

"그나저나 대단한 싸움이었어."

덩치 큰 사내가 잔에 남은 술을 핥으며 말했다.

"그렇다고 들었네. 하긴, 그만한 인원이 붙었으니 대단할 수밖에."

"무림맹도 무림맹이지만 협맹의 인원이 좀 많았나."

바로 그 순간 신경을 끊고 음식을 들던 혁련휘의 눈이 이채를 띠었다.

'협맹과 무림맹이 싸움을 벌인 모양이군.'

혁련휘의 뇌리에 관정이 형산에 있다는 무영의 말이 떠올랐다. 혹시나 하는 마음에 재빨리 몸을 일으킨 혁련휘가 그들에게 다가갔다.

"하하, 더운 날씨에 많이 고생하신 것 같습니다."

"뉘시오?"

덩치 큰 사내가 갑자기 나타나 싱글거리는 혁련휘에게 영문 모르겠다는 듯 약간은 경계가 섞인 표정으로 물었다.

"하하, 그렇게 이상하게 쳐다보지 마십시오. 그냥 혼자서 술 먹기가 뭐해 술동무를 찾고 있던 사람입니다. 이보시오, 주인장!"

사내들이 뭐라 하기도 전에 자리를 잡고 앉은 혁련휘가 주방을 향해 소리쳤다.

"여기 술 좀더 주시오. 안주도 넉넉히 내오고."

"허!"

사내들은 혁련휘의 행동에 황당해했지만 주인이 내온 술을 보더니 이내 희색이 만연해졌다.

"술은 제가 사도록 하겠습니다. 마음껏 들도록 하시지요."

"허, 이것 참. 산다고 하니 먹기는 하겠소만."

사내들은 혁련휘가 따라주는 술을 받아 들며 너털웃음을 터뜨렸다.

"나는 금계표국(金鷄鏢局)에서 일하고 있는 우진충(寓盡忠)이오."

"염경인(簾耿藺)이오."

사내들이 자신을 소개하며 술을 따랐다.

"무한(武漢)에서 온 혁… 조린이라 합니다."

이름을 바꾼 혁련휘가 빙그레 웃으며 대답했다.

"그나저나 무한에서 예까지는 어쩐 일이오. 꽤나 먼 곳이거늘."

"예, 이 근처에 숙부님이 계십니다. 내일 모레면 육순(六旬)이시라 인사차 왔지요."

"그랬구려. 아무튼 반갑소."

자신을 염경인이라 말한 사내가 잔을 비우라는 듯 술병을 들었다.

"그런데 근래에 무슨 싸움이라도 있었습니까? 어째 분위기가 뒤숭숭한 것이……."

혁련휘가 술이 차 찰랑이는 잔을 내려놓으며 슬그머니 화제를 돌렸다.

"허허, 소문이 아주 깜깜이구려. 형장은 얘기도 듣지 못했소, 며칠 전 형산에서 무림맹과 협맹이 대규모 싸움을 벌였다는 것을? 아니지, 협맹과 무림맹이 뭔지는 알고 있소?"

우진충이 기가 막힌다는 듯 되물었다. 혁련휘가 엷은 미소를 띠며 말했다.

"제가 비록 남들에게 내세울 만큼 변변한 무공을 지닌 것은 아니지만 그 정도는 알고 있습니다. 그런데 정말 그들이 싸웠단 말입니까?"

"싸우고말고! 싸워도 아주 거창하게 싸웠다오."

"허, 그것참. 난 왜 그런 소식을 듣지 못했을까요. 흠……."

혁련휘가 미간을 찌푸리며 궁금해 죽겠다는 표정을 했다.

"그래, 기왕 말이 나온 김에 자세히 설명을 해보게나. 나도 저간의 사정은 알고 있지만 자네처럼 자세한 것은 모르네. 자넨 이 사람 저 사람에게 들어 싸움의 내용을 꿰뚫고 있지 않은가?"

혁련휘의 표정을 살핀 염경인이 우진충을 부추겼다.

"흐흐, 발품을 팔아가며 열심히 귀동냥을 했지."

"우릴 위해 이야기 보따리를 한번 풀어보게나."

"흠, 그럴까? 좋아. 이렇게 술까지 얻어먹게 되었으니 그것으로라도 답례를 해야겠지."

우진충은 설명을 하기에 앞서 거푸 두 잔의 술잔을 비웠다.

"그러니까 싸움은 정확히 사흘 전에 시작됐소. 협맹의 전격적인 기습으로 말이오. 새벽에 시작됐다고 하더이다."

"그래서요?"

"엄청난 규모였다오. 천 명이 훨씬 넘는. 형산파에 모인 무림맹의 무인들도 많았지만 몇 배에 달하는 숫자였소."

"그 정도라면 싸움이 되겠습니까? 일방적으로······."

혁련휘의 말은 단번에 끊겼다.

"모르는 소리. 최근 들어 협맹이 강성한 힘을 자랑하고 있다지만 전통의 칠파일방과 삼대세가가 모였소이다. 그 힘을 절대로 무시해서는 안 되오."

"무당과 당가, 남궁세가가 빠졌지만 말이야."

염경인이 재빨리 덧붙였다.

"새벽에 시작된 싸움은 다음날 새벽까지 꼬박 하루 동안이나 계속되었소. 죽어 나가는 시체가 산을 이루고 온 산에는 피비린내로 넘쳐 났소."

"결과는 어찌 되었습니까?"

혁련휘의 물음에 우진충은 손을 살래살래 흔들었다.

"급히 먹는 밥은 체하는 법이오. 서두르지 마시오."

"하하, 알겠습니다. 그나저나 편하게 말씀하십시오. 연배가 저보다 한참이나 위신 것 같은데……."

"하하, 그렇소? 알겠소이다. 그럼 내 편히 말을 하겠소. 어쨌든 처음 시작된 싸움은 누구의 손을 들어주지 못할 정도로 팽팽했다네. 무림맹에서도 단단히 준비를 했는지 거세게 밀고 올라오는 협맹을 맞아 온갖 방법을 통해 피해를 줬네. 오전에만 벌어진 싸움을 평한다면 오히려 압승을 거두었다고 말할 수 있지."

"하지만 팽팽했다고 하시지 않았습니까?"

혁련휘가 고개를 갸웃거리며 물었다.

"피해는 협맹에서 많이 보았지만 대신 그들은 무림맹이 설치한 함정과 기습 공격을 모조리 파괴하고 격퇴했네. 무림맹으로 하여금 결국 밑천을 드러나 보이게 했다는 점에서 누구의 손도 들어줄 수 없다는 말이지."

"흠, 그렇군요."

혁련휘가 수긍이 간다는 듯 고개를 끄덕였다.

"하지만 오전의 싸움은 앞으로 벌어질 치열한 혈전을 알리는 서전에 불과한 것이었네. 저녁부터 시작된 싸움이야말로 진정한 격전이었지."

"잔뜩 기대하고 있습니다."

혁련휘가 우진충의 술잔에 술을 부으며 말했다.

"호호호, 자네는 뭔가를 아는 사람이군."

"과찬이십니다."

"잡설(雜說)이 너무 길면 흥미를 잃는 법이야. 빨리 계속하게."

염경인이 핀잔을 주었다. 우진충이 콧방귀를 뀌며 다시 입을 열었다.

"처음은 무림맹의 일방적인 우세였네. 형산파와 화산파의 제자들은 사문의 이름을 결코 욕보이지 않았어. 배는 넘는 협맹의 무인들을 거의 괴멸시키다시피 했으니까. 하지만 협맹이라고 가만히 당하고 있지는 않았네. 바로 그때 협맹의 정예들이 싸움에 나섰지. 그리고 그들을 상대하기 위해 다시 무림맹의 무인들이 쏟아져 나오고. 이때부터 한참 동안이나 서로 물고 물리는 치열한 싸움이 계속되었네. 하나 결국 협맹이 승기를 잡았다네. 자네들은 그 이유를 아는가?"

"수가 많았기 때문이 아닐까?"

염경인이 말했다.

"자네는 어찌 생각하나?"

우진충이 묘한 미소를 지으며 혁련휘를 쳐다보았다.

"아무래도 전력에서 차이가 나서 그런 것이 아니겠습니까? 자신들보다 많은 인원을 상대하다 보면 피로도 쉽게 오니까요."

"하하하."

그런 대답을 할 줄 알았다는 듯 미소를 지은 우진충이 고개를 흔들었다.

"그것이 아니었네. 어찌 알았는지 무림맹이 사용하는 무공을 협맹에서 손금 보듯 꿰뚫고 있었기 때문이네."

"그게 무슨 말인가, 무공을 알다니? 어떻게 그것이 가능하단 말인가?"

염경인이 이해할 수 없다는 듯 되물었다.

"낸들 아나. 뭔 수가 있었겠지."

'관정이로군.'

혁련휘는 그 이유를 단번에 알 수 있었다.

"무공을 간파당한 무림맹은 결국 견디지 못하고 패배 직전까지 몰리고 말았네. 바로 그때 소림사가 나섰네. 천하의 소림사가 말이야."

"백팔나한진이로군!!"

흥분하는 우진충의 음성에 염경인도 덩달아 흥분해 소리쳤다.

"백팔나한진 앞에선 협맹도 어쩔 수 없었네. 거칠 것이 없었지. 모습을 드러내자마자 소림사의 무승들은 전세를 단숨에 뒤집어 버렸다네. 협맹의 자폭 공격으로 무너지기 전가진."

"음, 그건 나도 들었네."

염경인의 표정이 다소 침울해졌다.

'과연 소림이다. 문파를 떠나 소림사가 사람들 마음속에 얼마나 큰 비중을 차지하는지 알겠구나.'

혁련휘는 염경인에게서 새삼 소림의 저력을 느낄 수 있었다.

"자폭 공격도 대단했지만 싸움에 결정적인 변수로 작용한 것은 그것이 아니었네. 협맹의 자폭 공격에 백팔나한진이 무너지는 순간 한 사내가 등장했네. 혹시 들어보았는가, 흑영이라는 이름을? 그리고 관정이라는 자에 대해서?"

순간, 탁자 아래로 내려놓은 혁련휘의 주먹이 불끈 쥐어졌다.

'혹시나 했는데…….'

격동을 참느라 눈꼬리가 파르르 떨렸다.

"들어는 보았습니다."

"그랬겠지. 한동안 무림을 떠들썩하게 만든 그들에 대해 모르는 사람은 거의 전무할 테니. 어쨌든 혜성과 같이 등장한 그는 무림맹의 무인들을 무참하게 주살했네."

'관정… 네가 정녕…….'

혁련휘의 얼굴이 무섭게 일그러졌다.

"웅? 자네 왜 그러는가?"

"아, 아닙니다. 그저 놀라울 뿐이라서……."

혁련휘가 안색을 바꾸며 변명했다.

"놀라긴 아직 이르네. 아직 멀었어."

우진충은 점점 목소리를 높여가며 말을 이었다.

"그를 막고자 십팔나한진이 나서기까지 했지만 소용없었지. 조금 지체시키기는 정도? 결국 그의 검에 모조리 목숨을 잃고 말았네."

"쯧쯧, 무림맹이 죗값을 받은 게야. 그동안 쌓인 것이 얼마나 많았으면……."

염경인이 무림맹을 비난하며 술을 들이켰다.

"십팔나한진을 격파한 관정은 또다시 모용세가의 전대 가주와 대격돌을 벌였네. 그 어떤 싸움보다도 치열한 것이었지!"

벌떡 몸을 일으킨 우진충은 마치 현장에서 싸움을 본 것처럼 검을 휘두르는 모습을 흉내 내며 한차례 몸을 흔들었다.

"그자가 십팔나한진을 격파하고 모용세가의 전대 가주와 맞상대할 정도로 강했단 말입니까?"

자신이 아는 한 관정의 무공은 그 정도까지 이르진 못했다. 뭔가 이상하다는 느낌에 혁련휘가 질문을 던졌다.

"글쎄, 그것은 나도 모르겠네."

"그 정도로 강하니 싸운 것 아니겠나?"

염경인이 이상할 것이 없다는 듯 대꾸했다.

"아, 그러고 보니 거의 이성을 잃고 있었다고 하더군. 괴성을 지르며 싸우는 것이 마치 광인(狂人)처럼 보였다는 거야."

"얼마나 많은 한이 쌓였으면 그리되었을까? 죽일 놈들."

염경인이 또다시 무림맹을 욕하며 술을 들이켰다. 하지만 혁련휘는 그 이유를 알고 있었다.

'더러운 놈들!'

관정이 그리된 것은 틀림없이 관정을 굴복시키기 위해 썼다는 극락초의 약효 때문이리라.

"어쨌든 형산파의 장문인과 웅비보 보주인 염파와의 싸움은 고역사가 염파에게 목숨을 잃고 말았네. 그리고 무림맹과 협맹 맹주의 싸움도 입을 쩍 벌어지게 만들 만큼 대단할 혈전이었지만 관정의 활약이야말로 단연 발군이었다더군. 십팔나한진은 물론이고 모용세가의 그 전 대 가주……."

"모용현입니다."

"아, 맞네. 잘 알고 있군. 그 노기인까지도 관정의 검에 목숨을 잃을 뻔하지 않았겠나. 갑자기 쓰러지는 바람에 그리되지는 않았지만."

"쓰러지다니요? 누가요?"

혁련휘가 벌떡 일어나며 소리쳤다.

"허, 자네, 왜 이러나?"

우진충이 당황해하며 물었다. 그제야 자신의 실책을 깨달은 혁련휘가 멋쩍은 웃음을 보였다.

"죄송합니다. 이야기에 너무 몰입되다 보니……."

"하하, 이해하네. 이미 들어 알고 있는 나도 이렇게 흥분이 되거늘 처음 듣는 자네야 어련하겠나."

염경인이 혁련휘의 마음을 이해한다는 듯 쓰러진 의자를 바로 세우며 웃었다.

"그래서 그자는 어찌 되었답니까? 죽었습니까?"

혁련휘가 떨리는 마음을 억지로 진정시키며 물었다.

"누구 말인가?"

"관정 말입니다."

"죽지는 않았네."

혁련휘가 내색하지 않고 안도의 한숨을 내쉬었다.

"그럼 살아 있는 것입니까?"

"아니, 꼭 그런 것은 아니네."

"허, 그런 무책임한 말이 어디 있나? 죽은 것도 아니고 산 것도 아니라니! 그럼 하늘로 솟았단 말인가, 땅으로 꺼졌단 말인가?"

염경인이 약간은 짜증 섞인 음성으로 되물었다.

"낸들 아나. 그자의 생사에 대해 아무도 아는 사람이 없는데."

우진충이 떨떠름한 표정으로 말했다.

"아무도 모른다는 말입니까?"

"그렇다네. 싸움은 일단의 무인들이 뒤로 돌아 형산파를 급습하고… 놀라운 자들이야. 세상에 그 절벽을 기어오를 생각을 하다니… 그자들이 갑자기 싸움에 끼어들면서 협맹의 승리로 끝이 나고 말았네. 그 뒤부터는 싸움이 아니라 협맹의 일방적인 도살만이 존재했다고 하네. 하지만 관정이 어찌 되었는지는 아무도 아는 사람이 없었네. 살았는지 죽었는지."

장황하게 설명을 마친 우진충이 목이 타는지 연거푸 술을 들이켰다.

"참, 새롭게 등장한 영웅도 있었네. 남궁세가의 후손이라는데 이름이……."

"창천백룡(蒼天白龍) 남궁욱이네."

염경인이 재빨리 대답했다.

"그렇지. 자네도 알고 있었군."

"암, 멸문한 줄 알고 있었던 남궁세가의 마지막 후예가 혜성과 같이 나타나 전멸할 뻔한 무림맹의 무인들을 구해낸 이야기로 세상이 떠들 썩하거늘 모를 리가 있는가."

"그렇군요."

혁련휘가 시큰둥하게 대답했다.

그에게 중요한 것은 무림맹의 승리도, 협맹의 승리도 아니었다. 염경인이 말하는 창천백룡이 누구인지 몰랐지만 조금의 흥미도 없었다. 그에겐 오로지 관정의 생사만이 관심의 대상이었다.

"정말 아무도 알지 못하는 것입니까?"

혁련휘가 혹시나 하는 마음으로 다시 물었다.

"누구? 관정 말인가? 그렇대도. 아무도 모른다네. 하지만……."

"하지만이라니요? 어떤 다른 이야기라도 있습니까?"

일말의 가능성이라도 잡고 싶은 혁련휘가 다급히 물었다. 하나 우진 충의 대답은 절망적인 것이었다.

"다들 죽었을 것이라 말들을 하더군. 모르긴 몰라도 엄청난 부상을 입었을 것이라면서… 하긴, 십팔나한진 하며 그가 싸운 상대가 보통 고수라야지. 그렇게 갑자기 쓰러진 것도 이상하고."

상상하기도 싫은 말이었다. 하지만 혁련휘도 어느 정도는 짐작하고 있었다. 극락초에 중독되었다면, 고통도 모르고 싸웠다면, 그래서 그렇게 갑자기 쓰러졌다면…….

'멍청한 자식! 결국 그렇게…….'

참을 수 없는 분노가 머리끝에서 일어나 온몸을 관통했다. 그런 혁련휘의 분노에 기름을 끼얹는 말이 있었으니…….

"그나저나 대단해."

"뭐가 말인가?"

"영호세가 말이네. 협맹의 주체이자 사실상 우두머리 아닌가."

"그래서?"

"그래서긴 뭐가 그래서! 싸움이 끝나자마자 혹시 떨어지는 콩고물이라도 있을까 봐 한다 하는 문파 인물들이 모조리 영호세가로 몰려들고 있다지 않은가! 주인도 나가고 없는 집에 말이야."

"뭘, 그게 인지상정 아닌가. 살아남기 위해 강한 놈에게 잘 보이는 것이 이놈의 더러운 세상 이치지. 술이나 마시세."

염경인이 쓸쓸히 웃으며 술잔을 들었다.

'그렇단 말이지… 관정을 그 꼴로 만든 네놈들이 그렇게 위세를 보이고 있단 말이지…….'

혁련휘가 천천히 몸을 일으켰다.

"이제 가봐야겠습니다."

"허, 벌써 말인가?"

우진충이 엉거주춤 엉덩이를 들썩이며 말했다.

"요기도 했고 더위도 식혔습니다. 가야 할 때가 되었지요."

"이런, 오랜만에 마음에 드는 친구를 만났는데 섭섭하군 그래."

염경인이 짧은 만남을 아쉬워하며 입맛을 다셨다.

"두 분께선 좀 더 즐기시지요. 제가 주인에게 말을 해놓겠습니다."

"가야 한다니 잡지는 않겠네. 어쨌든 즐겁게 잘 마셨네."

"그럼 조심해서 가게나."

우진충과 염경인이 인상 좋은 미소로 작별 인사를 했다. 살짝 허리를 숙이는 것으로 인사를 대신한 혁련휘는 서둘러 주점을 벗어났다.

어느새 그의 얼굴은 폭발할 것만 같은 살기로 뒤덮여 있었다.

"그랬단 말이지, 관정이!"

혁련휘가 걸음을 옮길 때마다 땅이 푹푹 파였다.

"광인이 되어 미친 듯이 싸웠단 말이지!"

혁련휘가 지나갈 때마다 주변의 수풀이 순식간에 시들었다.

"용서 못한다, 협맹!"

어느새 그의 몸이 들판을 지나 산길을 질주하고 있었다.

"절대로 용서 못한다, 영호세가!!"

혁련휘가 검을 빼 들었다. 그리고 주체할 수 없는 분노를 담아 검을 휘둘렀다.

"으아아아아!!"

땅이 갈라지고 나무가 뿌리째 뽑혀 날아갔다. 혁련휘가 한 번씩 검을 휘두를 때마다 울창한 숲이 점점 공터로 변해갔다.

한 인간의 분노에 천지(天地)가 눈을 감고 만물(萬物)이 숨을 죽였다.

그렇게 얼마의 시간이 흘렀을까.

"하아, 하아."

검을 멈춘 혁련휘가 거친 숨을 몰아쉬었다.

검을 거두고 흐트러진 호흡을 가다듬으며 혁련휘는 서서히 예전의 모습으로 돌아왔다. 하지만 너무나 차갑게 가라앉은 눈을 보고 있노라면 인간이 어찌 저런 눈을 지닐 수 있을까 의심하게 될 정도였다.

"무림에 군림하기 전에 관정을 그리 만든 대가를 치러야 할 것이다."

마치 눈앞에 상대라도 있다는 듯 차갑게 내뱉은 혁련휘가 천천히 몸을 돌렸다.

그의 뒤로 반경 이십여 장도 넘는 공터, 혁련휘로 인해 한순간 황토빛 속살을 드러낸 숲이 부끄러워하고 있었다.

『운한소회』 6권에 계속…